BUR
rizzoli

Corrado Augias

Il Paese in vendita

Società segrete, corruttori e faccendieri nell'Italia della Grande Guerra

BUR rizzoli

ISBN 978-88-17-06507-8

Prima edizione Best BUR marzo 2013

Introduzione

La sera del 2 novembre 1916, il ministro degli Esteri del Regno d'Italia Sidney Sonnino viene informato, con un telegramma in cifra, che l'arresto avvenuto in Svizzera di un certo Mohamed Yaghen pascià ha fatto scoprire un grave complotto spionistico ai danni dell'Italia. Come si capì meglio con le notizie arrivate in seguito, si trattava di questo: la Germania del Kaiser aveva stanziato milioni di marchi per finanziare un progetto dei suoi servizi segreti tendente ad acquisire alcuni giornali italiani e alcuni francesi alla causa della neutralità. Scopo del complotto: spingere i due Paesi, ma soprattutto l'Italia, fuori dal conflitto nel tentativo di alleggerire lo sforzo bellico tedesco. Riassunto così il progetto sembra per la verità pazzesco. Però non è certo la prima volta che i servizi segreti danno vita a imprese che paiono irragionevoli. Tenuto conto del contesto e dei tempi, si può far rientrare anche il piano della Germania nell'equivoca normalità di un'impresa spionistica.

Per quanto riguarda in particolare il nostro Paese, il progetto prevedeva l'acquisto di testate come «Il Messaggero», «La Stampa», «Il Secolo» nonché la fondazione di un nuovo quotidiano, «Il Tempo», da affidare alla direzione del tempestoso e geniale giornalista Filippo (Pippo) Naldi.

Nei primi anni Ottanta, rovistando in certi archivi, scoprii per caso la straordinaria vicenda che racconto in queste pagine rimanendone trasecolato. Fatti e personaggi che venivano da così lontano, sembravano molto vicini a ciò che stavamo vivendo all'inizio di quel decennio del secolo scorso. Erano anni in cui dominava la figura di Bettino Craxi, l'Italia era appena uscita dal lungo periodo del terrorismo culminato nell'assassinio di Aldo Moro, si diceva che finalmente la nave, cioè il Paese, andava a gonfie vele. Pareva di poter tirare un sospiro di sollievo e che il peggio fosse finalmente alle spalle. Avremmo scoperto più tardi a che prezzo quel sollievo ci era concesso. Un prezzo tale che ancora oggi, a XXI secolo piuttosto inoltrato, non è stato completamente pagato.

Passati infatti più di trent'anni da allora, eventi e personaggi di questa lontana storia sembrano essersi ancora di più ravvicinati. Ci sono almeno un paio di ipotesi per spiegare lo straordinario effetto cannocchiale che la lettura di questa vicenda provoca. La prima ipotesi è che la banda di piccoli lestofanti o di autentici farabutti, di dame di minima virtù che tramarono allora contro il proprio Paese per cupidigia o per altri loschi interessi, abbiano assunto col tempo un dimensione classica perdendo ogni riferimento di tempo e di luogo, facendosi per dir così archetipi di un eterno comportamento umano. Volendo le cose possono essere viste in questo modo; il che è in una certa misura consolatorio poiché la seconda ipotesi è peggiore.

La seconda ipotesi toglie infatti i personaggi dall'immutabilità degli archetipi e li consegna a quegli anni e a quell'Italia, gratta la patina di universalità rendendoli prodotti locali, «made in Italy», se così si può dire. Il che, viste le numerose analogie anche col nostro presente evidenti in queste pagine, significa restituire lestofanti, farabutti e disinvolte signore, a una dimensione nostrana. Italiani loro, italiano soprattutto – richiamo l'attenzione su questo aspetto – il modo in cui la torbida vicenda si concluse. Allora andò così, oggi potrebbe accadere, e in effetti accade, qualcosa di molto simile.

Premetto che non sono tra coloro che attribuiscono all'aggettivo o al sostantivo «italiano» una connotazione fatalmente negativa.

Noi siamo un popolo strano, spesso ambiguo, il che spiega il perdurare di certi diffusi pregiudizi nei nostri confronti. Una delle cause di questa ambiguità è la distanza che separa una storia ricca di grandi, a volte grandissime, personalità, che invece, sul piano collettivo, diventa molto più modesta.

La nostra unità nazionale si è completata sul finire del XIX secolo cioè in uno dei periodi più deboli nella storia della Penisola. Anche di quella debolezza paghiamo tuttora le conseguenze. È indubbio che sia questo il carattere prevalente attribuito nel mondo agli italiani. Eppure abbiamo conosciuto anche noi momenti di grandezza collettiva. Vengono alla mente le vibranti parole di Ugo Foscolo che nell'orazione inaugurale all'Università di Pavia (22 gennaio 1809) nota con il titolo *Dell'origine dell'ufficio della letteratura*, ammoniva: «O Italiani, io vi esorto alle storie perché niun popolo più di voi può mostrare né più calamità da compiangere, né più errori da evitare, né più virtù che vi facciano rispettare».

Torno alla vicenda raccontata nel libro.

Tra le persone implicate c'era l'ex deputato della Lomellina Filippo Cavallini di cui dovremo parlare a lungo, insieme a lui giornalisti, faccendieri, belle donne, spie di professione. Analoghi i personaggi che, su medesimo mandato e per gli stessi scopi, avevano agito in Francia dove s'era distinta – vedrà il lettore quale prezzo ne dovrà pagare – la colorita figura di un avventuriero internazionale noto come Bolo pascià.

Quando mi sono imbattuto nell'intrigo che da quest'ultimo aveva preso nome, cioè «l'affaire Bolo pascià», mi sono affrettato a cercare i dovuti riscontri sia nella stampa quotidiana sia in alcuni archivi primo dei quali l'Archivio centrale dello Stato. L'uomo noto come Bolo pascià si chiamava in realtà Paul Marie Bolo, cittadino francese nato a Marsiglia nel settembre 1867. Nei primi anni del Novecento aveva raggiunto una notevole posizione come imprenditore e finanziere.

L'esotico titolo di pascià era un grado onorifico che la Sublime Porta ottomana concedeva per segnalati servigi ad alti funzionari o militari di grado elevato. A Paul Marie Bolo era stato concesso dal kedivé d'Egitto Abbas Hilmi al quale il finanziere s'era legato per esercitare, in combutta con questi, lo spionaggio a favore della Germania.

Tra le sue numerose attività, è interessante notare l'appoggio economico che Bolo dette al quotidiano «Il Popolo d'Italia» di Benito Mussolini. Con un aspetto paradossale: «Il Popolo d'Italia» era nato (nel 1914) per appoggiare l'entrata in guerra contro le esitazioni e le perplessità di Giolitti. Nell'azione finanziata due anni dopo dai servizi tedeschi questo scopo si rovescia nel suo contrario: far uscire l'Italia dalla guerra.

A mano a mano che ricostruivo la vicenda, con l'aiuto delle carte scovate qua e là, rimanevo sorpreso dal fatto che, considerate le dimensioni dello scandalo, ne fossero rimaste tutto sommato poche tracce nei libri, negli studi, nella pubblicistica che con una certa frequenza rievoca quel periodo genericamente definito *belle epoque*. Circostanza tanto più sorprendente in quanto l'intrigo è ricco di elementi spettacolari, di personaggi pittoreschi, straordinariamente intonati all'atmosfera di compiaciuta nostalgia con la quale quegli anni sono, anche a torto, evocati.

La spiegazione che allora mi detti è che l'affaire Cavallini – per usare l'equivalente italiano di Bolo – scoppiò in piena guerra e arrivò in un'aula di giustizia a Roma – in quel «palazzaccio» inaugurato solo pochi anni prima – nel dicembre del 1918, cioè un mese dopo la fine del conflitto. In nessuno dei due momenti, per ragioni ovviamente diverse, l'opinione pubblica aveva una gran voglia d'impegnarsi su scandali di quel tipo. Nel 1916 c'erano le angustie derivanti dai combattimenti al fronte. Due anni dopo, con la travagliata vittoria, tutti volevano dimenticare al più presto quelle vicende, tanto più che incalzavano i problemi legati al difficile dopoguerra con i disordini, i moti insurrezionali, gli scontri aperti tra socialisti e fascisti, i tumulti sanguinosi in pratica quotidiani.

I giornali del tempo fecero un certo rumore sulla vicenda non però nella misura e con lo spazio che a fatti di tale gravità dedicherebbero oggi. E qui vengo al punto che in questa breve prefazione mi preme sottolineare.

Ritengo che l'affaire Cavallini venne sottovalutato anche perché considerato non particolarmente rappresentativo. Il losco deputato della Lomellina, quei giornalisti compiacenti o servili, quelle donne di nessuna virtù, vennero visti come singoli casi umani, non come possibili figure simboliche. Il processo mise a nudo i loro comportamenti, e nemmeno tutti, non il possibile valore rappresentativo, o politico, delle loro azioni.

Era un'Italia che di se stessa, e non solo per inerzia retorica, aveva una considerazione maggiore di quella alla quale siamo abituati (o rassegnati) oggi. Così, Cavallini le sue amanti e i suoi soci vennero visti come casi isolati, non si trasformarono mai in simboli, né politici né di costume.

Alla luce delle molteplici esperienze degli ultimi anni, a una corruzione che pare inarrestabile, noi siamo invece portati a scorgere in queste vicende, al di sotto delle facili coloriture d'epoca, i sintomi di un male che se era allora in incubazione, oggi è diventato endemico. Anche per questo l'affare Cavallini acquista un aspetto storicamente rilevante.

I fatti mettono in luce non soltanto la fragilità di singoli avventurieri disposti a tradire il proprio Paese in un momento tragico come quello che seguì l'entrata in guerra (24 maggio 1915). L'intera vicenda rivela la complessiva inadeguatezza di un sistema politico e giudiziario che non seppe affrontare fatti di quella dimensione con la prontezza e la determinazione necessarie.

Tutto ciò è ancora più evidente se si considera il modo profondamente diverso in cui i due Paesi coinvolti, l'Italia e la Francia, chiusero le rispettive vicende.

Si leggano le pagine relative al processo contro Cavallini e i suoi complici, si valutino – alla luce di ciò che accade oggi – la successione dei fatti, le strategie della difesa, il comportamento della pubblica accusa. Si noti in che modo lo Stato barcollò sotto l'incalzare degli avvenimenti e tra quali incertezze, errori, sbadataggini si arrivò all'inadeguata conclusione processuale.

CORRADO AUGIAS

Il Paese in vendita

PRESIDENTE Come si viveva in casa Cavallini?
TESTE Lussuosamente, le serve si trattavano qualche volta a champagne.

Il Piave mormorava
calmo e placido al passaggio
dei primi fanti, il 24 maggio.
E.A. Mario

Dramatis personae

Filippo Cavallini	*avventuriero italiano*
Francesca Ferrari Trecate	*sua legittima sposa*
Federica Pozzoli Ricci	*sua amante*
Paul Marie Bolo (Bolo pascià)	*avventuriero francese*
Henriette Soumaille	*sua prima moglie*
Marcelle Gay ved. Muller	*sua seconda moglie*
Abbas Hilmi II	*ex kedivé (viceré) d'Egitto*
Andrée Luzanges	*sua amante*
Mohamed Yaghen pascià	*principe e cugino del kedivé*
Youssuf Sadik pascià	*ciambellano del kedivé*
Colonnello Umberto Gandini	*presidente del tribunale militare*
Colonnello Tancredi	*pubblico accusatore*
Capitano Nicola De Robertis	*giudice istruttore*
Tenente Maggi	*segretario del tribunale*
Camille Barrère	*ambasciatore di Francia*
Sir Rennell Rodd	*ambasciatore d'Inghilterra*
Bernhard von Bülow	*ambasciatore di Germania*
Joseph Caillaux	*ex presidente del Consiglio francese*
Gottlieb von Jagow	*ministro degli Esteri del kaiser*

E inoltre: deputati corrotti, avvocati, diplomatici, giornalisti, spie, dame di piccola virtù.

Prologo

Nella tarda serata del 2 novembre 1916, un dispaccio cifrato giunge a Roma al Ministero degli Esteri presso il palazzo della Consulta. Mittente è il regio console generale a Ginevra Macchioro Vivalba, destinatario il ministro Sidney Sonnino.

Quando il testo viene portato in chiaro, ci si rende conto che il documento è di eccezionale gravità. Il suo oggetto è «Affari di spionaggio a Losanna e Ginevra». Il testo dice tra l'altro: «Martedì scorso è stato arrestato a Losanna Mohamed Yaghen pascià. Dai numerosissimi documenti sequestrati si è potuta scoprire una vasta trama di spionaggio organizzata dalle potenze Centrali ai danni dell'Intesa e soprattutto dell'Italia. Persona che è stata in grado di prendere visione dei documenti assicura che lo spionaggio era principalmente rivolto contro l'Italia. Sono stati sequestrati vari codici cifrati per telegrammi. I numeri per indicare gli effettivi dei reggimenti erano indicati in codice con nomi di città come Genova Pisa eccetera».

Un successivo messaggio che lo stesso console generale inoltra alcuni giorni dopo precisa: «Dai documenti, tutti redatti in arabo, si è avuta la prova che l'ex kedivé Abbas Hilmi era stato incaricato dagli Imperi Centrali di servire da tramite tra l'Italia e l'Austria per le trattative che ebbero luogo prima della nostra dichiarazione di guerra al fine di ottenere che l'Italia conservasse la sua neutralità. Nel documento, che riveste per l'Italia al pari del codice di cui era cenno nel mio rapporto precedente, un interesse veramente eccezionale, è una lista di somme versate a vari deputati italiani per la loro condotta neutralista.

«Poiché i documenti sono redatti in arabo, il giudice svizzero Pahud ha dovuto servirsi di uno studente egiziano per la traduzione. Questi è persona di fiducia della missione britannica ed è così che si è potuta avere la notizia del loro contenuto. Non ho mancato d'interessare la predetta persona perché tenti di procurarsi l'elenco dei nomi di cui trattasi. Se riuscirà nel suo intento non mancherò di darne sollecita comunicazione alla Signoria Vostra illustrissima.»

Viene alla luce con questi due telegrammi un intrigo di straordinaria complessità destinato a coinvolgere le polizie, i servizi segreti e le cancellerie diplomatiche di tutti i Paesi belligeranti nonché le esistenze di una piccola folla eterogenea nella quale figurano avventurieri, ex deputati, agenti di teatro, qualche demi-mondaine, molti giornalisti.

Le carte sequestrate a Yaghen pascià, che la polizia descrive come «uomo sui 40 anni, di bassa statura e d'aspetto spiacente, principe e cugino del kedivé d'Egitto», rivelano che due di questi personaggi hanno avuto ruolo di protagonisti. Sono l'italiano Filippo Cavallini, ex deputato della Lomellina, ex banchiere, ex brasseur d'affaires, e il francese Paul Marie Bolo, meglio conosciuto come Bolo pascià, ex mercante di vini, ex sfruttatore di donne, truffatore.

L'italiano e il francese sono insomma due individui straordinariamente significativi. Il loro curriculum personale potrebbe definirsi romanzesco, in questo includendo anche quel tanto di banalmente volgare che l'aggettivo a volte comporta.

Non si tratta tuttavia di un romanzo qualsiasi, al contrario l'interesse delle loro imprese è nel fatto che queste condensano alcuni dei tratti salienti di quegli anni. I due avventurieri sono, per così dire, la carne e il sangue di situazioni che gli storici condensano in genere in espressioni molto succinte del tipo «la cronaca dovette registrare gravi episodi di disordine».

Ecco, Cavallini e Bolo sono appunto due dei possibili volti di questo disordine e, almeno per ciò che riguarda l'Italia, la società e gli uomini che Cavallini frequentò e coinvolse appaiono sinistramente simili a quelli che ancora oggi abbiamo sotto gli occhi.

Nei giorni in cui accaddero, gli avvenimenti che mi accingo a narrare suscitarono emozioni molto intense. La stampa fece clamore, imputati e testimoni s'affrettarono a parlare o per difendersi o per accusare altri. Il coro delle voci svelò retroscena impensabili, coinvolse allo stesso modo colpevoli e innocenti. Ci fu chi tentò di trovare una scusante nelle profonde lacerazioni che avevano preceduto l'entrata in guerra dell'Italia, chi cercò di tirare in ballo gli interessi di questo o quel giornale chiamandoli loschi, inconfessabili.

Per buona parte, sventuratamente, questo era vero. Sono state scritte ottime storie della stampa quotidiana in quel periodo ma il frammento inedito rappresentato da questa vicenda, proprio perché così concentrato, offre con evidenza moltiplicata il quadro di giornali, editori, giornalisti, avidi di servitù, pronti a fiutare ogni vento, ad appoggiare con uguale zelo ogni politica, spesso oscuramente coinvolti in affari di polizia.

Come mai di un così vasto turbamento, di uno scandalo che parve, perché era, enorme nelle dimensioni e disastroso nelle conseguenze, in pratica nessuna eco era arrivata fino a noi? Credo che a questa domanda ci sia una sola risposta plausibile.

L'arresto di Yaghen pascià, ciambellano del kedivé, avviene il 24 ottobre 1916. I documenti ritrovati presso la sua dimora mettono in moto, a Parigi e a Roma, i servizi di controspionaggio dei due Paesi. Ma ci vorrà un anno prima che la polizia arrivi ad avere in mano tanto da giustificare l'arresto delle persone coinvolte.

Quando i mandati di cattura vengono eseguiti, siamo però nel novembre del 1917, il mese della disfatta di Caporetto e della rivoluzione sovietica, il mese in cui il generale Allenby, alla testa delle truppe alleate, entra a Gerusalemme segnando così la sorte dell'impero ottomano. Non a torto si dovette avere in quelle settimane la sensazione di vivere uno di quei rari periodi in cui la Storia sembra svolgersi direttamente sotto gli occhi dei suoi testimoni.

Rapportati alla scala di quegli avvenimenti immani, gli intrighi e le avventure di Filippo Cavallini e di Bolo pascià vengono ad assumere una dimensione che solo un esame ravvicinato fa apprezzare nella pienezza del suo significato. Si può capire molto bene come, a un occhio fisso sulle cime balenanti che fanno da sfondo, sia potuto sfuggire questo primo piano, pur così inquietante.

Le ragioni d'inquietudine, almeno per ciò che ci riguarda, vengono dal fatto che un uomo come Cavallini sembra stabilire, fin dall'inizio del secolo, un canone di condotta per i rapporti con il potere politico e finanziario destinato a perpetuarsi. Sono uomini del suo stampo che, nel volgersi degli anni e dei regimi politici, hanno contribuito a fare la storia d'Italia; non la storia che abbiamo letto e studiato, bensì quella sommersa, che si dipana lungo oscuri percorsi sotterranei, che è il reciproco, il negativo, la parte vergognosa e nascosta degli avvenimenti noti.

I fatti narrati al processo contro Cavallini e complici, tra le altre cose, mettono in luce la circostanza che, tra il 1915 e il 1918, non ci furono solo azioni belliche, vittorie, sconfitte, disertori, combattenti, eroi, ma anche uomini per i quali la guerra rimase un evento remoto dal quale ricavare una rapida e fraudolenta fortuna. La cosa potrà sembrare scontata, ma penetrare nei dettagli e nei meccanismi di questa ovvietà, come la presente vicenda consente, riserva più d'una sorpresa.

Detto questo, bisogna aggiungere che un'altra circostanza ha probabilmente contribuito a distogliere l'attenzione degli storici. Il processo Cavallini-Bolo si venne a trovare, per forza di cose, in una zona di confine che non appartiene né agli anni comunemente detti della «Belle Epoque», né agli avvenimenti politici e militari in qualche modo riferibili al primo conflitto mondiale. Lo svolgersi dei fatti corre parallelo alla fine di un'epoca e alle sanguinose convulsioni della guerra; in Italia, arriva quasi a sfiorare la nascita del movimento fascista (anche il direttore del «Popolo d'Italia» Benito Mussolini andò a deporre come teste al processo Cavallini).

È insomma una catena d'avvenimenti che s'allunga negli anni, scavalcando almeno tre diverse fasi storiche senza tuttavia identificarsi completamente con nessuna di esse.

Quali furono, dunque, questi fatti?

Filippo Cavallini e Paul Marie Bolo agirono in parte insieme, in parte separatamente e anzi l'uno contro l'altro. Insieme cercarono di fondare, tra il dicembre del 1914 e i primi mesi dell'anno successivo, una Banca Cattolica di grandiose dimensioni finanziarie, e infatti segretamente finanziata dalla Germania che voleva mettere a frutto il neutralismo del Vaticano. Nel progetto riuscirono a coinvolgere lo stesso fratello del pontefice regnante Benedetto XV, papa Della Chiesa.

Ancora congiuntamente, almeno all'inizio, sono incaricati dallo spionaggio tedesco di acquistare la proprietà o parte della proprietà di alcuni giornali: in Italia, «Il Messaggero», «Il Secolo», «La Stampa»; in Francia, «Le Figaro», «Le Rappel», «Le Journal» a fini che l'atto d'accusa definisce «disfattisti». Inoltre, sia l'uno che l'altro brigano per agevolare la nascita d'un nuovo quotidiano a Roma: «Il Tempo», diretto da Filippo Naldi.

Le somme che la Germania stanzia per questo progetto d'inquinamento della stampa nemica sono, come vedremo, molto grandi, talmente grandi da suscitare la cupidigia dei due avventurieri trasformandoli da complici in aperti rivali e traendoli così alla reciproca rovina.

Un altro capo d'accusa, contro Cavallini, riguarda la campagna di stampa che questi affida al giornalista Cesare Hanau al fine di agevolare il riavvicinamento politico tra il viceré d'Egitto Abbas Hilmi II e le potenze dell'Intesa, Inghilterra in particolare.

Infine, sempre Cavallini è accusato d'aver tramato a Parigi con alcuni uomini politici francesi per favorire una pace separata tra la Germania, l'Italia e, possibilmente, la Francia.

In un documento processuale che vale la pena di leggere subito, i capi d'imputazione sono così riassunti:

> a) Per aver tenuto intelligenza con agenti germanici ed iniziato trattative allo scopo di fondare in Italia un nuovo giornale ed acquistarne altri che già si pubblicavano onde valersene nella campagna disfattista. b) Avere, anche dopo la dichiarazione di guerra dell'Italia all'Austria ed in esecuzione a precorse intelligenze, per incarico dell'ex kedivé, continuato ad occuparsi di una campagna giornalistica affidata all'avvocato Cesare Hanau. c) Avere negli anni 1916 e 1917 cooperato a che il deputato Loustalot Luigi e l'avvocato Comby Paolo di Parigi, entrassero in intelligenza in Svizzera con l'ex kedivé d'Egitto ed altri agenti austro-germanici col pretesto di trattare un progetto di pace della Turchia con gli stati dell'Intesa, ma in realtà allo scopo di prendere accordi per favorire i progetti degli Imperi Centrali.

Lo sfondo di queste avventurose trattative è quello ribollente dello scacchiere europeo e mediorientale di quegli anni. All'inizio del 1914 l'Europa appare divisa nei due blocchi rappresentati dai Paesi della Triplice Intesa (Francia, Russia, Inghilterra) e dei due Imperi Centrali (Austria-Ungheria e Germania) di cui l'Italia è alleata.

Il 2 agosto 1914 si apre il conflitto tra la Francia e la Germania. Poiché la guerra è stata scatenata da un'azione offensiva dei suoi alleati senza comunicazione preventiva, l'Italia è giuridicamente dispensata dall'intervenire e dichiara infatti la sua neutralità.

Alla fine di ottobre, anche la Turchia entra in guerra a fianco della Germania, cui la lega un patto d'alleanza difensiva, e l'apertura delle ostilità ha immediate conseguenze sul destino dell'Egitto che formalmente ancora appartiene all'impero ottomano, cioè alla Turchia.

Il complicato rapporto tra Turchia ed Egitto, fondamentale per la nostra storia, vuole un piccolo cenno di chiarimento a parte. La bancarotta finanziaria in cui Ismail pascià, il primo ad avere il titolo di kedivé, ha condotto l'Egitto, determina, nel 1882, l'occupazione inglese. Si viene così a creare una situazione molto anomala, giuridicamente indefinibile: in teoria l'Egitto fa parte dell'impero ottomano; nella realtà l'arbitro della situazione è il rappresentante di Londra anche se, sulla carta, ha solo il titolo di Alto Commissario.

Nel 1892, sale al trono il nuovo kedivé (titolo press'a poco equivalente a viceré) Abbas Hilmi II, uno dei protagonisti della nostra vicenda. Abbas Hilmi è nato nel 1874 e ha dunque 18 anni quando assume il titolo di kedivé con il formale beneplacito del Gran Sultano di Istanbul.

Fin dall'inizio l'influenza dei circoli nazionalisti del Cairo, le pressioni dei notabili ottomani, aggiunti alla giovane età, lo inducono a manifestare molto scopertamente la sua ostilità verso gli inglesi. Per di più la sua notevole propensione all'intrigo, di cui darà prova anche nella vicenda che stiamo per raccontare, contribuisce a fare della corte kediviale un centro d'accesa opposizione sotterranea all'Inghilterra. In poche parole, i rapporti tra l'Alto Commissario britannico e il giovane kedivé sono subito pessimi.

Nel marzo 1906 l'Egitto si trova al centro di una controversia con la Turchia per i confini del Sinai. Ne derivano degli incidenti che mettono definitivamente a nudo come l'Inghilterra consideri la sovranità di Istanbul poco più d'una futilità. La rivoluzione turca del 1908 complica ulteriormente le cose e quando tre anni dopo il nuovo Commissario, Lord Kitchener, mette piede in Egitto la situazione è completamente compromessa.

Per la cronaca si può aggiungere che Lord Kitchener giunse al Cairo il giorno stesso in cui aveva inizio l'invasione italiana della Libia: 29 settembre 1911.

L'ostilità del kedivé diventa ancora più scoperta e Lord Kitchener lo ripaga della stessa moneta. Subito dopo la dichiarazione di guerra tra Turchia e Inghilterra, autunno 1914, il kedivé Abbas Hilmi II viene detronizzato, la sovranità ottomana abolita anche formalmente, mentre l'Egitto assume il rango di protettorato britannico.

Abbas Hilmi, fiutandogli eventi, ha fatto appena in tempo a rifugiarsi a Istanbul. Sul suo trono, con il titolo di Sultano gli inglesi collocano suo zio Hussein Kamil, figlio del vecchio Ismail.

Lo sviluppo della vicenda è l'antecedente, e la causa, dei vari atteggiamenti che, nel corso della nostra storia, vedremo assumere al kedivé: prima molto risentito verso l'Inghilterra, poi più cauto, infine dichiaratamente conciliatore. Ed è appunto questo suo interessato tentativo di riavvicinarsi a Londra che Cavallini e Bolo dovrebbero agevolare attraverso opportune «campagne di stampa».

Gli avvenimenti italiani sono ovviamente molto più noti. Vale solo la pena di ricordare che il 26 aprile 1915 il governo Salandra ha firmato il «patto di Londra» che, rovesciando le precedenti alleanze, impegna l'Italia a entrare entro un mese nel conflitto europeo a fianco di Inghilterra e Francia.

Il 24 maggio 1915 si aprono infatti le ostilità tra l'Italia e l'Austria-Ungheria e circa un anno dopo, 28 agosto 1916, anche tra l'Italia e la Germania.

Se si tengono a mente queste date si vede che le eventuali azioni di un suddito italiano verso la Germania, nel volgere di due anni, possono radicalmente mutare di significato e di valore. Dal 2 agosto 1914 al 28 agosto 1916, italiani e tedeschi sono successivamente e nell'ordine alleati, neutrali, nemici. Al processo, la difesa di Cavallini cercherà di sfruttare al massimo la singolarissima concatenazione di questi avvenimenti.

Fu quella di Bolo e Cavallini una vera azione di spionaggio e di tradimento nel senso che noi oggi diamo a questi termini? Non voglio anticipare alcuna risposta anche perché il processo romano avrà tali imprevedibili sviluppi da rendere in certo senso inutile la stessa domanda.

Certo è che dei milioni di marchi che lo spionaggio tedesco mise a loro disposizione, attraverso la mediazione di Abbas Hilmi, i due avventurieri fecero pessimo uso, rivelando, nell'imprudenza, nello sperpero, nella reciproca rivalità, le loro anime.

Gli episodi di questo complotto si svolgono in un periodo di tempo piuttosto lungo e con un parziale accavallamento di date che vale la pena di chiarire per meglio seguire gli sviluppi.

Il 24 ottobre 1916, come abbiamo visto, la polizia svizzera sequestra in casa di Yaghen carte e documenti compromettenti. Un anno dopo circa avvengono gli arresti dei principali indiziati. Il 29 settembre 1917 la polizia francese arresta Bolo a Parigi, due mesi dopo, nel novembre, la polizia italiana arresta Cavallini e i suoi complici a Roma.

Il processo francese contro Bolo comincia cinque mesi più tardi, il 4 febbraio 1918, e arriva rapidamente alla sentenza. Quello italiano contro Cavallini invece, non comincerà che nel dicembre di quello stesso anno 1918 a guerra ormai finita. Quando si aprono le udienze a Roma insomma, a Parigi è già stata emessa sentenza sul conto di Bolo e anche di Cavallini, giudicato in contumacia.

Il fatto che sul procedimento romano gravi fin dall'inizio l'ombra del giudizio concluso a Parigi, ha importanza non solo cronologica e serve anzi a spiegare meglio gli atteggiamenti che il collegio di difesa via via prenderà, come vedremo.

A parte gli italiani e i francesi, ci sono tra i protagonisti dell'intrigo tre personalità ottomane: il kedivé d'Egitto Abbas Hilmi II, e due suoi complici e consiglieri entrambi insigniti del titolo di pascià (governatore, condottiero, per estensione dignitario di corte): Mohamed Yaghen pascià che è anche cugino del kedivé e Youssuf Sadik pascià che al Cairo aveva funzione di capo della lista civile, ovvero ciambellano.

Per la ricostruzione dei fatti mi sono avvalso di cronache, resoconti, documenti della polizia politica e atti del processo. Fonti di cui non cito gli estremi, neanche in calce, perché, nelle pagine che seguono, l'accento cade prevalentemente sulla ratio psicologica dei protagonisti e dei loro complici nelle cui categorie ho tentato di sistemare i motivi che li spinsero ad agire.

Disponiamo d'una quantità di eccellenti testi storici dedicati a quegli anni. Il racconto dei due processi contro Cavallini e contro Bolo nonché dei loro retroscena, ha il fine, diverso, di offrire un possibile connotato dell'epoca quale si può scorgere nel destino di alcuni individui.

Capitolo uno

Il dicembre del 1918 fu anche a Roma freddissimo. La mattina del 5, quando si apre nel nuovo palazzo di Giustizia inaugurato sette anni prima, il processo contro Filippo Cavallini e complici, «è tutta ridente d'un bel sole aureo». La luce invernale sbalza le minacciose allegorie marmoree del palazzaccio ma non stempera la temperatura rigida.

Nelle aule gigantesche del tribunale, sorde, scomode, sovraccariche, fa ancora più freddo che all'esterno. Cavallini indossa un pesante pastrano di pelliccia che non toglierà mai. La marchesa Federica Pozzoli Ricci, sua amante, ha un cappotto nero lungo quasi alle caviglie. Il volto è nascosto da una veletta, nera anch'essa.

L'aula è affollata. Nelle tribune siedono i cronisti giudiziari di quasi tutti i giornali italiani e tre giornalisti francesi. Nel parterre si notano alcuni ufficiali in uniforme, qualche agente di polizia in borghese, molte dame eccitate.

Il collegio militare giudicante è quello della prima sezione territoriale. Il principale capo d'imputazione richiama l'articolo 73 del Codice Penale per l'Esercito: spionaggio e tradimento. Se provato, è un delitto che dovrà pagarsi con la vita.

Sulla porta dell'aula, insieme al dispositivo di rinvio, sono affisse le generalità dei nove imputati:

- Cavallini Filippo fu Gaspare e fu Boschi Luigia nato a Pieve del Cairo (Pavia) il 21 agosto 1851, avvocato, detenuto.

- D'Adda Lorenzo fu Pietro e fu Piccioli Marianna nato a Cassano D'Adda (Milano) il 14 maggio 1862, giornalista, latitante.
- Brunicardi Adolfo fu Pellegrino e fu Marianna Tomeoni, nato a Bagni di Lucca il4 ottobre 1850, ingegnere, detenuto.
- Buonanno Enrico fu Pasquale e fu Ferrara Concetta nato a Capua il 15 marzo 1873, giornalista, detenuto.
- Pozzoli Federica fu Luigi e fu Ricci Giulia nata a Torino l'8 maggio 1862 artista di canto, intesa Ricci Frida, detenuta.
- Dini Luigi fu Gennaro e fu Giulia Giura, nato a Napoli il 28 novembre 1843, ingegnere, detenuto.
- Re Riccardi Adolfo fu Giuseppe e fu Felicita Colombo nato a Torino il 13 luglio 1859, rappresentante teatrale, detenuto.
- Hanau Cesare di Guglielmo e di Fano Betty nato a Milano il 26 luglio 1868, avvocato, latitante.
- Bolo Paolo di Alberto e di Margherita Colas nato a Marsiglia il 24 settembre 1867, possidente, latitante.

La marchesa Pozzoli Ricci e Adolfo Brunicardi sono giunti in carrozza. Cavallini, Dini, Re Riccardi, a bordo del cellulare che fa il trasporto mattutino dal carcere di Regina Coeli. L'ex deputato Buonanno è assente per malattia.

Il collegio di difesa è imponente. S'è dovuta aggiungere un'intera fila di sedie per consentire a ciascuno di avere un suo posto. Su quei banchi ora siedono Fausto Pavone e Francesco Vairo per Cavallini, Pistolese e Iengo per Luigi Dini, Giuseppe Romualdi e Michele Gigante per Brunicardi, Gregoraci e Manes per Federica Pozzoli Ricci, Cavaglià e Pergola per Adolfo Re Riccardi, Franciosa per Buonanno, Giuliani e Grilli per il giornalista Cesare Hanau.

Anche Hanau, come Buonanno, è assente, ma non per malattia. Dopo la condanna a due anni di carcere già inflittagli a Parigi in giugno, il giornalista italiano è ora rinchiuso in un campo di concentramento francese.

I detenuti entrano in aula poco dopo le 9 scortati dai carabinieri ma con i polsi liberi dai ferri. Brunicardi, che in carcere è divenuto uno dei più risoluti accusatori degli altri, viene fatto sedere, solo, su una piccola panca, un carabiniere al suo fianco. Anche la Pozzoli Ricci siede fuori della gabbia, solleva per un istante la veletta nera, tenta di sorridere ai cronisti.

La corte, presieduta dal colonnello Umberto Gandini, entra alle 9 e 15 in punto. L'accusatore militare colonnello Tancredi è già al suo scranno.

Le parti hanno appena preso posto quando si verifica il primo incidente; la tensione accumulatasi negli ultimi giorni non può evidentemente essere repressa più a lungo e a inasprire gli animi, nei settori della difesa, ha certo contribuito l'atteggiamento della grande stampa che, salve pochissime eccezioni, ha già dato gli imputati per colpevoli, descrivendo le loro azioni, le amicizie, gli amori, i viaggi, le trattative, gli affari, come singole mosse d'un solo proditorio disegno. Alle 9 e 30 di quel 5 dicembre 1918, la sorte dei prigionieri sembra insomma già segnata.

Quell'incidente d'apertura, alla luce dei molti che seguiranno, può anche essere visto però come il primo indizio d'una strategia: dare battaglia su tutto, forma, procedura, sostanza, dilatare il processo, allontanare il giorno della sentenza. L'accusatore colonnello Tancredi e l'avvocato Pavone difensore di Cavallini si alzano contemporaneamente, chiedono la parola reclamando entrambi la precedenza e nel battibecco i toni subito s'accendono.

«Io devo avere la parola per primo» grida l'avvocato Pavone «perché contesto la legittimità della costituzione del tribunale, quindi il mio incidente è pregiudiziale a tutti gli altri anche a quello che riguarda la regolare costituzione delle parti.»

Quando gli è consentito di parlare, Pavone sostiene che il giudice relatore capitano Anichini non può far parte del tribunale perché era segretario presso l'Avvocatura generale al momento dell'istruttoria; che neanche il pubblico ministero colonnello Tancredi può sedere al suo banco in quanto capo di Gabinetto dell'avvocato generale; che il maggiore Capra non può far parte del collegio poiché un giorno ha avuto funzione di avvocato militare nell'istruttoria del processo.

L'apertura è pesante, ma anche poco felice. Tutti capiscono che la richiesta di Pavone non è che un nuovo tentativo di rinviare la discussione dopo i molti che l'hanno preceduto. L'avvocato di Brunicardi, che al contrario punta su una rapida conclusione, fa un cenno d'intesa al suo cliente che viene interpretato come un «Che cosa le avevo detto?».

Anche l'agente di teatro Adolfo Re Riccardi sembra spazientirsi. Uomo di mondo e imputato di secondo piano, vorrebbe, come Brunicardi, che la discussione procedesse alla svelta.

Si deve alzare l'altro avvocato di Cavallini, Francesco Vairo, per tentare di rimettere in sesto il fragilissimo equilibrio delle opposte tensioni. Vestito a lutto, quasi senza levare lo sguardo dalle sue note, con molta gravità e con voce emozionata, esordisce: «Io vesto le gramaglie per aver perduto l'unico mio figlio nella nostra santa guerra. Non sarei qui se non sapessi di difendere un innocente...».

Ci vorrà molto tempo, in pratica l'intera mattina, per dirimere il primo incidente.

Più tardi, all'inizio dell'udienza pomeridiana, Brunicardi viene colto da malore, d'improvviso scivola a terra pesantemente, e soccorrere quell'uomo quasi settantenne non è facile. Poi s'interrompe l'illuminazione elettrica e per più di mezz'ora l'aula resta al buio.

Sono incidenti che in un certo senso distraggono, allentando un poco l'atmosfera litigiosa del mattino; la corte si ritira e gli avvocati, usciti i giudici, si aprono con i cronisti: mezze frasi, piccole confidenze, avvisaglie, che però lasciano intendere molto bene le intenzioni.

La difesa mette in discussione la stessa legittimità d'un processo che, dice, è stato voluto dal governo francese per suoi fini di politica interna. Si sostiene che la presenza di Buonanno e di Hanau alle udienze è indispensabile poiché in loro assenza non sarà possibile discutere di nulla e allora meglio sarebbe un altro rinvio.

Alla ripresa, tornata finalmente la luce, l'avvocato Giuseppe Romualdi che difende Brunicardi prende la parola proprio su questo tema. Dice che certo se Hanau e Buonanno fossero presenti sarebbe meglio «ma il fatto di non poter essi presentarsi non è sufficiente per deliberare il rinvio del dibattimento». «Del resto» esclama convinto «non è già stato processato Bolo in Francia in assenza di Cavallini senza che questi ne abbia risentito alcun danno?»

Cavallini a questa battuta balza in piedi gridando, il volto congestionato: «Questo lo dice lei, io da quel processo ho avuto un gravissimo danno!». C'è un attimo di silenzio nell'aula e Cavallini subito lo coglie, arriva al punto che, come i suoi avvocati, considera il centro della sua difesa, però cambia il tono della voce. Prima ha gridato, ora martella sordamente le sillabe:

«Io sono arrestato» dice «per ordine dell'autorità giudiziaria francese. Fu Bouchardon che volle il mio arresto.» Il presidente Gandini vorrebbe che tacesse. «Ma che tacere» risponde Cavallini. «Io non ne posso più. Si metta lei, signor presidente, nei miei panni.»

Presidente La invito di nuovo a calmarsi.

Cavallini Io sono stato accusato d'avere, in correità con l'Hanau, scritto articoli in favore della pace tedesca. Quegli articoli sono falsi e lo dimostreremo. Ma intanto è indispensabile che l'Hanau sia presente. Noi ci troviamo dinnanzi a ufficiali italiani, a dei galantuomini. Se risulteremo colpevoli, fucilateci! Ma lasciateci procurare tutti i mezzi per dimostrare la nostra innocenza. Ne abbiamo il diritto!

Subito dopo cade a sedere col volto «reclino sul petto», non ha sguardi né per gli avvocati né per la sua amante.

Sono le otto di sera. Undici ore sono passate dal momento dell'inizio, impiegate, quasi tutte, a scambiare piccoli colpi d'assaggio. L'atmosfera è di scontro, le intenzioni polemiche.

Solo Adolfo Re Riccardi vuol fare vedere che il suo ruolo è diverso e che egli non partecipa né della collera di Cavallini, né della malinconia di Brunicardi. Poiché l'udienza continua, s'avvicina alla marchesa Pozzoli Ricci, leva di tasca l'orologio d'oro e sussurra, ma in modo che anche i giornalisti possano udire: «Marchesa si fa tardi. Se tarderemo, rientrando a Regina Coeli troveremo le porte chiuse, non ci riceveranno più. Dove andremo a dormire?».

La marchesa scoppia a ridere insieme a Re Riccardi. Ride anche il carabiniere che ha sentito tutto e non può trattenersi di fronte a imputati che sanno pronunciare così lievi arguzie.

Commentando il giorno successivo sul quotidiano «Il Tempo» di Filippo Naldi quella prima udienza, uno dei più brillanti elzeviristi del giornale, Giorgio Mangianti, scrive: «Ha parlato Cavallini. Bene ha parlato. Voce tiepida, molle, teneruccia. Sguardo contrito, gesto affaticato. Sapienza del porgere, sapienza del dire. Come Ruggeri? Come Zacconi? O anche più antico: come Rossi? Come Emanuel? Come Salvini? Non so. Però il tono, serio».

L'udienza si chiude così. Sul volto affaticato di Cavallini, sulla fatua allegria di Re Riccardi che vuol sembrare un damerino perché è parte, anche questo, del suo mestiere.

Per la verità ci sarebbe poco da ridere. Le accuse sono gravi, l'opinione pubblica, avversa, il Paese, inquieto. La guerra appena finita, la vittoria sanguinosamente conquistata, non hanno portato quel rasserenamento che molti avevano ingenuamente atteso.

A un mese di distanza dal bollettino che annunciava il termine del massacro, gli italiani hanno scoperto che i loro enormi problemi nazionali restano tutti aperti e insoluti. Cova, sotto il giubilo ufficiale, un rancore tenace, a volte privo di vere ragioni, che le ferite della guerra hanno semmai rincrudito, aleggia sul Paese uno spirito vendicativo che prende d'improvviso forma di chiassosa brutalità.

Bisogna attendere che questa atmosfera si dissipi, che le terribili parole «tradimento», «spionaggio», si spoglino dell'eco di lancinanti memorie che al momento ancora suscitano. Le intemperanze degli avvocati di Cavallini si spiegano con lo scopo di far valicare al processo l'erta di quelle settimane cruciali perché svanisca, prima d'esaminare i fatti, quel clima emozionato e ostile.

Tutto, anche le più estreme incognite, sembra preferibile alla consapevolezza che affrontare un giudizio in quei giorni significa veder sancita una certa condanna.

In che cosa esattamente era consistito il tradimento? La sentenza istruttoria è un lungo e caotico documento di 51 cartelle, lettura quasi tragica per l'avvilente miseria della lingua e perché gli avvenimenti vi sono affastellati in un confuso groviglio. Giudice istruttore è stato il capitano De Robertis cavalier Nicola, inquisitore inetto che s'è già attirato sospetti di cortigianeria verso il potere.

Così inizia la narrazione degli avvenimenti: «Il 2 agosto 1914, l'apertura delle ostilità tra la Francia e gli Imperi Centrali trova Bolo pascià e Filippo Cavallini già legati da vincoli di conoscenza. I due avventurieri dell'alta finanza internazionale si erano conosciuti nel 1910 e vari affari avevano trattato insieme».

I due in verità non si amavano troppo, non si stimavano affatto, ma erano attratti l'uno all'altro dal bisogno della collaborazione e dal senso della reciproca energia del male. «Occorreva ai due una fonte onesta che potesse, senza dare sospetti, finanziare l'impresa in modo che l'oro alemanno attraversando una fidata banca neutrale, e cattolica per giunta, arrivasse insospettato e mondo della sua origine nelle tasche dei protagonisti.

«Fu mobilitato come un labaro il marchese Giulio Della Chiesa, lusingato dal miraggio della promessa carica di direttore con lo stipendio di lire 30 mila».

Siamo dunque alla prima avventura che i due complici tentano in comune e anche se questa si esaurisce rapidamente, senza connessioni con le iniziative che seguiranno, il suo svolgimento serve a illustrare il modo in cui i due avventurieri pensano di operare.

La banca cui tentano di dar vita dovrebbe servire da schermo per incassare i denari dello spionaggio tedesco occultandoli nei meandri d'una intricata contabilità.

Al vertice dell'istituto, Bolo e Cavallini meditano di collocare Giulio Della Chiesa, piccolo marchese di provincia al quale è occorsa l'immeritata fortuna d'avere per fratello il papa regnante Benedetto XV.

Il primo teatro dell'azione è Pegli, mite stazione climatica alle porte di Genova dove l'ex capitano di vascello Giulio Della Chiesa oziosamente vive. A Pegli, ed è una combinazione, risiedono anche la legittima moglie di Cavallini, Francesca Ferrari Trecate, e il figlio Gaspare. Non hanno grandi disponibilità ed è noto in paese che per vivere devono cedere in affitto camere ammobiliate. Il tono però non corrisponde alle risorse: poterli frequentare è considerato lusinghiero.

È Gaspare Cavallini che mette Bolo in contatto con il marchese Giulio e Bolo gli traccia il disegno della futura banca: 100 milioni di capitali, sedi a Madrid, Parigi, Roma, filiali ovunque. Il francese è loquace, suadente, protettivo, molto elegante; sorride spesso perché sa che nel sorriso i suoi occhi chiari s'illuminano e non impiega molto a conquistare Giulio Della Chiesa.

Tra le conoscenze del marchese c'è un ex commissario di polizia in pensione, Alfredo Cervis, che ne raccoglie spesso, al caffè, le entusiasmate confidenze. Giulio Della Chiesa gli racconta d'essere stato invitato dai Bolo nella loro villa di Biarritz ma che prima deve recarsi a Roma «per un incarico», sussurra, «della più grande importanza».

Infatti d'improvviso parte e da Roma telegrafa a Cervis perché lo aiuti a fargli rilasciare un passaporto valido per la Francia e per la Spagna. Il documento viene emesso il 5 dicembre 1914 con il numero 1524.

Racconterà Cervis alla polizia: «Il Della Chiesa, per quanto colto e intelligente, era un degenerato, finanziariamente disordinato e alcolizzato. Egli, che prima non frequentava molto la famiglia Cavallini, appena tornato da Roma era continuamente invitato a pranzo e a colazione».

Il breve viaggio a Roma ha dunque scosso Giulio Della Chiesa. Rientrato a Pegli in attesa di partire per la Francia, va in giro raccontando la sua imminente nomina a direttore d'una grande banca e anche l'ammontare del suo appannaggio. Nessuno a quel che pare aveva pensato a parare questa disastrosa loquacità, una piccola incognita non calcolata che mina dall'inizio l'intero affare.

Le eccitate anticipazioni del marchese Giulio circolano infatti largamente, escono da Pegli, finiscono sui rapporti della polizia, arrivano in Vaticano.

Alla vigilia della partenza per la Francia, Giulio Della Chiesa riceve una lettera di suo fratello Benedetto XV. Se l'avesse letta correttamente, avrebbe forse rinunciato a muoversi. Ma quella lettura non venne fatta.

Dice la lettera:

> Caro fratello, sento con piacere che stai per intraprendere un viaggio in Spagna. Il ricordo di quel caro paese mi commuove dolcemente e al tuo ritorno avrò caro conoscere le tue impressioni. Forse avrai occasione di vedere anche qualche vescovo e se vai a Madrid potrai visitare il Nunzio. Ma dappertutto dichiara bene che sei in viaggio

per affari personali perché non vorrei che la parentela con me ti desse carattere ufficiale. Buon viaggio e il Signore ti benedica. Tuo affezionatissimo fratello, Benedetto XV.

Il 12 dicembre 1914 Giulio Della Chiesa arriva a Biarritz. Mentre in Italia si scontrano sempre più apertamente le ragioni dei due partiti, pro e contro l'intervento, la Francia è in guerra da oltre quattro mesi. Nella zona di Biarritz la sanità militare ha dislocato parecchi ospedali nei quali vengono inviati i soldati che la trincea ha mutilato, storpiato, accecato.

In quelle corsie Bolo e la sua seconda moglie, la ricca vedova Muller, si recano spesso portando piccoli doni, sorridendo affabili ai fotografi che li ritraggono intenti alla pietosa missione. Durante una delle visite all'ospedale di Bayonne, si fanno accompagnare dal marchese Giulio.

La fotografia viene pubblicata in prima pagina su un giornale locale e non sfugge ai servizi d'informazione tedeschi che la fanno ristampare in Germania con una didascalia molto risentita. Vi si insinua che la presenza in quella corsia del fratello di Sua Santità lascia pensare che i feriti francesi siano più benvoluti in Vaticano di quelli tedeschi. È il secondo errore di Giulio Della Chiesa ma questa volta è Bolo in persona il regista della pericolosissima gaffe.

In Curia, il segretario del Santo Uffizio cardinale Merry Del Val apprende per primo la notizia. Nato a Londra, ma di origine spagnola, Merry Del Val ha preferito lasciare l'incarico di Segretario di Stato dopo l'elezione di Benedetto XV. Il suo contrasto con l'attuale pontefice arriva quasi al risentimento e la Spagna, inoltre, è un Paese che egli segue con particolare attenzione. Sono due ottime ragioni per sollevare la questione.

Il risultato è che il nunzio apostolico a Madrid, monsignor Raganesi, viene subito messo in guardia e quando l'avventuriero marsigliese e lo stordito marchese Giulio giungono nella capitale spagnola per avviare quei contatti dai quali dovrebbero scaturire i capitali necessari all'impresa, l'accoglienza è glaciale.

Il 4 gennaio 1915 per di più, il quotidiano vaticano «L'Osservatore romano» pubblica una smentita ufficiale nella quale tra l'altro si dice che indegnamente s'è usato del nome del papa «per un'oscura impresa finanziaria nella quale è coinvolto un familiare di Sua Santità che il papa non incontra da quattro anni».

Bolo, e forse anche Giulio Della Chiesa, capiscono che il viaggio è finito.

L'ex commissario Alfredo Cervis racconterà qualche anno più tardi ciò che seguì alla spedizione e, tragicamente, la concluse: «Al Della Chiesa, come ebbe a confidare a me e anche a un certo signor Gaggero vice conciliatore di Pegli ed esercente la bottega di tabaccaio, gli avevano promesso queste 30 mila lire e per il loro viaggio in Spagna e Francia credo che gli abbiano dato mille lire soltanto. Per cui al suo ritorno, essendogli il viaggio costato più di tre o quattro mila lire, fu costretto a vendere una o tutte e due le palazzine attigue a quella del papa, per poter pagare i debiti fatti nel viaggio».

La prosa è contorta, ma i fatti sono eloquenti. Da quell'infelice viaggio durante il quale ha conosciuto la sontuosa villa dei Bolo a Biarritz e l'avvolgente piacere della celebrità, Giulio Della Chiesa torna a Pegli indebolito e ammalato. Aveva avuto un'esistenza patetica e dignitosa, ora non gli restano che rimpianti. Conclude Cervis: «Della Chiesa morì poi deluso di non aver potuto ottenere quanto gli avevano promesso».

Il 12 aprile del 1915 una brevissima notizia ci dà conto della sua scomparsa: «Giulio Della Chiesa è morto a Pegli, ieri, alle ore 19, a soli 58 anni, stroncato dalla polmonite».

Secondo la polizia non la polmonite l'ha ucciso ma «il crepacuore».

Bolo e Cavallini, intanto, sono già al lavoro su progetti di dimensioni maggiori e con soci, o vittime, molto più illustri. In aprile, nei giorni in cui il piccolo marchese muore, Bolo torna da un viaggio a Roma durante il quale crede d'aver gettato le premesse d'un affare colossale: forniture di carne per l'esercito italiano, un utile garantito di milioni.

Il tentativo di fondare una banca, così rapidamente sfumato, non va però sottovalutato. Nella sequenza dei fatti c'è già, dichiarato, il modo d'essere dei personaggi, ovvero la mistura di pertinacia e di goffaggine, di millanteria e di calcolo nella quale esattamente consiste la loro natura. Bolo e Cavallini hanno il temperamento che le circostanze richiedono. Entrambi sono maestri di simulazione, entrambi vedranno spesso sfumare un guadagno che sembrava sicuro perché la loro fantasia s'infiamma e corre molto più velocemente di quanto le loro risorse pratiche consentirebbero.

D'altronde non è proprio questo che ci si aspetta da un avventuriero?

Capitolo due

A Parigi, dieci mesi prima. «Ecco l'accusato. Entra con passo franco nell'elegantissimo abito nero. È pallido e leggermente grigio nei capelli ma i baffi sono ancora biondi. Non ha smesso il monocolo. Sotto il braccio porta un voluminoso portafogli, sorride al fratello monsignore, si toglie negligentemente la lente e percorre l'aula con lo sguardo, sorridendo.»

Così si presenta Bolo pascià il 4 febbraio 1918, giorno dell'apertura del processo a suo carico, davanti al tribunale militare della Senna. Le accuse raccolte dal giudice istruttore capitano Bouchardon, lo stesso che un anno prima ha fatto fucilare Mata Hari, sono terribili ma a onta di ciò l'imputato vuol dare un'immagine rassicurante.

Nonostante il pallore, controlla con attenzione la sua fisionomia perché non trapeli la paura, ostenta semmai un certo risentimento poiché, dice, trascinarlo in giudizio sulla base di sospetti infondati è stata un'ingiustizia.

Quando comincia il procedimento, di lui molto si sa e di ciò che non si sa, ampiamente si mormora. Ha una sorella, che gestisce a Marsiglia un negozio d'arredi sacri, la quale «nel 1913, col biglietto d'una lotteria, guadagnò il primo premio d'un milione».

Suo fratello maggiore, monsignor Henry che ora siede assorto tra il pubblico, passa per essere il più toccante predicatore di Francia ed è certo tra i più vanitosi. Un agente incaricato di pedinarlo riferisce che: «Si fa vestire da Paquin in rue de la Paix e le sue sottane sono ornate di pizzi di gran valore». Henry Bolo viaggia con lusso papale e un gruppo di facoltose devote gli ha donato una villa nel Midi. Nel 1917 è elemosiniere, cioè cappellano, a bordo dell'incrociatore *Waldeck-Rousseau*.

E Paul Marie, l'imputato, chi è? Quale imprevisto destino lo ha fatto finire in quell'aula, in quella gabbia? La sua vicenda è consistita in un'alternanza di fantasie grandiose e di fatti spietati. Molto s'è affidato al suo aspetto, alla sua eleganza che, al pari di quella di Henry, è sempre stata impeccabile fino all'affettazione, ai suoi occhi che sono insieme dolci e imperativi e nelle cui profondità doveva certo agitarsi una frenetica luce.

Ai generali, agli alti magistrati, ai politici con i quali è venuto in contatto, e che ha sedotto, Bolo pascià ha saputo presentarsi come la personificazione stessa dell'energia borghese fatta di esperienza e improvvisazione, genialità e consumata destrezza.

Paul Marie è nato a Marsiglia figlio di Albert e di Marguerite Colas, il 24 settembre 1867. Quando conosce Filippo Cavallini, nel 1910, ha 43 anni. Al momento del processo dimostra meno dei suoi 51 anni che solo le tempie incanutite denunciano. Ma lo sguardo è limpido e la pelle del volto accuratamente rasato, ancora elastica.

La sua anima è complessa, costruita sulla combinazione di elementi svariatissimi: un orgoglio quasi violento, una continua irrequietezza, grande vanità, un gusto per l'opulenza che svela le origini plebee. S'è reso gradatamente conto che ottenere crediti e privilegi che i più non osano neanche immaginare, gli è facilissimo e il suo stesso charme lo ha viziato.

Descrivendolo nella sua requisitoria, l'accusatore pubblico dirà che quest'uomo che ha imbastito tanti affari mirabolanti e complicati, tutti all'apparenza così vantaggiosi, ha poi finito per concludere poco o nulla. È vero. Un'altra delle sue caratteristiche è un'ansiosa incostanza. Ai primi ostacoli, quando s'avvede che il meccanismo d'un progetto anche lungamente ordito, s'inceppa o rallenta, improvvisamente sparisce, passa ad altro.

Paul Marie ha cominciato dal gradino più disadatto per chi voglia dimostrare intraprendenza. Giovane, vende sapone davanti a un pubblico lavatoio di Marsiglia. Per attirare le sue clienti escogita un artificio pubblicitario: in una delle saponette d'ogni partita, cela una moneta d'oro.

Gli affari non vanno male, ma pensa ad altro. Appena può cambia mestiere. È parrucchiere, impiegato di banca, commerciante di vini. Condannato per truffa, fugge in Argentina con la signorina Soumaille, artista di café-chantant, marsigliese anch'essa, e in Argentina la sposa.

Nel dicembre del 1917, subito dopo l'arresto di Bolo, lei stessa racconterà al «Petit Parisien», dietro compenso, le sue sventure: «Come ho conosciuto Bolo? L'ho incontrato in una piccola città del Mezzogiorno, diciamo Nizza. Aveva 25 anni era bello e seducente... ho creduto alle sue belle parole. Ero riuscita ad avere un piccolo contratto per Buenos Aires e Bolo venne con me. In Argentina mi propose di sposarlo e fu così che divenni la signora Bolo de Grangeneuve come era scritto sui documenti ufficiali».

Ma c'è un giorno in cui Paul Marie esce di casa per non tornarvi più. Madame Soumaille, «la sventurata» come la chiamano i cronisti, resta per vent'anni in Argentina passando da un piccolo caffè all'altro. Quando rientra in Francia, nel 1915, la guerra è già cominciata da un anno.

«Un giorno a Nizza» racconta «leggendo su un giornale la lista delle personalità giunte il giorno precedente, vedo con sorpresa il nome di Paul Marie Bolo e signora.»

Compie come può una sua indagine, scopre che il Bolo di cui i giornali parlano è proprio lo stesso incantevole *jeune homme* di cui è, legalmente, ancora la moglie. Ora ha il titolo di pascià e porta all'occhiello la rosetta della Legion d'Onore. Il suo indirizzo parigino è fastoso: 17, rue de Phalsbourg.

Lì, raccolto tutto il suo ardimento, va e si presenta «era il mese d'aprile, una domenica mattina. Un cameriere mi fa passare in un lussuoso salotto. Sta per chiedermi il nome quando compare Bolo. Al momento non mi riconosce, poi fattosi d'improvviso molto pallido, implora a voce bassa: "Ve ne supplico, niente scandali. Non vi conviene. Vi farò ottenere il divorzio, lo prometto"».

È una delle molte promesse che non mantiene. Non perché non voglia, nella circostanza, ma perché poche settimane dopo il capitano Bouchardon apre l'inchiesta sul suo conto. Madame Soumaille conclude: «Il mio cuore di donna ha comunque perdonato l'infelice».

Marcelle Gay vedova Muller, la seconda moglie, dimostra una generosità analoga anche se proclamata con tono diverso. Madame Soumaille parla sottovoce con rassegnata tranquillità, ha la pazienza delle sue sventure, mai dimentica il disagio della sua condizione. Nella piccola parte lacrimosa che le è assegnata è, insomma, coerente.

Madame Gay, al contrario, è veemente, autorevole, quasi altera. Anche se suo marito è secondo la legge un bigamo, dice di non avere alcuna gelosia del passato: «Io affermo di essere la moglie di Bolo, l'unica. Resto al suo fianco in questa terribile prova così come sono stata accanto a lui nei dodici anni di felicità che m'ha dato».

Paul Marie le ha incantate entrambe. La prima non sa odiarlo. La seconda lo reclama come suo anche perché è bella, intelligente e intrigante quanto lui.

Come l'altra, in gioventù Marcelle è stata canzonettista. Ha sposato in prime nozze il ricco signor Muller mercante di vini «uomo bellissimo e forte, sposo eccellente». Il matrimonio è drammatico e precario, sancisce tardivamente una lunga unione. In pratica Marcelle va a nozze solo quando lo sposo eccellente, a dispetto della sua forza, è in punto di morte.

Muller si dimostra però premuroso. Insieme all'atto di

matrimonio firma anche il testamento nel quale fa di sua moglie l'erede universale dei suoi beni. Gli altri eredi impugnano l'atto davanti al giudice ma a questo punto entra in scena Paul Marie che fino a ora è stato solo un amico del marito perché è anch'egli, come Muller, mercante di vini.

Così accorto è il suo aiuto che Marcelle mantiene l'intero patrimonio e, appena le circostanze lo permettono, con il suo salvatore si fidanza ufficialmente.

Il signor Muller è scomparso il 13 aprile 1904. Un anno dopo, il 15 maggio 1905, Marcelle e Paul Marie si sposano. Prendono alloggio nella sontuosa dimora di rue Phalsbourg, uno di quegli edifici che paiono costruiti per far assaporare ai loro abitatori il gusto d'una meritata opulenza. Allo stesso tempo riadattano e ammodernano Villa Veleda a Biarritz che è parte anch'essa delle sostanze lasciate dal povero signor Muller. Sorge, la villa, di fronte all'Atlantico, in cima alla collina del faro, «circondata da prati e da foreste». Il golfo di Guascogna le si apre sterminato davanti e la frontiera con la Spagna è a due passi. Circostanza che al processo avrà la sua importanza.

Quando rievoca quei momenti della sua vita, madame Gay si commuove, neanche di fronte al cronista sa trattenere il pianto. Confida: «È vero, abbiamo entrambi commesso uno sbaglio, quello di essere troppo felici, e la nostra felicità si vedeva, si leggeva nei nostri occhi. Oggi ce la fanno pagare». Ha un momento di esitazione, la sua voce ha tremato poi in un soffio aggiunge una melodrammatica cadenza sospesa: «Ah, quando potrò dire tutto quello che ho da dire, quando si potrà sapere tutto...».

Bolo, che non ricorda mai la sua prima moglie così lontana, di Marcelle Gay si ricorderà invece in più occasioni. Soprattutto se ne ricorderà nell'ultima di cui gli è dato disporre e sarà, come vedremo, un colpo di teatro degno di Dumas.

Che cosa è stato dunque di Bolo dal momento in cui ha abbandonato a Buenos Aires la povera madame Soumaille a quello in cui perfeziona, in compagnia dell'affascinante Marcelle, la sua rovinosa scalata?

Rientrato in Francia si stabilisce sulla Costa Azzurra, non lontano da Marsiglia. Ha con sé poco denaro, i piccoli risparmi che ha sottratto a sua moglie prima della fuga. Ma assai di più ne spende o fa mostra di poterne spendere.

Non gli ci vuole molto a simulare i modi del gran mondo. Abiti impeccabili, maniere affettate, quegli occhi carezzevoli, gli procurano fama di uomo facoltoso, misteriosamente potente e d'altronde ha davanti a sé un modello.

In quegli anni che di poco precedono la guerra, frequenta la Costa il signor Franz Jellinek. Ufficialmente è console austriaco nel principato di Monaco. In realtà svolge anche il compito di caporete dello spionaggio austro-tedesco in quei circoli di prelibate informazioni.

«Ha il tipico aspetto fisico dei *rastaquouères*, testa quadra, precocemente calvo, sguardo sfuggente dietro le lenti, baffi alla Guglielmo.» Fisionomia corrente, immagine realisticamente borghese. La si può completare senza difficoltà con un addome imponente attraversato dalla catena dell'orologio, ghette felpate che coprono per metà le polacchine nere, un cilindro sotto il quale, nelle occasioni richieste, cela la sua calvizie.

È ricco. Nel porto di Cannes è all'ancora il suo yacht che si dice sia il più veloce della costa. Possiede per gran parte l'hôtel Astoria a Parigi. Le due cupolette che coronano l'edificio, accanto all'Arco di Trionfo, guastano il profilo di Place de l'Etoile. Ma il potente signore è riuscito a farle costruire anche se le leggi urbanistiche lo avrebbero vietato.

In un solo anno Jellinek è diventato ufficiale della Legion d'Onore nonostante il regolamento ne preveda cinque. Immediatamente prima della guerra il suo patrimonio è stimato in 33 milioni di franchi.

Questo straordinario console austro-ungarico ha cominciato come rappresentante di una ditta d'automobili nel Württemberg. Nel luglio 1914, durante le ultime prove motoristiche prima del conflitto, le sue vetture hanno vinto tre primi premi. Di una delle sue automobili è orgoglioso al punto che ha voluto chiamarla come la sua figlia primogenita: Mercedes, nome che avrà fortuna.

Anche Jellinek è della pasta dei Bolo. Meglio: l'ambizione di Bolo è di dimostrare che lui è della stessa pasta di Jellinek.

Ha venduto sapone in strada, è a mala pena sfuggito al carcere, ha rubato i poveri risparmi di sua moglie. Ma adesso può incontrare Jellinek da pari a pari; e cerca d'incontrarlo spesso. In quell'anno sulla Costa, Bolo vive una sua eccitante vigilia e prima che lo spionaggio tedesco lo assoldi tenta un'iniziativa dopo l'altra.

Della più fantasiosa si avrà notizia quattro anni più tardi, al processo, quando le vittime trovano finalmente il coraggio d'ammettere il proprio candore.

A chi vuole ascoltarlo, e sono molti, Bolo racconta di trovarsi in Riviera per un breve periodo di riposo in attesa di recarsi a prendere possesso di immensi territori donatigli dal governo degli Stati Uniti perché vi fondi una libera repubblica. Chiunque sia in grado d'esercitare un'arte o un mestiere può cominciare con lui questa trascinante avventura nel nuovo mondo. Le richieste sono così numerose che, per stabilire le precedenze, si deve tenere un registro nell'atrio dell'hôtel dove risiede.

A mano a mano che le candidature aumentano, Paul Marie prende coraggio, forse non credeva neanche lui che sarebbe stato tanto facile. Il progetto si precisa, prima lo ha accennato nelle grandi linee, ora lo perfeziona, scende ai dettagli, annuncia provvedimenti. Fa circolare la voce che sta costituendo il futuro governo che, sotto la sua presidenza, dovrà amministrare il nuovo Stato.

Un ex capitano di marina in pensione viene elevato alla carica di ministro della Guerra. Lui e gli altri sono invitati a recarsi a Marsiglia a vedere il piroscafo *Le Conquérant* che li imbarcherà per la nuova colonia.

Ma un bel giorno Bolo sparisce. Futuri coloni, ufficiali della gendarmeria, sottosegretari, ministri in pectore, presentatisi a rapporto, non lo trovano più. Con lui sono spariti i libri contabili dov'erano scrupolosamente stati annotati gli acconti che ognuno di loro aveva versato.

Si farà anche quest'ipotesi. Bolo, stretto il suo rapporto con Jellinek, ha finalmente trovato il committente che cercava: un governo vero, quello tedesco, e un intermediario allo stesso tempo magnifico e inoffensivo nella persona di Abbas Hilmi II, ex kedivé d'Egitto.

Questo smarrito viceré che vive quasi in esilio e trema per la sorte del regno di cui gli inglesi stanno per spogliarlo, diventerà la cerniera che salda i destini di Paul Marie Bolo e di Filippo Cavallini nonché il tramite delle enormi cifre che i tedeschi sono disposti a spendere per accaparrarsi la stampa italiana e francese.

È madame Lafargue, cantante d'opera, che provoca il primo incontro tra Bolo e Youssuf Sadik pascià, ciambellano ed eminenza grigia del kedivé. Poche settimane più tardi, nel giugno 1914, e dunque sei mesi prima del tentativo di fondare la banca, Bolo viene presentato a Sua Altezza.

Abbas Hilmi II, kedivé d'Egitto, in quel momento risiede a Parigi e attorno a questo *demi-monarque*, che sembra uscito da una commedia di Feydeau, si aggira una piccola corte di lestofanti dall'infallibile intuito. Il pigro sovrano si muove in incognito ma è una precauzione inutile perché la sua identità, al pari delle sue sostanze, trapelano.

Bolo non perde tempo. Gli presenta appena può mademoiselle Andrée Luzanges, canzonettista e *divette*. Il kedivé se ne invaghisce subito, l'assedia, la copre di doni, in una parola la reclama.

Ma da quel sovrano che ha occhi sottili e la pelle ambrata del viso lucida come seta, Andrée, per cedere, pretende ben altro. Creatura assai giudiziosa nonostante la sua incantevole giovinezza, la signorina Luzanges si fa sorprendere in atteggiamento sognante, talvolta piange, insomma la si direbbe innamorata.

Il sovrano credeva di poterla avere con qualche regalo, Andrée punta invece al posto di favorita e lo avrà.

Forse fu calcolo da parte di Bolo, forse quella felice unione la si deve solo mettere in conto alla fortuna che in questo periodo gli è vicina come mai in precedenza. Quale che sia l'ipotesi vera, nel momento stesso in cui il viceré può abbandonarsi sfinito tra le braccia della signorina Andrée, la figura di Bolo comincia ad acquistare ai suoi occhi una nuova consistenza.

È facile dire che l'avventuriero non compì in questa occasione che un servizio da mezzano. Bisogna saper immaginare la spaventosa malinconia di un uomo che sta per perdere il trono e l'arduo governo d'un popolo, che vive lontano, in un Occidente che lo affascina ma anche vagamente lo nausea con i suoi modi sbrigativi, e la sua disinvoltura. Si capisce allora come la nuova passione non poteva non riverberare in qualche modo anche sull'uomo che aveva contribuito ad accenderla.

Il 4 agosto 1914, due giorni dopo l'inizio della guerra tra Francia e Germania, Sadik parte per Costantinopoli dove il kedivé s'è già recato. Venti giorni dopo, nella sua seconda lettera, Bolo sollecita il titolo di pascià e dal tono si direbbe che stia esigendo il mantenimento d'una vecchia promessa.

Sadik s'oppone, con molta ingratitudine sembra che anche mademoiselle Luzanges, ormai ammessa agli affari di Stato, esprima parere negativo. Ma con dispaccio diplomatico del 14 settembre, l'ex venditore di sapone viene innalzato al pascialato. D'ora in avanti sarà per tutti Bolo pascià.

Insieme al titolo, il kedivé gli concede l'amministrazione dei suoi beni che sono, come quasi sempre accade ai sovrani compromessi, immensi. Non si tratta solo delle proprietà personali ma dell'intera *Daira Kassala* cioè il complesso dei beni della corona tra i quali è compresa la facoltà di rinegoziare con l'Inghilterra il protocollo per l'attraversamento del canale di Suez·. Secondo la stima del capitano Bouchardon, si tratta di un benefizio che vale, da solo, dagli 80 ai 100 milioni di franchi.

Ci si chiederà, tre anni più tardi nei giorni che seguono l'arresto, come mai l'astutissimo Bolo poté commettere l'errore finale che segnerà la sua rovina. Una domanda che non tiene conto del senso di sconfinato potere che il fulmineo successo di questo periodo dovette certo infondergli.

Il trucco della terra promessa, con il quale solo pochi mesi prima aveva raggirato qualche capitano in pensione e qualche infreddolito frequentatore invernale della Costa, è un ben misero espediente paragonato alla fortuna che ora gli è riuscito di afferrare.

C'è però una persona che non ha alcuna ragione per rallegrarsi della piega che le faccende di corte stanno prendendo, l'ombroso Sadik. Quando lo ha presentato al suo sovrano, il ciambellano non prevedeva certo una così rapida ascesa e adesso tenta come può di opporvisi.

Riesce a convincere il kedivé a mandare a Bolo un allegato segreto con il quale questi si dichiara pronto a restituire tutto ciò che ha avuto dietro semplice richiesta di Abbas Hilmi.

Senza un attimo d'esitazione, Paul Marie lo firma.

Capitolo tre

Che cosa accade quando le polizie italiana e francese hanno nelle mani tanto da stringere la rete sugli indiziati?

A Roma, l'arresto di Filippo Cavallini avviene quasi di soppiatto. A Parigi, quello di Paul Marie Bolo, il 29 settembre 1917, è invece drammatico. Il pascià ha preso alloggio al Grand Hôtel dove un «attacco di euremia» lo tiene a letto; ha un revolver sotto il guanciale. Quando gli agenti irrompono, tenta un gesto disperato ma prima che possa completarlo viene immobilizzato.

Il prigioniero è stremato e l'arresto, che pure doveva aspettarsi, sembra coglierlo di sorpresa. Un medico della polizia lo dichiara intrasportabile ma il capo del controspionaggio non si rassegna, fa intervenire altri due medici che all'istante concedono il permesso. Disteso a forza su una barella, nascosto sotto una coperta, Bolo viene fatto scendere mentre la polizia tiene sgombera la hall dell'albergo.

La notizia dell'arresto dovrebbe essere segreta ma al portone s'è ugualmente radunata gran folla che tumultua e impreca. «Morte, morte!» si grida; e anche: «Gettatelo nella Senna», «Fucilatelo», «Al muro, al muro!». Non si sa come la notizia abbia potuto diffondersi così velocemente. Forse è bastato lo spiegamento degli uomini, forse qualcuno ha provveduto a far circolare la voce.

Un'ambulanza trasporta Bolo prima alla Santé, poi all'infermeria del penitenziario di Fresnes. Luogo terribile, lo stesso nel quale due mesi prima Eugène Bonaventura Vigo, meglio conosciuto come Miguel Almereyda, anarchico libertario, direttore del periodico «Le Bonnet Rouge» finanziato dallo spionaggio tedesco, è stato trovato senza vita.

La morte di Almereyda è stato un altro degli scandali ricorrenti nella Terza repubblica con una frequenza che in pratica finisce per cancellarli. Il medico legale ha archiviato il caso come «suicidio» ma la voce pubblica parla con insistenza di assassinio e ne indica il mandante: il ministro degli Interni Louis Malvy.

Bolo è terrorizzato, teme che gli sia riservata la stessa fine, non sa che il capitano Bouchardon, l'uomo che proprio in quei giorni è riuscito a far fucilare Mata Hari, vuole che egli arrivi vivo al processo perché ritiene esemplare la sua indagine e certo l'esito del dibattimento.

Poiché il prigioniero comincia per protesta uno sciopero della fame, Bouchardon ordina «che sia forzato alla nutrizione artificiale», una guardia raddoppiata vigila notte e giorno alla porta. I grandiosi progetti, le speranze, i lussi, tutto si è concluso su quel giaciglio, in quella piccola cella che sembra a Bolo l'anticamera stessa della morte.

Nei pochi mesi che separano l'arresto dal processo, Bolo ha tutto il tempo per studiare il suo piano di difesa che è semplice e si basa sulla sua amicizia con molti potenti, sulla contestazione di alcune accuse, sulla folle risolutezza del contegno che vuole mantenere. Ma come aveva temuto inutilmente una morte segreta, così si sta inutilmente preparando ad affrontare i suoi giudici.

Bolo ignora che Bouchardon lo ha fatto pedinare per mesi, che la sua corrispondenza, i depositi bancari, gli spostamenti, gli incontri, tutto è stato spiato e annotato. Ignora soprattutto che verso la fine di settembre del 1917 s'è verificato un fatto assolutamente imprevedibile che, dall'America, ha impresso all'indagine una decisiva accelerazione.

Il processo Cavallini va avanti dal dicembre 1918 al maggio 1920. Diciotto mesi di testimonianze quasi sempre irrilevanti che preparano la sorprendente conclusione. Il processo Bolo non dura che per dieci udienze; si apre il 4 si conclude il 14 febbraio 1918.

Cavallini patisce un carcere preventivo di oltre un anno, Bolo meno di cinque mesi. Il colonnello Gandini dà talvolta l'impressione di soccombere all'aggressività della difesa, all'approssimazione dell'istruttoria, alla reticenza o alla furbizia dei testi. Il colonnello Voyer, che presiede la Terza Sezione del *Conseil de guerre*, conduce il dibattimento in modo implacabile e nelle due o tre occasioni in cui sembra che il rito gli sfugga di mano, subito l'udienza è interrotta e la discussione, alla ripresa, riportata ai suoi termini indispensabili.

Queste diversità resterebbero pure connotazioni di stile giudiziario se non intervenissero, elemento decisivo, i documenti e le prove che la polizia americana sa scovare e che avviano il processo contro Bolo alla sua rapida e ineluttabile conclusione.

È di questo processo parigino contro Bolo che per prima cosa dobbiamo dunque occuparci.

All'apertura della prima udienza Filippo Cavallini, anch'egli imputato, viene subito dichiarato contumace. Oltre a Bolo, davanti alla corte militare, non c'è che il suo segretario Porchère, misero comprimario che ha la parte di colui che obbedisce a ordini di cui ignora lo scopo. Al prezzo di una totale umiliazione riuscirà a cavarsela con tre anni di carcere.

L'accusa è sostenuta dal maggiore Mornet, la difesa dall'avvocato Albert Salle, uno dei più celebri e rispettati del foro parigino.

I delitti di cui Bolo è accusato sono divisi in due capitoli. Il primo si riferisce agli anni 1914-15 e riguarda le operazioni condotte in Svizzera con l'aiuto del kedivé e la complicità di Filippo Cavallini. Il secondo riguarda invece i fatti avvenuti nel 1916 a NewYork, conclusisi con l'acquisto del quotidiano «Le Journal» diretto dal sanguigno senatore della Meuse Charles Humbert.

Un esperto contabile, il signor Doyen, è chiamato tra i primi a sostenere la tesi dell'accusa. Si presenta in aula con i suoi libri e i risultati della sua perizia sulla sfuggente contabilità di Bolo. Dice, e dimostra, che il pascià nel 1914 non possedeva che due milioni e mezzo di franchi al massimo, anche a volervi comprendere denaro, titoli e beni apportati dalla seconda moglie vedova Muller. Nel 1916 questa fortuna s'era talmente accresciuta che solamente negli Stati Uniti ammontava a «nove milioni di franchi, dieci se si tiene conto dell'effettivo tasso dei cambi».

C'è poi una lettera scritta da Bolo il 6 marzo 1916 alla banca americana Amsinck nella quale tra l'altro è scritto: «Riceverete delle somme di cui il signor Pavenstedt conosce l'ammontare». «Firmando quella lettera» sostiene il pubblico accusatore Mornet «Bolo ha anche firmato la sua condanna.»

Per capire le ragioni di tanta sicurezza è necessario vedere come si svolse l'avventura americana di Bolo e in primo luogo rispondere alla domanda: chi è il signor Adolph Pavenstedt?

Il pretesto che Bolo accampa per recarsi negli Stati Uniti è l'acquisto di un importante stock di carta per la stampa del «Journal», di cui è appena entrato nella proprietà, e il trasferimento in Europa di alcuni suoi fondi.

«Le Journal» è uno dei maggiori quotidiani francesi, la sua tiratura sfiora i due milioni di copie, la sua linea è accesamente interventista. Lo dirige il senatore Charles Humbert che nei suoi editoriali tuona contro l'impreparazione militare della Francia, reclama una sempre maggior produzione di armi per battere il nemico tedesco.

Humbert non ha mezze misure nel patrocinio delle sue idee. È alto, corpulento, sanguigno, conosce più la passione che il garbo, ama la battaglia più che la persuasione. Lo descrivono: «Abile nella politica, scaltro negli affari, insaziabile nei guadagni, ideatore di formidabili combinazioni finanziarie, grande artista, gran gaudente, ottimo tiratore di scherma, infaticabile mangiatore». Insomma, un personaggio da romanzo, una maschera.

Da caporedattore è diventato comproprietario del quotidiano quando il vecchio Henry Letelier nel luglio 1915 ha deciso di disfarsi della testata. Suoi soci sono due affaristi piuttosto noti, Lenoir & Desouches, di cui si sospettano relazioni clandestine con i tedeschi.

È proprio a queste voci insistenti che Humbert s'appiglia, subito dopo l'acquisto, per estrometterli dalla proprietà. Prima Desouches, che è il più debole, poi Lenoir. «O spezzerò la mia penna!» minaccia. Ha un problema, però: non possiede nulla. Deve quindi trovare qualcuno che paghi per lui il riscatto delle azioni che sono in mano ai due affaristi.

Quando viene ascoltato al processo contro Bolo, dice: «In quel periodo mi vennero offerte parecchie combinazioni finanziarie. Ma tutte io rifiutai poiché temevo l'ingerenza politica nella direzione del "Journal". Quello che in realtà cercavo era un banchiere il quale non avesse a cuore che la riscossione di pingui dividendi.

«Un giorno, Bolo, amico dell'ex presidente del Consiglio Caillaux, legato con dei ministri, dei banchieri, degli ambasciatori, degli alti magistrati perfino, Bolo dunque mi si presenta. Gli dissi: "Tratterò ad una sola condizione: che voi non abbiate alcuna autorità nel 'Journal'. A voi i dividendi, a me la direzione".

«"La politica" mi rispose "non m'interessa affatto. Di avere influenza me ne infischio. Io tiro al sodo."

«A quelle condizioni che erano esattamente quelle da me cercate, l'affare si fece. Firmammo il contratto che obbligava Bolo a versare subito un milione, cosa che sia pure con qualche ritardo fece, e quattro milioni di lì a poco.»

Il 28 dicembre 1915 Pierre Lenoir si disfa delle azioni del «Journal», un mese dopo il 30 gennaio 1916, Bolo firma il contratto che lo rende comproprietario.

Lo straordinario passaggio di proprietà tra la coppia Lenoir & Desouches e Bolo ha una sola spiegazione possibile: le istruzioni dell'affare sono tutte venute dalla Wilhelmstrasse, il Ministero degli Esteri del kaiser. Quando i sospetti sulla coppia Lenoir & Desouches si fanno troppo insistenti e quando la proprietà del quotidiano rischia di diventare inutile perché la sua tiratura e il suo prestigio potrebbero diminuire al punto da rendere antieconomico l'investimento, il ministro degli Esteri tedesco von Jagow ordina ai due compromessi affaristi di uscire dall'affare.

Il principe von Jagow è tranquillo perché già prevede, che Bolo prenderà il loro posto. Fa tirare indietro un agente, ne mette in campo un altro che in quel momento è insospettabile e capace.

Quando il senatore Humbert viene a deporre come testimone nell'udienza del 7 febbraio 1918, egli ha già perduto l'immunità parlamentare che l'assemblea all'unanimità gli ha revocato, si è dovuto dimettere dalla direzione del «Journal». Non ha però perso nulla della sua baldanza.

La sua voce rimbomba nell'aula, con inarrestabile vena prorompe in affermazioni definitive mentre i suoi gesti scandiscono il discorso, mimandone per così dire la punteggiatura. Il pugno è infaticabile; ora s'abbatte sul petto robusto, ora fa vibrare la sbarra alla quale il teste s'appoggia con l'intero suo peso.

Humbert giura, tuona, minaccia e il suo indice puntato sembra inesorabile. Spesso getta all'indietro la testa fiera, si erge quasi volesse balzare fuori del recinto. Poi d'improvviso s'arresta, si china come soccombendo al peso delle proprie emozioni. Nel suo genere, l'oratoria di Charles Humbert è quella di un artista.

Grida ai giudici: «Ma perché non avrei dovuto essere sicuro di Bolo? Che avrei dovuto fare? Ricorrere alla giustizia? Ma l'ho fatto. Ho fatto di più. La questione è stata sottoposta al consiglio dei ministri. Mi si è detto che non c'era niente in contrario. Per due anni ho investito del problema una quantità di persone. Mi si è sempre detto d'andare avanti».

Pubblico ministero Ve lo dirò io signor Humbert, quello che vi si può rimproverare. Dopo che avete detto che Lenoir & Desouches erano degli agenti tedeschi...

Humbert Non l'ho mai detto!

Pubblico ministero Ma se l'avete scritto.

Humbert Mai! Mai! Ma allora è molto meglio essere imputato che testimone. Accusatemi con lealtà. Fatemi arrestare, almeno disporrò di un avvocato.

Pubblico ministero (gelido) Non anticipiamo i tempi!

Scoppiano tumulti in aula a questa battuta, ci vuole qualche minuto prima che l'implacabile Mornet possa riprendere.

Pubblico ministero Quello di cui vi rimprovero è d'aver rimborsato con denaro tedesco, il denaro tedesco che avevate già intascato, di aver accettato Lenoir come condirettore del giornale dopo averlo tacciato, il 28 dicembre, di essere un agente tedesco.

Humbert Ma era condirettore solo per la parte letteraria.

Pubblico ministero E sia! In ogni caso continuavate a trattare con lui dopo aver proclamato che il suo denaro aveva origini losche.

Humbert Losco non vuol dire tedesco. I soldi dei fabbricanti d'armi, data la campagna che il giornale conduce, potrebbero essere altrettanto loschi.

Mornet a questo punto non replica, nelle ultime risposte Humbert è andato scaldandosi e il maggiore Mornet vuole invece che le sue parole cadano nel più assoluto silenzio. S'avvicina al teste, lo fissa, scandisce con lentezza: «Signor Humbert, ora le dirò io qual è stato il calcolo fatto dai tedeschi. Per due volte lei si è fatto mettere in mano del denaro tedesco. Quando il momento scelto dalla Germania fosse arrivato, lei sarebbe stato minacciato con uno scandalo che le sarebbe costato, come minimo, il posto. Non dico che lei avrebbe ceduto alla minaccia, non dico che lei non avrebbe protestato, gridato. Dico che il calcolo era di ottima qualità!».

Mornet è andato levando a grado a grado di tono di voce e l'ultima frase ha raggiunto l'effetto. Nell'aula scoppiano qua e là degli applausi. Perfino Bolo, che ha seguito l'intera discussione con evidente interesse, sorride e ha l'aria d'aver apprezzato il crescendo.

Quando si celebra il processo contro Bolo, Humbert gli ha già restituito da molti mesi i denari del contratto. Ma il tardivo gesto di prudenza non è bastato. Cento volte il senatore ha gridato la sua innocenza ma non riuscirà ugualmente a togliersi di dosso il sospetto d'essere stato un agente del nemico.

«Come si può credere» ha ancora la forza di dire «che io fossi consapevole dell'origine dei fondi che m'erano stati procurati dal momento che dalle colonne del mio giornale invocai per mesi che all'artiglieria tedesca fosse contrapposta un'artiglieria francese altrettanto forte?»

Nessuno raccoglie la domanda.

Ma torniamo alle avventure di Bolo. Alla metà di febbraio del 1916 Paul Marie, che è comproprietario del «Journal» da appena due settimane, parte per gli Stati Uniti. Ufficialmente ha una doppia missione da compiere: trattare l'acquisto della carta; operare il trasferimento dei 4 milioni di franchi di cui è debitore dopo l'acquisto del quotidiano. «In America» ha detto a Humbert «ho dei fondi che sono stati girati colà dalla mia banca di Anversa.»

Il pascià sbarca a New York il 22 febbraio e prende alloggio all'hôtel Plaza nel centro di Manhattan, di fronte al Central Park. Nelle tre settimane in cui resta negli Stati Uniti non ha un momento di requie.

Più volte incontra William Randolph Hearst, il magnate della stampa americana. Siede a tavola con lui al ristorante Sherry's, gli parla da pari a pari anche se Hearst è proprietario d'una catena di quasi cento testate e possiede decine di sale cinematografiche. La simpatia di Hearst per la Germania è forte almeno quanto il suo odio verso l'Inghilterra e la sua influenza per molti mesi è stata decisiva. Quando il 3 aprile 1917 gli Stati Uniti dichiarano guerra alla Germania, i giornali della catena Hearst ancora una volta protestano.

Ancora più spesso Bolo incontra Adolph Pavenstedt, un americano d'origine ceca, direttore della filiale di New York dell'Amsinck Bank. Al procuratore distrettuale Merton E. Lewis, Pavenstedt racconterà che Bolo gli si era presentato come un pacifista francese desideroso d'influire sulla pubblica opinione del suo Paese. «Sembrava avere dietro di sé autorevoli appoggi politici e sosteneva che la Germania poteva raggiungere la pace cedendo parte dell'Alsazia-Lorena contro una parte, da stabilirsi, dei domini coloniali francesi.»

Pavenstedt è interessato alla proposta, consiglia Bolo di ripeterla direttamente all'ambasciatore tedesco a Washington, conte Johann Heinrich von Bernstorff. L'incontro avviene e il suo risultato sta in un telegramma cifrato che von Bernstorff inoltra a Berlino il 26 febbraio 1916, cioè solo quattro giorni dopo che Bolo è sbarcato in America.

Il testo dice:

RICEVO INFORMAZIONI DA FONTE INTERAMENTE DEGNA DI FEDE CIRCA UN'AZIONE POLITICA IN UN PAESE NEMICO CHE PUÒ, COME RISULTATO, PROVOCARE LA PACE. PERSONALITÀ EMINENTE DI TALE PAESE CERCA UN PRESTITO DI UN MILIONE E 700 MILA DOLLARI A NEW YORK PER IL QUALE SAREBBE DATA GARANZIA. IMPOSSIBILE DARNE NOME PER ISCRITTO.

Tre giorni dopo dagli uffici della Wilhelmstrasse a Berlino von Jagow risponde con un altro telegramma:

CONSENTO AL PRESTITO MA SOLO SE L'AZIONE DI PACE VI SEMBRA PROGETTO REALMENTE SERIO. INVIO DOLLARI A NEW YORK NELL'ORA ATTUALE È PER NOI STRAORDINARIAMENTE DIFFICILE. SE IL PAESE NEMICO IN QUESTIONE È LA RUSSIA DECLINATE ASSOLUTAMENTE LA PROPOSTA PERCHÉ LA SOMMA RICHIESTA È TROPPO PICCOLA PER DETERMINARE UN SERIO RISULTATO IN TALE PAESE. FATE LO STESSO SE SI TRATTA DELL'ITALIA OVE NON VARREBBE LA PENA DI SPENDERE UNA TALE CIFRA.

3 marzo 1916, nuovo telegramma di von Bernstorff. L'ambasciatore prega von Jagow di dare istruzioni alla Deutsche Bank perché metta 9 milioni di marchi a disposizione del suo rappresentante a New York, signor Hugo Schmidt. Conclude:

L'AFFARE SI PRESENTA BENISSIMO, SEGUONO PARTICOLARI.

Nove milioni tutti insieme, la comproprietà d'un giornale con due milioni di copie di tiratura. Che cosa manca dunque alla fortuna di Bolo? Come deve sembrargli piccola, lontana, schiacciata dall'umiliazione, la figura di Cavallini in quei giorni.

È difficile sfuggire al fascino del successo, alla gaia vitalità che un intrigo così perfettamente orchestrato certo gli infonde. Bolo sente d'avere davanti a sé un cammino semplice e chiaro. Il denaro presto verrà, deve solo agire in modo che le tracce della sua provenienza vengano scrupolosamente occultate.

Infatti il percorso dei milioni è laborioso. La Deutsche Bank accredita la cifra in parte presso la National Bank, in parte presso il Guarranty Trust. Queste la bonificano alla Amsinck & Co. A sua volta, il direttore dell'Amsinck, Pavenstedt, inoltra il denaro alla Royal Bank of Canada «a disposizione di M. Paul Marie Bolo» e solo a questo punto il pascià interviene di persona per suddividere con molto giudizio l'importo.

Bonifica 524 mila dollari a madame Bolo presso il Comptoir d'Escompte di Parigi, 170 mila li invia, a saldo del suo debito, a Charles Humbert presso la filiale parigina della Morgan Bank. Una piccola cifra di copertura, 5 mila dollari, la destina al poeta e scrittore Jules Bois che in quel momento gode d'una borsa di studio in America. Il saldo, in assegni circolari, viene accreditato a suo nome presso la Banque Perier di Parigi.

Intanto la corrispondenza tra l'ambasciatore a Washington e il ministro degli Esteri a Berlino prosegue. Il 20 marzo von Bernstorff prega von Jagow di avvertire l'ambasciatore tedesco a Berna che «la persona» si recherà a trovarlo di lì a pochi giorni. Parola d'ordine: «Saint Regis».

Passano invece le settimane e «la persona» non si presenta. Alla fine di maggio von Jagow invia da Berlino un nuovo telegramma, il più breve della serie, il più compromettente. Dice:

LA PERSONA ANNUNCIATA DAL VOSTRO TELEGRAMMA DEL 20 MARZO NON SI È ANCORA PRESENTATA ALLA LEGAZIONE DI BERNA. AVETE DA PARTE VOSTRA ALTRE NOTIZIE DI BOLO?

È un testo decisivo. Il tono è sbrigativo, irritato, i tedeschi cominciano a temere che i nove milioni mandati a New York si disperdano in azioni ininfluenti, ridicole o peggio, nei mille rivoli di incontrollabili mediazioni.

Perla prima volta, inoltre compare in un testo il nome di Bolo e anche se per il momento il codice segreto in cui il messaggio è redatto protegge l'identità dell'agente, è chiaro che quel segnale non è stato inserito a caso. La domanda «avete voi altre notizie di Bolo» è tale che all'occorrenza può illuminare a posteriori l'intera corrispondenza precedente.

Dell'enorme cifra Bolo non firma alcuna ricevuta. Nei colloqui di Washington s'è impegnato a voce a restituire il denaro «due anni dopo la guerra, senza interessi», ma carte scritte non ne esistono. Diventerà, questo, uno degli argomenti principali della difesa.

«Vi sembra possibile» chiederà ai giudici l'avvocato Salle «che somme di questo rilievo viaggino senza una ricevuta?» L'avvocato non dice che somme di quel rilievo, e di quel genere, in realtà viaggiano unicamente senza ricevuta perché le garanzie alle quali vengono affidate nulla hanno a che vedere con una firma cambiaria.

Vige nelle operazioni dei servizi di spionaggio una regola che curiosamente assomiglia a quella della malavita comune. Ci possono essere sorrisi e strette di mano, ma ognuno sa che la parola non mantenuta si paga non al tasso corrente degli interessi, ma con la vita.

Tutti i messaggi tra Washington e Berlino, sono stati intercettati dal controspionaggio americano. Ma poiché sono redatti in codice, restano al momento senza significato. Un anno e mezzo dopo, nell'ottobre del 1917, quindi pochissimi giorni dopo l'arresto di Bolo a Parigi, l'*attorney general* di New York, Merton E. Lewis, è però in grado di rivelarne il contenuto.

Lo fa nel corso d'una conferenza stampa molto affollata che si tiene alle ore 18 del 3 ottobre 1917 al Murray Hill Hotel. Tra le altre circostanze, Lewis dice ai giornalisti che i messaggi erano stati a suo tempo intercettati e che ora sono stati anche decrittati.

Richiesto, rifiuta però di chiarire come sia stato possibile penetrare il codice. L'*attorney general* preferisce non rispondere perché nella decifrazione dei testi né lui né l'Fbi hanno avuto alcun merito e il modo in cui i telegrammi sono stati portati in chiaro appartiene piuttosto a quelle tenebrose attività che costituiscono l'aspetto inconfessabile d'ogni Stato.

È accaduto che quando i tedeschi si sono resi conto che il pascià ha chiesto una somma più che doppia rispetto a quella necessaria per completare l'acquisto del «Journal» e che non sta rispettando gli impegni, si sono definitivamente irritati.

Da Berlino seguono con attenzione l'inchiesta di Bouchardon sul conto del pascià e si rendon conto che il capitano istruttore non è in grado di raggiungere da solo la prova conclusiva per l'arresto. Allora decidono d'intervenire direttamente.

In poche parole, è lo spionaggio tedesco che ha fatto arrivare a quello americano la chiave per interpretare il cifrario dei telegrammi.

Così facendo viene bruciato, in piena guerra, uno dei sistemi di comunicazione del Ministero degli Esteri, ma bisogna ammettere, a beneficio d'un colpo di scena che ha una sua crudele grandiosità.

I tedeschi, irritati dall'imbroglio di Bolo, fanno saltare un codice, ma così facendo consegnano il francese al boia.

Al processo il pascià sostiene che quei nove o dieci milioni sono il risultato di felici investimenti che la banca Amsinck ha fatto per suo conto. I fondi giacevano presso la banca Behrens di Anversa, sostiene Bolo; trasferiti a New York si sono velocemente moltiplicati.

Presidente C'è una contraddizione nei suoi interrogatori per quanto riguarda i fondi. In un primo momento lei ha detto che il trasferimento da Anversa è avvenuto verso la Pasqua del 1914. La banca Amsinck deve aver lavorato davvero molto bene poiché avendo ricevuto sei milioni ne hanno messi, poco tempo dopo, ben dieci a sua disposizione.

Bolo Volendo si sarebbe potuto guadagnare anche di più.

Presidente Certo la banca Amsinck dev'essere un'ottima banca. Per sfortuna però i suoi libri non recano traccia di denari che le siano appartenuti. Non c'è nemmeno traccia di trasferimenti di fondi a suo favore. Al contrario, somme enormi, di provenienza della Deutsche Bank, sono state improvvisamente portate a suo credito tra il marzo e l'aprile del 1916. Come lo spiega?

Bolo La banca ha fatto le operazioni al di fuori della sua contabilità ordinaria temendo forse un'inchiesta federale.

Presidente Ma si possono seguire fino ai minimi dettagli i movimenti dei dieci milioni provenienti dalla Deutsche Bank.

Bolo Questo lo dice Hugo Schmidt. Si tratta d'un nemico. E lei crede a questo *boche* più che a me?

Presidente Sì, perché la veracità di quanto afferma è confermata dai famosi telegrammi di cui il governo americano garantisce l'autenticità.

Bolo non ha scampo. I denari da soli o i telegrammi da soli forse non basterebbero. Ma la disponibilità del denaro e la corrispondenza che l'ha preparata, mettono insieme una combinazione micidiale che serra l'imputato in una morsa.

Un altro elemento a suo carico lo aggiunge un personaggio che fugacemente compare, il pittore Panon, un'antica vittima di Bolo, uomo oppresso in modo implacabile dalla sventura. Amico d'infanzia di Bolo, Panon ha sposato una donna che piace anche al futuro pascià. Gli piace al punto che, insinuatosi nel ménage Panon, Bolo ne è diventato il vero arbitro e dominatore.

Prima spinge il pittore a pagare in sua vece alcuni vecchi debiti; quando l'uomo è quasi in rovina, fugge in Spagna con la moglie che ha sedotto e innamorato di sé. Con il nome di Paul Berner apre a Valencia una taverna «La Valencia del Cid» che la donna deve gestire.

Ma presto, come in una *comédie larmoyante*, se ne stanca e la scaccia. Tornata a Parigi la signora Panon viene perdonata dal marito e riaccolta in casa.

Ma le soppraffazioni di Bolo nei confronti dei due miseri non sono ancora finite. Ambendo alla Legion d'onore, il pascià vuole cancellare i suoi precedenti penali. Allora, con impudenza somma, torna da Panon, gli offre duemila franchi e lo convince a firmare una dichiarazione nella quale il pittore confessa d'essere lui il vero autore di alcuni reati che ancora macchiano la fedina del pascià. «Li ho commessi» deve dichiarare «sotto il falso nome di Bolo.»

Racconta Panon: «Dopo il ritorno a casa di mia moglie, ci siamo accorti che la poverina rischiava di diventare cieca. Dovevo inoltre mantenere mia madre agonizzante. Ho esitato a lungo di fronte alla proposta di Bolo. Poi, per amore filiale, l'ho accettata. Dopo tutto... non avrei disonorato che me stesso».

Le parole di Panon «producono una profonda impressione nell'aula». Udita la straziante confessione, c'è già chi impreca il nome dell'imputato, si levano dei pugni verso la sua gabbia. È ancora niente in confronto a ciò che accade quando viene a deporre madame Panon. La sventurata raggiunge la sbarra dei testimoni al braccio d'un gendarme che la sorregge e la guida. Sul suo volto aleggia l'espressione vagamente stupita dei ciechi.

«Non posso dare molti particolari» sussurra «ho così sofferto.» Singhiozza, s'interrompe di continuo, parla come un'eroina di Ponson du Terrail.

«Prima di conoscere Bolo, mio marito ed io eravamo felici. Pochi mesi dopo ero già perduta. Rovinato mio marito, mi propose di fuggire con lui. Ahimè, come una pazza ho accettato, lasciando tutto... Ho così sofferto. Ma è stato giusto. Avevo commesso un enorme sbaglio abbandonando mio marito, tradendo un uomo così buono. Alla fine la benda è caduta dai miei occhi, quando Bolo m'ha abbandonato. Nel 1904 ho rivisto mio marito. Mi ha perdonata. Ho cercato, da allora, di espiare la mia colpa, di rendermi degna del suo perdono...»

Qui la donna si ferma perché le lacrime le impediscono di continuare e con lei piange il pubblico femminile in aula, deliziosamente straziato. Non ci sono che singulti a incrinare il terribile silenzio dell'aula.

Presidente Bolo, che avete da dire a vostra discolpa?

Bolo si alza. Con tono indistinto sussurra Niente!

Dal pubblico si leva un coro di maledizioni che il presidente non interrompe che dopo qualche minuto.

In quel mare di lacrime, l'aspetto che più direttamente riguarda il processo è però un altro. Nel marzo del 1917 quando si apre l'inchiesta sul suo conto, Bolo ha avuto il coraggio di tornare ancora una volta dal pittore Panon per incaricarlo d'una missione delicatissima. Chiede all'uomo d'andare a New York, alla banca Amsinck, e di farsi rilasciare un certificato che, crede, lo metterà al riparo da ogni pericolo.

Racconta Panon: «Bolo mi disse: vanno dicendo che una parte dei miei capitali è di origine tedesca. Ho chiesto alla banca Amsinck un estratto conto che prova il contrario. Va in America, chiedi del signor Pavenstedt alla banca Amsinck, confermagli la mia lettera e pregalo di inviarmi il seguente messaggio: "Ricevuta la vostra lettera del 1° marzo provvediamo a inviarvi l'estratto del vostro conto dalla data del primo versamento da Anversa, marzo 1914 pari a dollari un milione e 683 mila, fino al trasferimento, febbraio 1916, alla Royal Bank of Canada"».

Panon dunque va. Riesce a farsi ricevere da Pavenstedt e gli riferisce il desiderio di Bolo. Ma a questo punto il direttore dell'Amsinck si tira indietro. Risponde: «Noi non manderemo né l'estratto conto né il messaggio. Voi piuttosto che sembrate una persona per bene, rompete con Bolo. Non scrivetegli, non rispondete più alle sue lettere».

Così il pittore chiude la sua deposizione: «Ho messo insieme ciò che Bolo m'aveva detto alla partenza e le parole di Pavenstedt e finalmente, imbecille che sono, ho capito tutto».

Presidente Tutto questo è esattamente confermato dalla testimonianza di Pavenstedt raccolta dalla polizia americana.

Bolo balza in piedi, livido (gridando) Dimostrerò che Pavenstedt e Panon sono dei traditori!

Non può continuare perché un tremendo coro di urla ostili e d'ingiurie sommerge la sua voce.

Capitolo quattro

Un solo teste di rilievo avrà Bolo che non sembra venuto in aula per schiacciarlo. Un uomo che dimostra, se non coraggio, quanto meno arroganza sufficiente per sfidare un'opinione pubblica che, anche troppo chiaramente lo vuole morto.

È Joseph Caillaux, esponente radicale, ex presidente del Consiglio, destinato come vedremo ad avere ruolo di primo piano anche nel processo romano contro Filippo Cavallini. Caillaux fa il suo ingresso in aula all'udienza di sabato 9 febbraio e già la sua prima risposta suona come sfida.

Gli chiede retoricamente il presidente del tribunale: «Qual è il suo attuale domicilio signor Caillaux?».

«Alla Santé!» risponde l'uomo politico mentre percorre con lo sguardo il recinto del pubblico quasi a voler sottolineare la provocazione. Nel carcere parigino infatti è recluso da oltre due mesi.

La notorietà di Caillaux è sempre stata di questa lega. Prese di posizione polemiche, gesti controcorrente, autentici e intollerabili scandali.

«Sì» dice «con Bolo ho avuto buoni, anzi ottimi rapporti. Molti uomini politici che sono stati forse più assidui di me a casa sua, pensano di dover oggi rinnegare quei rapporti. Io invece del mio passato non tralascio nulla.»

Poco dopo dichiara: «Mi si rimprovera di non aver interrotto quei rapporti neanche quando nel 1916 si seppe dell'inchiesta sul suo conto. Io mi sono tirato in un primo tempo da parte. Ma quando ho inteso parlare di "non luogo a procedere", quando ho visto che lo si lasciava partire per Biarritz dove avrebbe così facilmente potuto passare la frontiera, sarei stato veramente poco coraggioso a rompere con lui. Fino a settembre contro di lui non c'è stato niente di preciso».

Mentre parla il suo atteggiamento è altero, si sente che vorrebbe dimostrare una tragica grandezza nella sventura, quasi fosse davanti al Senato di Roma e non a un tribunale della Terza repubblica.

«Mi si dipinge come colui che sta dietro Bolo, e si dipinge Bolo come un sostenitore della mia politica. La mia politica io non la rinnego. Ritengo che sia scaturita sempre dal patriottismo più profondo anche se è stata certo lontana da quella religione dello Stato in nome della quale si è assassinato Jaurés.»

C'è un lungo brusio in aula, la drammatica allusione a Jaurés è stata lasciata cadere intenzionalmente. Del resto, che il processo contro Bolo sia in realtà il processo contro Caillaux lo sanno tutti, e proprio per questo Caillaux si difende senza lasciare varchi. Se non facesse questa magniloquente apologia dell'amicizia, della solidarietà virile, sa, o teme, che la sua posizione politica ne uscirebbe più compromessa di quanto già non sia.

Sui fatti invece nega. Nega d'aver mai appreso alcunché sulle relazioni tra Bolo e Abbas Hilmi, sul viaggio in America, su Pavenstedt e Bernstorff, sull'acquisto del «Journal».

Quando il pubblico ministero comincia a interrogarlo, c'è un piccolo incidente che ancora una volta rivela l'animus con cui l'uomo vuole apparire al processo. Gli vengono chiesti chiarimenti su una lettera indirizzata a Bolo e risponde con sicurezza, convinto. Il pubblico ministero prosegue.

Pubblico ministero E veniamo adesso a un'altra lettera.

Caillaux Forza signor commissario del governo, forza.

Il tono è sdegnoso, il gesto che accompagna le parole quasi insolente. Ma la risposta di Mornet è gelida.

«Io non sono abituato al fatto che mi si dica forza, signor Caillaux.»

La verità è che il passato di quest'uomo è burrascoso, quello politico e quello familiare. Sul suo capo c'è ancora l'ombra dell'omicidio commesso da sua moglie quattro anni prima, il 16 marzo 1914.

Gaston Calmette, direttore del «Figaro», si apprestava allora a pubblicare documenti assai compromettenti sul suo conto, le famose «carte verdi», segreti d'alcova e retroscena politici. Madame Caillaux ne ha impedito l'uscita con il più sbrigativo dei modi: quattro colpi di Browning che fulminano Calmette alla sua stessa scrivania.

In precedenza c'era stato il caso di Agadir, un incidente grave che aveva quasi portato Francia e Germania ad anticipare la guerra. Pontefice del partito radicale, leader riconosciuto del blocco delle sinistre, Caillaux aveva proposto una soluzione a suo modo lungimirante. Cedere ai tedeschi alcune teste di ponte in Congo, in cambio della più ampia libertà di movimento in Marocco.

I sostenitori della guerra a oltranza non gli perdonarono mai questo abile compromesso, e il più acceso tra loro, George Clemenceau, il futuro «tigre», pubblicamente promise: «Quel vigliacco, io lo schiaccerò».

A torto o a ragione, dopo il compromesso da lui suggerito per Agadir, Caillaux diventa così «l'uomo della Germania». Dal processo per l'omicidio di Calmette sua moglie, la signora Raynouard in Caillaux, esce assolta. Il ministro dell'Interno Louis Malvy s'è schierato dalla sua parte e i gruppi di pressione in favore dell'omicida prevalgono, anche se dalla parte opposta, accanto a Clemenceau, è addirittura intervenuto il futuro presidente della Repubblica Raymond Poincaré.

Ma quando scoppia il caso Bolo-Cavallini, la campagna contro di lui ancora una volta divampa. Clemenceau sull'«Homme libre». Barrés sull'«Echo de Paris», Daudet sull'«Action française», ne fanno il loro obiettivo quotidiano. Hervé, direttore della «Victorie» fa uscire un titolo che echeggia quello celebre di Zola: «J'accuse M. Caillaux!».

Di che cosa lo accusa? Di colpe che possono condurre al patibolo, di essere cioè il centro della campagna disfattista, d'essere stato il patrocinatore occulto del periodico «Le Pays», d'essere stato in rapporto con Cavallini e con Bolo, d'aver sovvenzionato Almereyda spingendolo a scrivere ciò che il nemico voleva fosse scritto.

Caillaux ama la lotta. Gli piace entrare in un'assemblea che sa ostile per uscire avendone conquistato almeno una parte. È stato più volte ministro, quando ha retto il dicastero delle Finanze ha dato alla Francia un moderno sistema d'imposta sul reddito e una legge finanziaria che i conservatori non gli hanno mai perdonato.

I colpi di testa, le dichiarazioni solenni e imprudenti, le leggerezze che ha commesso con l'autoindulgenza dell'uomo sicuro di sé, hanno offerto l'occasione per attacchi senza fine. In risposta egli s'è agitato, ha minacciato, trasformandosi così in un bersaglio ideale.

Per tutto questo tempo Clemenceau lo ha aspettato al varco, sicuro che in questo suo concitato procedere avrebbe prima o poi commesso un errore irrimediabile.

Che Caillaux abbia in qualche modo brigato con Bolo non può essere messo in dubbio. Quanto meno lo ha pregato di organizzare riunioni in suo nome, di mettere insieme «uomini sicuri», gli ha accennato a mezze frasi «questioni di cui non può dirsi per iscritto». Forse non è niente di più di ciò che fa qualunque uomo politico, ma nell'atmosfera che la guerra ha così appesantito, con la campagna di stampa che monta ogni giorno, quelle frasi sono diventate sinistre.

Il 17 novembre 1917 Clemenceau ha l'incarico di formare il nuovo Gabinetto. Per tre anni dall'opposizione ha attaccato e demolito la maggior parte dei suoi avversari. Ora il suo programma è chiaro e delle sue intenzioni non fa mistero.

Subito i giornali possono scrivere: «La marea degli scandali in cui brulicano le figure di Bolo, di Almereyda, di Humbert, si frangerà probabilmente contro la riva invalicabile della sua acre energia». Il nome di Caillaux non viene fatto, ma è a lui che soprattutto si pensa.

Il 13 dicembre 1917, Caillaux prende la parola alla Camera in un'aula particolarmente gremita. Respinge una per una le accuse. Tra le altre quella d'aver tramato per la pace anche in Italia nel corso di un viaggio a Roma e a Napoli, fatto un anno prima. Per sua sfortuna, proprio a Roma ha commesso un altro dei suoi imperdonabili errori facendo di Filippo Cavallini il suo uomo di fiducia e di Frida Pozzoli la dama di compagnia di sua moglie.

Quando ritiene d'aver completato la sua autodifesa, alza gli occhi verso il banco del governo e s'avvede che Clemenceau non c'è. Nell'emozione delle parole veementi che ha appena pronunciato, non saprebbe dire se il suo nemico s'è semplicemente allontanato o non è mai stato presente alla seduta.

Comunque sia, soffre quell'assenza come un affronto. Ed è a lui, in absentiam, che indirizza l'ultima frase. Un altro errore.

«Il presidente del Consiglio non è presente» esclama «ma egli è qui rappresentato da parecchi colleghi. Ebbene io li prego di fargli conoscere l'appuntamento che gli fisso per un termine di tempo molto vicino.»

Si siede sfinito, madido, sorride debolmente. Chissà se s'è reso conto d'aver compiuto un atto d'alterigia che, indebolito dagli attacchi e più ancora dalle rivelazioni che cominciano a trapelare dall'istruttoria su Bolo, non avrebbe potuto permettersi. Già il giorno dopo alcuni giornali riportano che «la grande maggioranza dei deputati è disposta a concedere l'autorizzazione a procedere contro Caillaux».

Il 16 dicembre va ancora alla Camera. È quasi solo quando passeggia per gli ambulacri del parlamento, ostentando sicurezza. Davanti ai pochi che s'avvicinano per salutarlo, agita un fascio di lettere e di documenti che ha con sé. Dice: «Ho qui tanto da spazzare via ogni accusa!».

Il 22 dicembre, a tarda sera, la Camera si pronuncia a larghissima maggioranza per l'autorizzazione a procedere contro di lui. Tutti immaginano a che cosa preluda il voto. Infatti, venti giorni dopo, il 14 gennaio 1918, Caillaux viene arrestato.

Clemenceau è al potere da meno di due mesi. La vecchia promessa di schiacciare il rivale, fatta subito dopo la crisi di Agadir, è stata prontamente onorata.

D'altra parte, che al fondo dell'intrigo ci siano ragioni politiche, che siano anzi queste il sotterraneo connotato del processo contro Bolo, non è solo la vicenda di Joseph Caillaux a dimostrarlo. Emerge ad esempio dalla sconcertante deposizione di Georges Casella, corrispondente da Ginevra del «Matin».

Il giornalista dichiara; «Quando inviavo i miei servizi al giornale, sapevo dell'esistenza di un controllo postale e della censura. I miei articoli, ne sono consapevole, si sono così trasformati in altrettanti rapporti per le autorità di polizia».

Pubblico ministero Quando ha scritto questi articoli?

Casella Il primo nel gennaio 1916, un altro credo nell'aprile...

Pubblico ministero Ma il rapporto fatto sulla base dei suoi articoli è stato rimesso al capitano Bouchardon solo nell'ottobre del 1917. E questo nonostante che il capitano Bouchardon lamentasse di non avere quasi nulla nel suo dossier. Consapevolmente o no si è ritardata di sei mesi l'istruttoria del caso Bolo. Ho il dovere di denunciarlo.

La denuncia naturalmente non ha seguito. Più volte, nel corso delle udienze, si torna a parlare di questo misterioso ritardo nel passaggio delle informazioni, uno di quei casi in cui s'imporrebbe, più che una denuncia, un'inchiesta.

Invece nulla viene tentato anche se si sa che il ministro Malvy è un fedele di Caillaux e che il direttore generale della polizia, Hudelo, ha probabilmente obbedito a degli ordini.

Anche la deposizione del commissario di polizia Albert France rivela il clima inconfessato in cui il processo si svolge.

France Ho trasmesso il mio rapporto al direttore della Pubblica Sicurezza.

Pubblico ministero Quando ha saputo dei rapporti tra Porchère e Cavallini?

France Uno dei miei agenti me ne riferì nel settembre 1916.

Pubblico ministero E il capitano Bouchardon non l'ha saputo che nell'ottobre 1917!

France Non mi era possibile prendere alcuna iniziativa al riguardo.

Pubblico ministero Vi era stato proibito?

France No, mai, da nessuno! Ma ne avevo informato i miei capi.

Pubblico ministero Chi vi aveva incaricato dell'inchiesta?

France Il direttore generale della Pubblica Sicurezza.

Publlico ministero E come è potuto accadere che quei rapporti non siano arrivati prima al capitano istruttore?

France a questa domanda non risponde. Si limita a replicare «con un gesto evasivo e prudente».

Sono sufficienti questi ritardi, queste omissioni, per dire che Caillaux tentò di salvare Bolo per mezzo dei buoni uffici di Malvy? Molte domande in questo processo, come del resto in quello contro Filippo Cavallini a Roma, rimangono senza risposta.

La decisione di non indagare a fondo sui gravissimi episodi narrati dal giornalista Casella e dal commissario France, così come su quello che di lì a pochi giorni clamorosamente rivelerà l'avvocato Salle, ha cancellato per sempre alcuni fatti che oggi possono solo essere intuiti, intravisti.

Neanche la rivalità, e più che la rivalità l'inimicizia tra Caillaux e Clemenceau, è sufficiente per fare interamente luce sul modo in cui l'istruttoria s'è svolta. Non c'è Stato che abbia la possibilità o il coraggio di frugare fino in fondo nei delitti di spionaggio e di tradimento, là dove possono annidarsi circostanze che dello Stato incrinano la coerenza, finanche la legittimità.

Nell'udienza di lunedì 11 febbraio, la corte ascolta monsignor Bolo, fratello di Paul Marie. In questo processo dove l'oratoria viene elargita a piene mani, la voce educata e ferma dell'abate apporta una vivente pagina di retorica.

Alto, diritto, esangue, elegantissimo, l'abate si rivolge ai giudici in modo da ricordare loro che hanno di fronte un uomo che è al tempo stesso un sacerdote e un patriota e che tra queste due impegnative condizioni divide la sua esistenza.

Più che una testimonianza, monsignore dà alla corte un'orazione. Dietro le sue parole si sentono i grandi quaresimalisti annunciatori di castighi e in certi passaggi s'avverte il desiderio d'avvicinarsi al modello supremo di Bossuet.

Esordisce monsignore: «Nessuno è stato più severo di me nei confronti delle giovanili trasgressioni di mio fratello. Forse lo sono stato in modo addirittura eccessivo. Dopo il suo secondo matrimonio, il solo che conta ai miei occhi poiché la chiesa non ha consacrato che quello, io sapevo che mio fratello era tornato ad una vita di rettitudine. E tuttavia non ho mai varcato, mai, la soglia dei suoi salotti dove si affollavano invece i finanzieri, gli uomini politici, i magistrati, i diplomatici».

Questo preambolo, che per così dire è l'annuncio del

tema che svilupperà in seguito, l'abate lo pronuncia con voce risoluta rivolgendosi ora ai giudici, ora all'accusatore e al pubblico. Subito dopo la sua voce si fa più sottile ed egli appunta con straordinaria intensità lo sguardo in direzione del collegio.

«Se oggi non avessi la certezza assoluta dell'innocenza di mio fratello, non sarei venuto a parlare a questa sbarra. In un angolo, nell'ombra, in silenzio, divorerei la mia vergogna e la mia collera.»

Torna ancora una volta al tono vivace, diretto: «Signori, ho studiato a lungo il dossier e sono qui oggi a portarvi la dimostrazione di cui avvertiamo il bisogno. Se, esponendola, la mia parola supererà talvolta il pensiero, confido che vorrete scusarmi. Ho forse l'aspetto tranquillo ma, credetemi, sono agitato dalla più violenta emozione».

Il tono è accattivante ma purtroppo la dimostrazione si rivela debole. Monsignore attacca la perizia contabile e tenta di far vedere che l'imputato aveva una disponibilità di denaro superiore a quella che il signor Doyen ha valutato.

Esclama: «Comunque a che cosa sarebbe servito acquistare dei giornali quando abbiamo in Francia la censura, cioè il governo? Sarebbe stato necessario comprare non dei giornali ma l'intero parlamento e lo stesso governo con lui».

Passa quindi a esaminare il capitolo delle avventure americane e della banca Amsinck.

«Tutto l'affare americano ruota intorno a Pavenstedt. Ma Pavenstedt è un *boche*, dunque un bugiardo. È lui che ha montato l'intera questione. I telegrammi tra Bernstorff e von Jagow? Ma sono dei falsi, signori, non esistono! Sono, passatemi l'espressione signori della corte, delle colossali asinerie.

«Neanche le garanzie del governo americano sull'autenticità di questi messaggi mi sembrano convincenti. Hanno detto d'averne avuto conoscenza attraverso canali segreti. Ma questo signori giudici è inammissibile!»

Ricostruisce quindi l'infortunio coniugale del pittore Panon e poiché la vicenda nella sua lagrimevole drammaticità si presta a intense coloriture, l'abate vi si sofferma a lungo, crede, su un tema così vicino al suo ministero, di tenere l'uditorio in pugno.

C'è probabilmente un eccesso di fiducia, forse s'attarda o calibra male il crescendo. Insomma il pubblico d'improvviso scoppia a ridere, l'effetto è perduto e l'atmosfera che credeva d'essere riuscito a suscitare svanisce in un coro di ghigni.

Allora l'abate si volge furente, fulmina quei volti ridenti e per la prima volta non c'è più nulla di ecclesiastico nella sua voce.

«Io non rido» grida «non rido quando penso alla montagna di bugie sotto le quali si va seppellendo mio fratello!»

È un buon colpo di teatro, ma ha dovuto abbandonare per intero l'attenta tessitura oratoria che s'era imposto. È forse il solo momento in cui il forbito monsignore tralasci l'incanto delle parole e si sveli. Certo una paurosa amarezza gli ha gonfiato il cuore.

«Mio fratello ha fatto, ovunque, propaganda per la Francia. In America è su Hearst che ha esercitato la sua azione. Di Hearst, un amico della Germania, egli ha fatto un alleato dell'Intesa e questa conquista è la prima cosa che annuncia a sua moglie al momento dello sbarco. E voi pensate che i tedeschi, non fosse che per questo, non dovevano odiarlo? Pavenstedt ha concepito e messo in pratica l'odioso complotto, ma perché mai l'avrebbe fatto se non dietro pressioni, anzi ordini, del suo governo? Ma se Bolo è per la Germania un nemico, e un nemico temibile, come può essere un traditore della Francia?»

Torna sull'origine dei fondi del pascià: «Il rapporto del perito contabile nel suo insieme è soltanto una gigantesca petizione di principio. La Deutsche Bank, afferma il signor Doyen, agì per conto del governo tedesco nel versare i fondi alla banca Amsinck. Dunque, i fondi venivano dalla Germania. Ma è proprio questo il punto che andrebbe dimostrato e sul quale invece si sorvola, dandolo per scontato. Io sostengo che non dal governo tedesco ma dalla banca Behrens di Anversa provenivano quei denari. E lo affermo perché lo so».

Contro Charles Humbert lancia la frecciata finale. Modera all'inizio il tono, quasi blandisce l'immagine del senatore, per meglio preparare la battuta che intende scagliare.

D'improvviso chiede ad alta voce: «Come potete spiegare che il signor Humbert, sul quale l'odio della Germania non si è sfogato, sia ancora a piede libero? Mentre mio fratello che di quest'odio è vittima soffre da mesi il carcere?».

Scoppia qua e là qualche applauso alla fine di questa terribile orazione, bella e disperata. Ma se il quaresimalista ha saputo in qualche modo colpire, come dimostrano gli applausi di quella platea ostile, il colonnello-presidente ignora invece le struggenti finezze dell'oratoria. Ordina: «Guardie! espellete subito le persone che hanno applaudito».

Insieme lasciano l'aula, ma da due porte diverse, gli ascoltatori che l'abate ha convinto, e monsignor Bolo, che su suo fratello non leva neanche gli occhi.

Il 13 febbraio si tiene la nona e penultima udienza che il pubblico accusatore colonnello Mornet riempie quasi per intero con la sua requisitoria. Il segreto motore del processo è politico. Mornet sa però che quella politica è un'arma a doppio taglio poiché, agitate, le passioni di parte possono ritorcersi contro coloro che credevano di potersene servire. È per questo che all'aspetto politico l'accusatore non si dedica se non dopo aver a lungo insistito sui dati di fatto, gli stessi che le udienze precedenti hanno posto sotto gli occhi di tutti.

A quali conclusioni voglia giungere, è chiaro fin dall'inizio. Ma attraverso quali passaggi egli vi arrivi, attraverso quale esame formale della condotta di Bolo, questo è l'aspetto rilevante del suo atto d'accusa.

Mornet è consapevole che, a parte le leve psicologiche sulle quali ha soprattutto agito monsignor Bolo, la difesa potrà lavorare unicamente sul dubbio se il reato sia stato effettivamente consumato.

L'avvocato Salle, che parlerà l'indomani, potrà dire: ebbene, sappiamo o possiamo ammettere che Bolo ha preso del denaro dalla Germania. Ma una volta che ciò sia stato riconosciuto, quale uso criminale o anche solo improprio di questo denaro potete rimproverargli? Dove sono gli effetti pratici del tradimento? Dove la demoralizzazione, le campagne disfattiste di cui l'accusate? E poiché quegli effetti in realtà non ci sono stati, il pubblico accusatore Mornet vuole tagliare per prima cosa questo nodo, eliminando così il pericolo all'origine.

«Voglio definire» dice in apertura «che cosa debba intendersi per reato d'intelligenza con il nemico, le sue forme infatti sono molto variabili. I propositi, le conversazioni, i giornali comprati, il denaro versato, tutto questo è già intelligenza con il nemico.»

Mornet si scalda, abbandona il suo scranno, avanza fino al centro del pretorio, alza la voce. «Che cosa importa» chiede «che Bolo abbia truffato i tedeschi e che si sia servito per fini personali dei denari che ha intascato? Dal momento che in esecuzione d'un piano orchestrato a Zurigo, Bolo ha riscosso i denari portatigli da Cavallini, dal momento che dopo aver mostrato il suo contratto con il "Journal" a Bernstorff, ne ha ricevuto i dieci milioni, il delitto è già consumato. Lo spionaggio colpisce prevalentemente i nostri segreti materiali, ma l'intelligenza con il nemico colpisce in pieno la nostra energia morale. Trattare col nemico, mentre questi è ancora sul territorio nazionale, vuol dire rassegnarsi a morire!»

Mornet torna al suo banco, consulta alcune carte poi si protende in avanti, i pugni appoggiati allo scranno. Parla già da due ore, la sua voce, annota un cronista «è sorda ma possente, non tradisce il minimo segno di fatica».

Esamina la figura e l'azione di Cavallini, il suo contributo al tradimento non solo del suo Paese, l'Italia, ma anche della Francia, le trame consumate con il kedivé e la sua piccola corte, il maneggio e il trasporto di denaro tedesco. E per Cavallini subito chiede la pena di morte. Poi torna a Bolo: «L'idea di acquistare "Le Journal"» dice «è della Germania che già aveva cercato di farlo con Lenoir & Desouches. Certo avrei voluto vedere questi due loschi affaristi giudicati ora insieme a Bolo. Ma abbiamo tempo, i due saranno giudicati, l'azione svolta da "Le Bonnet Rouge" sarà giudicata, tutti coloro che hanno compromesso la difesa nazionale, per altolocati che siano, saranno giudicati. Tutti. Accontentiamoci oggi di giudicare Bolo».

Quando arriva alle sue conclusioni, Mornet ha parlato per più di tre ore in un silenzio totale. Bolo, livido, non ha abbandonato un momento con gli occhi quella figura massiccia che è andata serrando un cappio intorno alla sua gola.

«Vi chiedo, signori, di condannare in contumacia Filippo Cavallini alla pena di morte. So che la pena capitale è abolita in Italia, ma la manifestazione di questa vostra volontà ritengo che non sarà inutile. Quanto a Bolo, so quello che si dirà. Si dirà che dietro di lui c'erano altri colpevoli, più in alto, più potenti di lui.

«Ma è lui che ora dobbiamo giudicare, quel Bolo che ha avuto l'infame onore di dare il suo nome all'intera congiura poiché Lloyd George ha potuto parlare di "boloismo francese". La sua condanna sarà almeno una prima tappa.»

Mornet ha finito, si ferma, si terge il sudore, sembra voglia raccogliersi in se stesso. Col capo chino, sollevando verso la corte soltanto gli occhi, pronuncia l'ultima frase: «Chiedo per Bolo la pena di morte. In questa stessa aula d'assise e con altra veste l'ho chiesta altre volte in passato per dei criminali comuni. Non l'ho mai fatto, signori giudici, senza emozione. Ma questa volta è senza esitazioni, con tutta l'anima mia e con l'intera forza di cui dispongo che vi chiedo d'essere implacabili».

È stato anche il suo grande, tragico teatro e, appunto come a teatro, la sala scoppia in un applauso quasi unanime che questa volta il presidente non reprime. Il collegio si alza ed esce mentre i soldati presentano le armi. Bolo viene trascinato fuori quasi a braccia.

Che farà Albert Salle? Che cosa mai potrà opporre il celebre avvocato, difensore di Bolo, a questa terribile requisitoria?

Capitolo cinque

Il 14 febbraio 1918 è il giorno dell'ultima udienza. L'aula è gremita più del solito e c'è movimento anche fuori del tribunale. Paul Marie Bolo, aiutato da sua moglie e da suo fratello, ha scelto uno dei più rispettati e celebri avvocati parigini, Albert Salle.

«Se il consiglio» esordisce con voce pacata e chiara maître Salle «dopo aver tutto esaminato, riterrà d'avere di fronte a sé un colpevole, pronunci pure un giudizio spietato. Il castigo sarà giusto poiché il delitto sarebbe abominevole... Ma se, dopo un esame imparziale, un dubbio, un solo dubbio resisterà, non credete che un verdetto d'assoluzione s'imporrebbe da solo? Signori, voi dovete lottare contro un'intera opinione pubblica scatenata da una campagna di stampa appassionata. Ma voi sapete che anche se al di fuori di quest'aula ci fossero soltanto dieci persone disposte a credere all'innocenza di Bolo, la cosa non ha alcuna importanza. La voce della folla, cieca sempre, spesso ingiusta, non ha diritto d'ingresso nella sala delle vostre deliberazioni. So che non vi entrerà!»

Salle riesamina l'intera vita di Bolo, lo descrive come un uomo d'affari fantasioso, che ricerca la notorietà, gli agi, che esagera. Sa che l'imputato ha finito per diventare una figura odiosa ma vuole convincere i giudici, e forse anche se stesso, che questo non basta per mandare un uomo davanti al plotone d'esecuzione, neanche quando il suo Paese è in guerra.

Il suo esordio è di maniera ma c'è una certa abilità in quel riprendere molti dei temi che la corte ha già udito sia dai testi che dall'accusa, per circoscriverli si potrebbe dire alla psicologia del personaggio.

In questa prima parte dell'arringa Salle vuole dimostrare che c'è una differenza tra i privilegi di cui l'imputato ha goduto, il lusso sfacciato di cui ha fatto sfoggio e le mene delittuose di cui ora è imputato.

L'accusa ha insistito sul fatto che Bolo è reo d'una deliberata e pericolosa congiura, maître Salle invece vuole porre davanti ai giudici un uomo denudato nei suoi vizi, nei suoi eccessi, nel suo cattivo gusto, nella sua crudeltà anche. Difetti, insomma, per i quali si può meritare una riprovazione morale, non certo il patibolo.

Ma Salle conosce bene il suo mestiere e sa l'impalpabile spessore cui una distinzione del genere può essere ridotta dalle prove e dagli indizi che sono stati esibiti.

In questo processo pieno di ombre, sullo sfondo del quale s'agitano personaggi intoccabili perché fanno parte del gioco segreto e feroce della grande politica, egli ha così riservato per l'ultima orazione anche un eccezionale documento. Lo estrae a metà circa dell'arringa.

«Vi leggerò ora» dice con voce tranquilla «un documento anonimo della polizia in data 3 ottobre 1917...»

Presidente Lei sa avvocato Salle che né l'istruttore né l'accusato hanno fatto cenno a questo rapporto?

Salle Lo so, ma non importa. Signori, si tratta d'un rapporto che riguarda Sadik pascià. L'autore vi scrive che da quell'uomo si può ottenere tutto ciò che si vuole e così testualmente si esprime: «Un alto funzionario francese dovrebbe essere inviato in Svizzera da Sadik. Bisogna che gli si dica che egli può compromettere Bolo, ma unicamente Bolo. Sadik potrà tenere presso di sé, se vuole, le carte che si riferiscono ad altri che a Bolo».

L'avvocato si concede una pausa perché l'eco di quelle frasi si fermi bene nella mente di tutti. Chi ha ordinato alla polizia una manovra così sinistra? Quali inconfessabili interessi l'hanno dettata?

Non è tutto, il rapporto si chiude con questo cinico avvertimento: «Sadik è una canaglia. Gli si può promettere molto. Il governo francese non sarà certo impegnato dalla promessa verbale di un suo funzionario».

Sembra un documento inventato per puro comodo e invece nessuno ne mette in dubbio l'autenticità. Chi oserebbe tanto d'altronde? Caillaux è in prigione, Clemenceau è capo del governo. È inevitabile, così silenziosamente ognuno va ragionando, che la loro sfida, prolungatasi per quasi un decennio, finisca per coinvolgere le persone in qualche modo legate all'uno o all'altro.

Nella sala è sceso un silenzio di ghiaccio e in questo silenzio Salle può gridare: «Ecco il grado d'infamia al quale si è scesi per prendere Bolo. Esiste dunque in Francia un parlamentare, un ministro, passato o futuro non so, che ha letto queste righe e che ha pensato: sacrificheremo Bolo ma salveremo un altro!».

I giudici siedono immobili, il maggiore Mornet ha gli occhi fissi sulle carte, non c'è movimento nell'aula. Non si muove neanche Salle, e tace.

Tace fino a quando si rende conto che il suo colpo finale è risuonato a vuoto e in quel silenzio va esaurendo ogni possibile effetto. Quel documento vergognoso non dimostra l'innocenza di Bolo, semmai la colpevolezza di qualcun altro.

Il presidente chiede con tono rassegnato di acquisire agli atti quell'ennesimo frammento dell'intrigo, lo aggiungerà agli altri che sono già balenati, con identica inutilità, davanti agli occhi di tutti.

Ma Salle insiste. È questo l'aspetto sul quale ora dà battaglia. L'accusatore Mornet aveva cercato di parare in anticipo, sottilmente distinguendo lo spionaggio dall'intelligenza col nemico. Salle invece dà la caccia alle ombre indecifrabili di cui si scorgono così nettamente i contorni alle spalle di Bolo, senza però che s'arrivi a distinguerne la fisionomia.

«Bolo è qui solo, sul banco degli imputati» grida ancora il vecchio avvocato «ma perché è solo? Se le accuse sono vere non c'è più in Francia un caso Bolo, un caso Duval, un caso Hanau, un caso Humbert, un caso Caillaux. Non c'è che un'unica e vasta congiura contro il Paese.

«Forse qualcuno si è detto, e non mi riferisco a lei signor commissario del governo, che una parte di questi uomini dev'essere salvata. E come sarebbe possibile pensare altrimenti? Gli affari intrapresi in Svizzera non sarebbero stati possibili senza Caillaux, quelli americani non si sarebbero potuti fare senza Caillaux e senza Humbert...»

Mornet, chiamato in causa, interviene, interrompendo. Ma lo fa senza animosità e anzi quasi con tono di scusa. Sa bene anche lui che ci sarebbe ben altro di cui discutere e che nessuno di loro è però in grado di sapere esattamente che cosa sia.

Mornet Signor Salle, abbiamo forse tentato di salvare questi uomini nel corso del processo?

Salle No, certo, ma che importa? Se Caillaux fosse là, io non so se Caillaux sarebbe condannato. Ma so per certo che Bolo sarebbe assolto.

C'è un tentativo di Mornet di rispondere, qualche brusio nella sala. Ma Salle sembra non vedere Mornet né udire i rumori del pubblico, prosegue: «Vedo che Caillaux non c'è dentro quella gabbia. E se non c'è, vuol dire che gli altri politici vogliono riservargli una giustizia molto più dolce della vostra, signori giudici. Se Caillaux finirà davanti all'Alta Corte, anche Bolo avrebbe dovuto finirvi. Ma Bolo è invece davanti al consiglio di guerra, e allora anche Caillaux dovrebbe essere in quest'aula. È fin troppo evidente che i parlamentari vogliono che ci siano due giustizie. Una per loro, un'altra per i cittadini comuni. Ci hanno detto che la repubblica delle camarille era morta. Dobbiamo constatare invece che è più viva che mai».

Più di così Salle non può dire né fare. Può solo tentare d'insinuare in quei magistrati che siedono immobili dietro i loro scranni di legno scolpito e che paiono scolpiti anch'essi nella pietra, l'ultimo dubbio: «Se voi pronuncerete contro Bolo la condanna irreparabile, pensate, signori, ai vostri rimorsi se, dopo la guerra, qualcuno vi dimostrerà che quei fondi americani provenivano veramente dalla banca Behrens di Anversa!».

Ha finito: il tribunale può ritirarsi. Resterà solo tre quarti d'ora in camera di consiglio. Quando i giudici rientrano, i due imputati Bolo e Porchére, come vuole la spietata procedura militare, vengono condotti in una saletta contigua perché non ascoltino subito il verdetto.

«Ad un tratto» riferisce un cronista «un picchetto di fanteria in tenuta da campagna viene a porsi tra il pretorio e lo spazio riservato al pubblico. I soldati presentano le armi e rimangono in tale posizione finché dura la lettura della sentenza.»

Mentre il pubblico si leva in piedi, il presidente Voyer pronuncia a voce alta e con accento marziale la formula sacramentale: «In nome del popolo francese». Gli ufficiali presenti portano di scatto la mano alla visiera del chepì, tutti fissano rigidi quella solitaria figura che ha in mano solo un minuscolo foglio e sembra non tremare.

Paul Marie Bolo e Filippo Cavallini sono condannati a morte mediante fucilazione alla schiena. Porchére a tre anni di reclusione. Le condanne capitali sono state pronunciate all'unanimità, quella contro Porchére con quattro «no» e tre «sì» per l'accusa d'intelligenza col nemico, all'unanimità per l'accusa di commercio col nemico.

«Il pubblico comincia a sfollare senza la minima manifestazione.» Questo è ciò che accade in aula nelle prime ore del pomeriggio di quel 14 febbraio.

C'è poi un seguito che il pubblico non vede e che si svolge in quella stanzetta dove i due imputati ancora aspettano di conoscere la propria sorte.

Un caporale di fanteria va a comunicare il dispositivo. Entra nella stanza e con brutalità militaresca annuncia: «Voi Bolo siete condannato a morte, Porchére a tre anni».

Bolo reagisce con freddezza. Prega il caporale di tornare in aula: «Andate, ve ne prego. Vedete se c'è ancora mia moglie, consolatela, ditele che mi avete visto tranquillo».

La folla che è uscita in silenzio, in strada s'è abbandonata a una piccola dimostrazione. Fin dentro si sente l'eco di lontane grida attutite dallo spessore delle mura. S'indovina dalla cadenza delle frasi ritmate, più che non s'oda: «A morte Bolo, viva la Francia».

Paul Marie Bolo viene subito tradotto alla settima divisione riservata ai condannati all'estremo supplizio, cella numero 11. Nello stesso braccio attendono una sorte analoga alla sua due soldati assassini rinchiusi nelle celle numero 3 e 7, un certo Guerrero assassino d'una bambina che ha la cella numero 5. Nella cella numero 9 è rinchiuso Niverget condannato anch'egli per spionaggio. In quel braccio, ma unicamente per ragioni di sicurezza poiché non è ancora stato giudicato, c'è anche Caillaux, che ha la cella numero 17. La circostanza, in condizioni diverse, potrebbe definirsi ironica.

Due mesi Bolo rimane nel braccio dei condannati. Indossa ora un abito di tela grezza, si nutre col cibo che viene dalle cucine comuni e solo il barbiere del carcere è autorizzato a raderlo. Mentre era in attesa del giudizio, sappiamo che invece «veniva un parrucchiere ogni mattina a raderlo e a frizionargli i capelli con lozioni profumate».

La vicenda di Bolo finisce, si può dire, insieme al suo processo. Quando s'era aperta l'inchiesta e a mano a mano che s'era diffusa l'idea della sua colpevolezza, qualcuno aveva pensato, e scritto, che la sua caduta avrebbe determinato «una frana morale nel mondo politico francese e in modo particolare nel mondo di coloro che sono contrari all'idea di guerra». Timori, o se si preferisce illusioni, infondate. Non accade nulla, non c'è nessuna frana; la moralità politica della Terza repubblica è già crollata da tempo e nessuno si stupisce più di niente.

Neanche il tentativo di Salle di collegare Bolo ad altri possibili congiurati, politici e giornalisti, in un solo grande disegno criminoso, ha sortito alcun effetto. La ripetizione degli scandali produce un'assuefazione che col tempo finisce per diventare quasi illimitata. Si corrompe l'atmosfera e lentamente si degrada la convivenza, ma a questo quasi insensibile deperimento, che è il modo in cui le collettività agonizzano, pochi sono disposti a badare.

Quale uso aveva fatto Bolo dei denari sottratti ai tedeschi? Più che al condannato, al suo lusso ostentato, alla sua vistosa volgarità, questa domanda andrebbe posta avendo in mente l'azione giornalistica di Charles Humbert. È lui la mente politica, non Bolo. Bolo tira al guadagno, come ha più volte sinceramente ammesso, non c'è dubbio che cambierebbe bandiera da un giorno all'altro se da questo potesse ricavare del denaro.

Humbert no, il direttore del «Journal» combatte una battaglia. Il senatore della Meuse dirige un grande giornale fervidamente oltranzista e dalle sue colonne lancia quasi ogni giorno la sua parola d'ordine: «Cannoni, ancora cannoni!».

Humbert è anche il vice presidente d'una commissione parlamentare che controlla gli armamenti, e anche lì continua a gridare con voce poderosa: «Avanti, contro la Germania; fino in fondo!».

È sulla linea politica che l'intrigo francese si lega con coerenza, come vedremo, a quello italiano. Ad alcune logge massoni che della penisola, che avevano appoggiato l'intervento italiano con calore pari a quello di Humbert, Bolo ha fatto arrivare i suoi finanziamenti. Anche Filippo Cavallini, cioè lo strumento scelto dai tedeschi per operare in Italia, è un alto dignitario della congrega massonica.

Oltre che nel «Journal», Bolo ha profuso fondi in altre due testate «Le Rappel» e «Le Cri de Paris». «Le Rappel» è un vecchio foglio radicale sulla soglia del fallimento. È anche il solo a sostenere che i confini nazionali vanno estesi anche al di là dell'Alsazia e della Lorena, il solo in altre parole che voglia vedere il tricolore di Francia sventolare sulla riva orientale del Reno. «Le Rappel» definisce i tedeschi «il nemico ereditario», proclama convinto che «non basta vincere, bisogna schiacciare il nemico, per sempre!».

Invano Albert Salle ha chiesto in aula: «Come si può dire che Bolo abbia contribuito alla campagna disfattista nella stampa francese? Non ha avuto interessi d'indole finanziaria che nel "Rappel", nel "Le Cri de Paris" e nel "Journal", e in questi giornali non si trova una riga che possa essere chiamata disfattista».

Nessuno ha risposto a Salle perché alla sua domanda bisognerebbe in realtà replicare con argomenti sconcertanti, tali da capovolgere e rendere incomprensibile l'idea piuttosto elementare che del tradimento hanno il pubblico, l'accusatore, il tribunale.

Tentare di capire perché Bolo cercò d'influire su quei giornali e non su altri, conduce direttamente agli ultimi doppifondi della guerra di spionaggio. Avventura che pochissimi, e nessuno in quel momento, hanno l'animo di correre.

In Italia Alfredo Frassati, unico, raccolse la domanda dell'avvocato Salle. In un editoriale per la «Stampa» di quei giorni scrive: «Che c'importa più di sapere se Bolo, se un uomo cioè, è colpevole di tradimento dal momento che la sua presunta fellonia si è svolta in siffatte singolarissime direzioni?».

Come risolvere il dubbio che la domanda del senatore Frassati pone? Del processo contro Bolo, come d'altronde di quello contro «Cavallini & C.», ci restano alcuni fatti indiscutibili ma anche una quantità d'impenetrabili velami.

È certo che in America Bolo ebbe del denaro dallo

spionaggio del kaiser. Come vedremo, ne aveva già avuto dell'altro in Svizzera, grazie agli uffici del kedivé, dividendolo a denti stretti con Cavallini.

Ma negli Stati Uniti gli riesce il colpo definitivo, realizza il sogno con il quale ogni truffatore pensa di coronare la sua esistenza: nove, o dieci milioni di franchi, diligentemente occultati in un inestricabile giro di versamenti bancari.

Non calcola che lo spionaggio tedesco, quando si rende conto del raggiro, è disposto ad aiutare la giustizia d'un Paese nemico pur di vendicare l'affronto. Bolo ha pensato che la guerra in atto tra i due paesi fosse un incolmabile fossato dietro il quale mettersi definitivamente al sicuro; si è sbagliato, e paga con la vita il suo errore.

Ma, a parte le somme in eccesso che il francese fa sborsare al principe von Jagow e di cui si appropria, perché i tedeschi sono interessati alla proprietà d'un quotidiano come «Le Journal» che conduce una campagna addirittura fanatica per il riarmo a oltranza della Francia?

Come ha fatto osservare l'avvocato Salle non c'è una riga in quel giornale che possa essere tacciata di disfattismo, anzi è vero il contrario: «Le Journal» rispecchia le idee di un uomo come Humbert che andrebbe semmai accusato di oltranzismo.

Si rispose allora e si potrebbe rispondere oggi: con il tempo, con tutta la dovuta cautela, Bolo avrebbe imposto al giornale un cambiamento e anzi un rovesciamento di posizioni trasformandolo in un organo che si sarebbe schierato a favore d'una pace separata e anticipata con la Germania.

Ma basta avere una qualche esperienza dei meccanismi d'un giornale per sapere che operazioni del genere, ardue in tempo di pace, diventano addirittura impensabili in tempo di guerra. Non basta. In Francia, come anche in Italia, vigeva allora una censura molto attenta che avrebbe comunque impedito l'uscita di servizi o di editoriali in favore della pace, anche ammesso che Charles Humbert avesse voluto farne.

Non c'è via d'uscita: «Le Journal» non sarebbe mai diventato un organo disfattista nel senso datogli dai giudici parigini e poiché, come vedremo tra poco, un caso analogo si verifica in Italia, a Roma, quando Filippo Cavallini tenta l'acquisto del «Messaggero» e pensa di darne la direzione a Ferdinando Martini, vale la pena di vedere se la domanda posta dal senatore Frassati non possa essere letta in modo del tutto diverso.

Poche settimane dopo l'arresto di Cavallini e di Bolo, il quotidiano «La Gazzette de Lausanne» avanza un sospetto. Può farlo liberamente perché il Paese nel quale il giornale si stampa vive neutrale ai margini del conflitto.

«I governanti, i militaristi della Germania», scrive «La Gazzette», «si sentono prigionieri dei loro eccessi, soffocano nel torbido delirio del loro sogno di conquista. Cercano di neutralizzare la coscienza del mondo alimentando, accanto al loro, altri deliri e dimostrando che la guerra fu il risultato d'una sciagurata confluenza di megalomanie.»

Sostiene anche il quotidiano di Losanna: «Gli articoli dei giornali dell'Intesa nei quali si coniugano a proposito della Germania i verbi "domare", "schiacciare", "umiliare", "conquistare", sono per gli annessionisti tedeschi altrettante battaglie politiche e morali vinte sul terreno della coscienza internazionale».

Bolo ruba per sé una parte del denaro che riceve da Berlino, un'altra parte la destina a uno scopo che sembra incongruo a meno che non si voglia prendere in considerazione l'ipotesi del giornale svizzero: i denari investiti nel «Journal» dovevano servire appunto a rinfocolare la guerra, a spingere il patriottismo francese fino al fanatismo revanscista.

L'industria di guerra tedesca, ancora più del Ministero degli Esteri della Wilhelmstrasse e dei servizi di spionaggio, aveva bisogno che i milioni spesi finissero nelle mani di uomini come Humbert che li avrebbero impiegati per invocare la guerra a oltranza contro i loro stessi finanziatori occulti.

Situazione, come si vede, che non ha nulla a che vedere né con l'idea di patria né con quella di difesa nazionale come dimostrano d'intenderla i giudici militari di Parigi.

Sarebbe stato questo il punto da mettere a nudo durante il processo, questa l'indagine che andava fatta prima che il condannato fosse trascinato davanti al plotone d'esecuzione.

Nulla invece venne tentato e noi stessi non possiamo che chiudere il racconto degli ultimi giorni di Bolo lasciando per il momento in sospeso questo interrogativo.

Dobbiano tornare al processo contro Cavallini per vedere se dalle udienze che si tennero a Roma non emerga qualche elemento che almeno obliquamente illumini anche la vicenda parigina.

Dopo la sua condanna Bolo non fa ricorso in Cassazione, anche se la procedura militare a rigore lo consentirebbe. Il suo difensore avvocato Salle punta invece sulla richiesta di grazia al presidente della Repubblica che però, il 10 aprile, la respinge.

Una settimana dopo, il 17 aprile, il maggiore Jullien alle ore 5 del mattino entra nella cella di Bolo, svegliandolo improvvisamente. È con lui solo il capo dei secondini, ma fuori, nel corridoio, si odono dei bisbigli, un cauto scalpiccìo. Bolo capisce.

Il maggiore comunica che la domanda di grazia è stata respinta, il condannato reagisce freddamente: «Tanto meglio, sono contento». Si prepara con minuzia, ha ottenuto di poter rivestire i suoi abiti e vuole sembrare impeccabile. Ma le mani lo tradiscono, si muovono più in fretta di quanto forse vorrebbe e in meno di mezz'ora è già pronto.

Alle 5 e 30 in punto, il convoglio si avvia verso il forte di

Vincennes. Le due vetture, quella del condannato e quella della scorta, sono seguite da altre quattro auto gremite di cronisti. Nel recinto del forte comunque entrano soltanto le due auto ufficiali.

Il palo è piantato ai piedi di una piccola altura che serve per gli esercizi di tiro; è detta *La Caponnière*.

Tutt'intorno ai bastioni sono stati disposti gli effettivi di un battaglione di cacciatori a piedi. Il plotone è composto da 12 uomini di varie armi, agli ordini d'un sottufficiale.

Bolo scende dall'auto, è spaventosamente pallido. Si nota che i capelli sono diventati tutti bianchi in quell'uomo che ha appena passato i cinquant'anni. Il condannato rifiuta la messa, ma viene visto parlare a lungo, sottovoce, con il cappellano.

Si è giunti al supplizio dopo una serie di solenni e pie banalità. A queste Bolo vuole aggiungere un ultimo gesto che imprime un tocco definitivo alla sua concezione del coraggio e dell'eleganza disinvolta.

Mette due foulards bianchi sotto il panciotto e dice al medico dottor Souquet: «Dottore, dopo l'esecuzione, prendete questi due foulards e consegnateli al cappellano». Poi rivolto al sacerdote: «Ve ne prego, signor abate, datene uno a mia moglie, l'altro a mio fratello».

I colpi saranno contati: tre hanno colpito il torace, sette la testa, due persi.

Non sono ancora le otto quando tutto è finito. Il carro funebre s'avvia. Mentre percorre a piccola andatura il lungo viale alberato che va verso Parigi «un gruppo d'operai recantisi alle officine, vedono e capiscono. Fischiano il traditore del proprio Paese».

Capitolo sei

Quando Cavallini, che è rinchiuso in attesa di giudizio nel carcere romano di Regina Coeli, apprende la notizia che Bolo a Parigi è stato condannato «ne rimane accasciatissimo».

Ora sa che la sua sola speranza è di puntare tutto sulle divergenze avute con il socio-rivale. Il lavorio dei suoi pensieri, nelle interminabili ore che il carcere gli concede, sarà d'ora in avanti concentrato sul tentativo di trasformare ogni contrasto d'interessi, ogni reciproco inganno, in una tortuosa giustificazione del suo agire.

E quando in dicembre, otto mesi dopo la fucilazione di Bolo, il suo processo finalmente comincia, la sua strategia si rivela fin dalle prime battute: addossare a Bolo ogni colpa, trasformare in atto patriottico ogni litigio avuto con lui.

Dopo aver gridato nella prima udienza che egli è trascinato in giudizio a Roma per ordine e volontà delle autorità francesi, egli si dimostra curiosamente arrendevole nella seconda udienza che si apre alle 10 e 15 del 6 dicembre 1918. Cavallini chiede quasi subito la parola. Avutala, si alza, scende verso le sbarre che delimitano la gabbia, a quelle s'appoggia. Poi tende un braccio verso la corte in un gesto che viene giudicato supplichevole e dice: «Prego il tribunale di volermi scusare se ieri fui irruento. È il mio carattere, ma in me è grande il rispetto del tribunale. Ieri il tribunale con grande senso d'imparzialità decise lo stralcio del processo di Hanau. Ma la presenza di Hanau è indispensabile. Hanau è accusato di avere scritto articoli dettatigli da me sulla pace tedesca. Quest'accusa è falsa, io non ho mai tradito la mia patria né la Francia.»

A mano a mano che procede la sua voce si fa più fioca come se una troppo grande emozione gli serrasse la gola.

Propone al presidente che, se di spese si tratta, il tribunale svincoli il piccolo patrimonio che gli è stato sequestrato e con questo paghi il costo della traduzione di Cesare Hanau a Roma.

Presidente Va bene Cavallini, il tribunale terrà conto del suo desiderio.

Questa replica provoca una certa sensazione. L'avvocato Pistolese che difende l'onorevole Dini, tenta subito d'afferrare il momento che appare così favorevole. Ma nel sostenere la posizione del suo cliente, si scontra con il pubblico ministero.

Tancredi Lei sta entrando nel merito della causa.

Pistolese La difesa ha il diritto di parlare.

Presidente Ella non può continuare, ora si deve leggere l'atto d'accusa.

Pistolese No, io sollevo formale incidente proceduale.

Presidente Ella non può. Segretario, legga l'atto d'accusa.

Il segretario, tenente Maggi, comincia la lettura del lunghissimo documento ma Pistolese come non avvedendosi che in quelle poche battute l'atmosfera è cambiata, insiste: «Il processo non può proseguire se prima non è stata fatta piena luce sullo stato degli atti».

D'improvviso tutti gridano: il pubblico ministero, gli avvocati, il presidente che tenta di ridare un ordine alla discussione. Più di tutti grida il tenente Maggi che a dispetto di quella concitazione tenta di proseguire la lettura sopraffacendo, con la propria, le altre voci.

L'udienza viene interrotta.

L'atmosfera di raccolta benevolenza che la supplica di

Cavallini era in qualche modo riuscita a creare, si è dissipata in meno di mezz'ora. Al sospendersi dell'udienza, di nuovo gli animi sono accesi; sembra che ad affrontare il merito delle accuse, sarà arduo arrivare.

Quando il processo riprende, il presidente dà ancora la parola agli avvocati. Si viene a sapere che dei 31 volumi che costituiscono il materiale d'accusa, ne sono stati sottratti sette, mentre altri tre sono stati stralciati su richiesta dell'avvocato militare.

«È provato del pari» aggiungono gli avvocati «che molti documenti tra cui molte lettere dell'imputato Cavallini, non furono allegate agli atti o ne furono strappate; e risulta infine che molti documenti esistenti in atti presentano tracce di abrasioni, cancellature, aggiunte, chiose, commenti, alterazioni e di doppia e tripla numerazione. Se ne deve concludere che manca ogni certezza sulla veridicità del contenuto processuale e si chiede che il tribunale ordini il richiamo e l'unione agli atti di tutti e dieci i volumi mancanti.»

Si discuterà a lungo di questi volumi scomparsi. Di che cosa si tratti esattamente e quale sia il loro contenuto lo si viene a sapere nel corso delle udienze successive.

Tre di quei volumi contengono copie di documenti che esistono in atti anche se sotto altre voci e con altre numerazioni. Gli altri sette raccolgono «le rogatorie raccolte in Italia su richiesta dell'autorità francese per completare l'istruttoria del procedimento contro l'ex presidente del Consiglio Caillaux».

Il pubblico ministero minimizza la loro importanza. «Nel complesso» dice «i dieci volumi erano stati riuniti al processo Cavallini per errore.» Ma la domanda di uno degli avvocati fa balenare una logica elementare ma inoppugnabile: «Se i documenti erano inutili, perché toglierli? Se erano importanti, perché non lasciarli?».

La malinconica diatriba in realtà è favorita anche dai risultati approssimativi e quasi patetici di un'istruttoria nella quale si sono sommate incapacità del giudice, pressioni e interessi politici, insufficienza della polizia.

In tredici mesi di lavoro, l'ufficio dell'istruttore non ha potuto mettere insieme che una disordinata serie di prove molte volte slegate tra di loro, in qualche caso contraddittorie.

Il giudice inquirente s'è arrestato davanti a ogni ostacolo perché non ha avuto né strumenti né capacità per superarli. Provvedimenti che sembrerebbero semplici, sono diventati problematici perché nessuno sembra conoscere le lingue, a cominciare dal francese, nelle quale alcuni dei documenti sono scritti.

La stessa grafia dei nomi stranieri è diventata fantasiosa e, in differenti verbali, quasi mai lo stesso nome è scritto allo stesso modo. D'altronde, almeno i dattilografi dimostrano una penosa conoscenza anche dell'italiano.

La sentenza istruttoria è cosparsa di errori che non riguardano la tastiera della macchina ma l'uso della lingua. «Misteriosamente» diventa «misterioso amante», «un giornale omonimo», «un giornale anonimo», «l'agenda della Pozzoli», «l'agenzia della Pozzoli», «finanziata dal kedivé», «fidanzata del kedivé»; «i personaggi implicati», «i personaggi complicati» e via dicendo.

Traluce da questi atti una paurosa immagine dello Stato. Questo processo sembra più grande dei magistrati che lo hanno allestito e del tribunale che ora comincia a discuterlo.

Cavallini lo sa e si prepara a sfruttare a proprio vantaggio quelle evidenti lacune, la stessa complessità d'una vicenda che tra le mani del giudice istruttore è diventata per molti aspetti ancora più oscura.

I fili di quali trame hanno legato Cavallini a Paul Marie Bolo? Prima che il kedivé cominci la sua azione, Cavallini e Bolo non si sono incontrati che in un paio d'occasioni. Nel 1910 Bolo ha acquistato da lui alcune azioni di un'azienda di caucciù.

Nel 1912, Bolo ha prestato a Cavallini mezzo milione di

lire che questi deve versare a una banca parigina a titolo di deposito cauzionale. «Deposito che naturalmente restituii» precisa Cavallini.

Si tratta di fugaci rapporti d'affari, incontri legati agli ingegnosi traffici che i due tentano d'imbastire nei propri Paesi o all'estero. La circostanza che salda questo legame e, insieme a questo, le loro stesse vite, è l'ingresso in scena del kedivé d'Egitto.

Filippo Cavallini già conosceva l'ex sovrano d'Egitto. Molti anni prima, nel 1884, aveva addirittura conosciuto suo nonno, il vecchio Ismail pascià, al quale aveva avuto modo di rendersi utile.

In quell'anno Ismail era stato ospite di re Umberto nella villa di Capodimonte. A corto di denaro, chiede al re d'Italia un prestito di due milioni che Umberto però non può o non vuole concedere. Il vecchio kedivé pensa allora di ottenere la somma della Banca Nazionale dando in pegno l'intero cofanetto dei suoi gioielli. Mediatore del contratto è appunto il giovane deputato Filippo Cavallini.

Terminato il suo soggiorno italiano Ismail parte e, disastrosamente prodigo com'è, dimentica sia il prestito sia il pegno. Quando vengono a scadenza i termini, la banca vende i gioielli e il ricavato è così cospicuo che, pagato il debito iniziale e i suoi interessi, resta ancora una notevole cifra.

Su incarico della banca Cavallini provvede a far riavere questo residuo al proprietario che lo ricompensa «con un ricchissimo medaglione» ma, più ancora, con «la sua eterna riconoscenza».

Agli occhi del monarca orientale, e con quel semplice gesto, Cavallini acquista statura di accorto e incorruttibile uomo d'affari. Neanche per un momento il vecchio Ismail sembra chiedersi se incarichi del genere, anche se portati correttamente al loro fine, siano adatti a un uomo che dopo tutto siede alla Camera dei deputati come rappresentante del I Collegio di Pavia.

Tratto in giudizio, Filippo Cavallini fa assegnamento proprio su questo passato di rappresentante del popolo per allontanare da sé i sospetti. Quando comincia la sua autobiografia sono queste le parole d'esordio: «Il giudice istruttore ha scrutato tutta la mia vita per venire alla conclusione che io sono un avventuriero. Questo non è vero: mio padre ha seduto per vent'anni in Parlamento e due miei zii materni lo stesso. Io da giovanotto fui segretario di Depretis ed ebbi altri incarichi politici importanti. Le mie condizioni economiche erano ottime, possedevo dieci milioni e fui per quattro legislature deputato. Posso essere definito un avventuriero?».

Può essere definito un avventuriero? Forse non può essere definito in altro modo, perché non fu altro. Ovunque ci sia da lucrare una mediazione o anche solo da ricercare un contratto che potrà forse essere utile, lì è Cavallini, pronto a vantare amicizie che non ha, ricchezze che non possiede.

Nel corso degli anni negozia e importa rottami di ferro dalla Svizzera e motori Hispano-Suiza, brevetta medicinali e traffica in valuta, si adopera per il kedivé e tenta di comprare o di fondare giornali, è confidente del capo della polizia e informatore dei servizi segreti.

Soprattutto è amico, e anzi non amico ma socio, di Paul Marie Bolo, fino a quando i loro interessi non divergono. Allora si trasforma nel più interessato dei suoi accusatori.

Filippo Cavallini si muove, dopo una certa età della sua vita, sul medesimo terreno che è di Bolo. Adotta e probabilmente imita, i modi e le tattiche di quello. S'avverte però in lui una vena di stanchezza che il francese non ha.

Quando cominciano a operare d'intesa con l'ex sovrano d'Egitto, Bolo ha 47 anni, Cavallini 63. Il francese è nel pieno della sua ascesa, la mano dell'italiano è invece già malferma. Posto d'improvviso al centro di avvenimenti di indubbio rilievo, sembra minato da una senile svogliatezza, si confessa malinconico, è assillato dai rimpianti.

Buona parte del suo epistolario ci è stata conservata. Nel dicembre del 1914, da Costantinopoli, su carta intestata della Compagnie Internationale des Wagons-Lits, così scrive alla sua amante:

> Mia cara Nina, arrivo ora, stanco. Non so ancora nulla delle probabilità di una riuscita che mi sorprenderebbe enormemente abituato come sono agli insuccessi; e poi la cosa è irta di spine e di difficoltà.
>
> Nessun telegramma di Bolo. È una delizia, mi hanno messo in moto sulla via delle spese e poi m'abbandonano. Pensai e penso sempre a te con grande affetto e con grandissimo desiderio. Costantinopoli è un immondo immondezzaio ove la civiltà non è superiore a quella del Venezuela. I ditirambi dei poeti e degli scrittori non sono che parti di fantasie non equi. A te il mio primo pensiero come avrai l'ultimo. Tuo Filippo.

In un'altra occasione, pochi mesi più tardi, scrive:

> Mia cara gioia, sono molto stanco e la testa non va. Sono vecchio, vecchio, e non resisto più al lavoro e agli strapazzi. Vorrei finire coi guai per fare un po' contenti tutti, per non essere maledetto e per riposare un po' gli ultimi giorni, perché sono proprio gli ultimi...

Eppure la sua vicenda era cominciata bene. Originaria del pavese, la famiglia Cavallini, come Filippo ricorda al tribunale, ha fornito diversi deputati al giovane Parlamento del Regno: Gaspare, padre di Filippo, Carlo Giuseppe e Cesare, suoi zii.

Lo stesso Filippo siede alla Camera per dieci anni, dal 1882 al 1892, e Telesforo Sarti ne può tracciare questo sommario profilo politico: «Nell'assemblea ha votato fin qui per solito con la maggioranza e fu tra i seguaci del Depretis sulla via del trasformismo... Non è molto ha fatto assai parlare di sé per una lettera diretta alla "Gazzetta del

Popolo" di Torino nella quale a proposito del successore nel seggio rimasto vacante per la morte del Cairoli, sosteneva doversi lasciare il posto a un rappresentante della minoranza.

«Dichiarava di non spaventarsi di un radicale in più o in meno alla Camera giacché i radicali amano la patria e sono pronti per essa a dare la vita: quelli che bisogna combattere sono i clericali, nemici della nostra unità, libertà e indipendenza.»

Sentimenti accesi e anche rivelatori. Infatti Cavallini è massone e anzi la sua appartenenza «all'ordine e al rito» avrà una parte non secondaria nello sviluppo della sua vicenda giudiziaria.

Da suo padre, Filippo eredita un notevole patrimonio, su questo punto non mente. Per lo più si tratta di terreni, pascoli e risaie, compresi in quella pianeggiante regione tra il Ticino e il Po che ha nome Lomellina.

Giovanissimo, fa notare la polizia, ha sposato «una distinta signorina di Vigevano appartenente alla famiglia Ferrari Trecate che gli porta in dote oltre mezzo milione».

Il suo futuro insomma sembra segnato, le sue ore sono divise tra gli affetti, l'amministrazione delle terre, le cure dello Stato. Non c'è ancora nulla in questi anni che avvicini la placida esistenza di Cavallini ai febbrili andirivieni di Bolo.

Il borghese lombardo e l'avventuriero marsigliese hanno avuto in sorte due destini affatto diversi e non è dubbio quale dei due appaia più rassicurante.

Questo cielo privo di nubi, d'improvviso muta. Filippo Cavallini, tra le altre cose, è presidente della vecchia banca Lomellina. Quando la crisi economica colpisce le attività della regione e intacca le fortune della banca, si disfa a precipizio della carica che cede a un fratello di sua moglie, il commendator Pietro Ferrari.

Tenta poi ugualmente di salvare l'istituto, cerca perfino nuovi finanziamenti in Germania, ma l'operazione è legata alla sorte politica di Francesco Crispi e quando, dopo Adua, questi cade, cade anche la trattativa avviata per l'aumento del capitale.

Due anni dopo, nel 1898, la banca Lomellina chiude per fallimento tirandosi dietro anche la banca di Como nella quale Cavallini è interessato. Al commendator Pietro Ferrari, l'aver accettato la carica offertagli dal cognato costa due milioni netti, uno per ogni anno in cui ha coperto la funzione di «presidente».

Il 17 giugno 1899 il tribunale di Vigevano condanna «Cavallini Filippo a anni 8 e mesi 4 di reclusione per bancarotta fraudolenta e semplice».

Il secolo volge ormai alla fine, Cavallini sta per toccare i 50 anni. Riuscirà a scampare il carcere in parte vincendo il giudizio d'appello, in parte facendo intervenire Zanardelli, ma della sua fortuna non resta più nulla.

Molti anni più tardi il rimpianto ancora ingenuamente traspare in questo breve passo delle memorie: «Ero ricco per avito censo; la mia fortuna superava i 20 milioni; solo a Roma possedevo lo stabile del Grand Hôtel, quello dell'hôtel Royal, lo stabile di via Nazionale 97, un palazzo in piazza Vittorio Emanuele, molti terreni a villa Patrizi, una caratura di due milioni nella banca Maraini. Ma la più gran parte del mio patrimonio si trovava in Lomellina, nelle mie pianure dove nel pianto si coltiva il riso».

È questo dunque il trauma che segna la sua vita quasi dividendola in due e costringendolo ad affrontare prove che dovettero sembrargli estreme.

Non ci fosse stata la crisi, non si fosse arrivati al fallimento, non fosse intervenuta la condanna... Ma di fronte al succedersi delle sventure, alla sua incapacità ad affrontarle, forse alla coscienza di averle in qualche modo favorite, mentre i mesi si trascinano senza che nulla intervenga a risollevarlo, la sua educazione, borghese e lombarda, non gli basta più.

Un giorno lascia la casa e la moglie. Si reca prima in Svizzera, brevemente, poi in Venezuela dove tenta di ricominciare daccapo. Al processo mostra ai giudici commendatizie e referenze dei presidenti venezuelani Castro e Gomez per la sua mediazione in affari che riguardano «banca nazionale, saline, monopolio dei tabacchi, prestiti bancari, riorganizzazione finanziaria, intraprese agricole».

Di lì a poco si assocerà a Bolo perché ormai è avviato sulla sua stessa strada. Come Bolo, conosce anche lui una cantate d'opera. Paul Marie aveva incontrato madame Lafargue, Filippo Cavallini incontra Federica Ricci, «nell'intimità intesa Frida».

«Il suo vero nome» precisa la polizia «è Federica Pozzoli perché essa, che proveniva dalla famiglia del marchese Ricci, erasi sposata col signor Pozzoli, toscano.» Anche quello di Federica è stato un matrimonio infelice, anzi la fragilità delle unioni, tutte ugualmente inadatte a resistere a quel tipo di esistenza, è uno dei dati che accomuna i protagonisti del caso.

Separata dal marito, Federica conosce il capitano argentino De Paz, uomo che ha ricoperto il leggendario incarico di governatore della Terra del fuoco. Di lui perdutamente s'invaghisce vivendogli accanto per una dozzina d'anni, prima in Italia poi a Buenos Aires, e avendone due figli: «Un bambino ora ufficiale al fronte italiano e una bambina, Mercedes, or da qualche anno maritata a Guido Palamenghi Crispi, pittore».

Al matrimonio tra sua figlia Mercedes e il pittore Guido, figlio dell'ex direttore del giornale «La concordia», Tomaso, Federica ha tentato d'opporsi. Secondo la polizia «avrebbe preferito che sua figlia si lanciasse nella vita galante».

Federica era nata a Torino nel 1862 e quando nel 1903 conosce Cavallini in Sud America, ha già superato i 40 anni. Giovinetta, aveva cominciato la carriera di cantante lirica. Canta all'Opéra Comique a Parigi, dove interpreta Violetta nella *Traviata*, canta a New York e, nel 1897, in Italia.

Francesco Cilea vorrebbe che fosse la protagonista della sua *Arlesiana*.

La sua voce ci viene tramandata come: «Canora, piena di sentimento e di passioni, dagli acuti estesissimi». Dunque registro sopranile squillante, nel quale la sentimentalità dell'impasto doveva certo ben accordarsi allo struggente crepuscolarismo di Cilea.

Più tardi, quando tiene salotto in via Toscana a Roma, negli anni che precedono l'arresto, organizza delle serate nel corso delle quali accenna a mezza voce, per una piccola cerchia d'amici benevolenti, qualche lied: *Il noce* di Schumann, *Chanson triste* di Duprez...

In Sud America ha accettato di esibirsi nei café-chantant fino a quando Filippo Cavallini, che subito ne fa la sua amante, non la toglie dalla vita di palcoscenico.

Federica non è bella. I suoi lineamenti sono più bonari che seducenti, materni semmai, e in nulla s'addicono a una vita d'avventure; ma Filippo ama sicuramente molto questa donna dall'ovale pesante, dagli occhi senza lucentezza.

Con Thaïs, con Salomè, con Lulu, la Pozzoli Ricci non sembra avere nulla in comune. Ma Cavallini, che pure è di temperamento irresoluto e volubile nelle preferenze, non riesce a starne lontano. Anche dopo anni di convivenza, anche quando la stanchezza e le traversie sembrano spegnerne la vitalità, non manca un'occasione per confessarle il suo desiderio.

In una lettera dall'Asia minore le scrive: «Non so dirti quanto mi manchi. E in questa parola capirai l'immensità del mio amore per te. Di me non preoccuparti. Io sto sulla breccia. Ma io quello che faccio lo faccio per te, per darti le soddisfazioni che possono consolarti e innalzarti».

Ed è proprio il decisivo ruolo della *femme fatale* che il giudice istruttore le attribuisce ricostruendo gli sviluppi dell'intrigo: «È la maliarda che non solo eccita inconsciamente l'uomo a delinquere perché le elevi un trono di ricchezze, ma, consapevole, ne eccita e rafforza la volontà e ne coopera efficacemente l'azione».

Nel 1910 il *faux ménage* Cavallini-Ricci s'istalla a Parigi in un appartamento al numero 96 di boulevard Perreire, quattro anni più tardi si trasferisce al numero 10 della stessa strada, anche se solo per pochi mesi. Nell'agosto la Francia entra in guerra e, in settembre, la coppia fa ritorno in Italia, a Torino, dove prende alloggio nella pensione di Teresa Cucco in via Silvio Pellico, 25.

A pochi giorni di distanza i servizi segreti italiani ricevono un rapporto con il quale i colleghi francesi lo informano che «il trafficante d'armi» Filippo Cavallini riceveva, in boulevard Perreire, una fitta corrispondenza «indirizzata ai nomi Cavallini, Ricci, Pozzoli, Crispi, Diligenti, De Paz». La Ricci ha anche tentato di farsi rilasciare una licenza d'affittacamere senza però poterla ottenere per l'opposizione del proprietario dell'alloggio.

Nell'aprile di quell'anno Cavallini era stato per alcuni giorni a Costantinopoli, con ogni probabilità per un affare legato al commercio delle armi. Da lì ha scritto alla sua compagna:

> Cara Nina, sono qui a rodermi il fegato mangiandomi i denari che non ho. Bolo non ha risposto né alle mie lettere né ai miei telegrammi ed in questo contegno si ha la spiegazione di tutto il suo piano. In queste condizioni Chiqui e Abdullah, che vedono le mie debolezze, non si muovono e io resto qui a guardare il Bosforo. È il mio destino...

Quando si stabiliscono a Torino, Filippo ha 63 anni, Federica 52. È questo sessantenne, che tenta con ogni sua forza di sembrare più abile, più astuto, più ricco di quanto non sia, che Bolo incarica della delicatissima missione di tornare ancora una volta a Istanbul a salvare la vita e gli averi, del kedivé d'Egitto. Credeva, Filippo Cavallini, d'esser giunto al termine della sua vita attiva; non sapeva che la parte più movimentata, e più cupa, sta cominciando solo ora.

Capitolo sette

Volto rudemente squadrato, baffi ispidi e folti rivolti all'insù, si direbbe con arroganza, il colonnello dei granatieri Umberto Gandini, presidente del tribunale, ha sulla giubba i nastrini di tre decorazioni al valore guadagnate in guerra e davanti a sé i fascicoli di un'istruttoria per la gran parte inutile e contro il cui autore, il giudice De Robertis, è addirittura stata aperta un'inchiesta.

L'impostazione che dà al dibattimento, la sua apparente cedevolezza di fronte a molte richieste della difesa, si spiega con questa segreta coscienza che, in pratica, il processo deve servire anche a ripercorrere daccapo l'istruttoria.

Solo davanti alle insinuazioni che il tribunale italiano sia al servizio di interessi politici francesi, Gandini reagisce con decisione. Altrimenti le sue ordinanze sono spesso favorevoli alla difesa; anche a costo di far rintracciare dai carabinieri testi insignificanti che si presenteranno in aula a confermare particolari di minimo rilievo.

Alle ore 16 del 6 dicembre, quando si apre l'udienza pomeridiana, il presidente ha comunque un solo scopo: riuscire a far terminare in serata la lettura dell'atto d'accusa. Alle 16 l'aula è già buia, le giornate sono brevi, dai finestroni semioscurati dalla polvere filtra un'esilissima luce invernale.

«Cavallini, con le mani incrociate e la testa piegata sulla spalla, ascolta con grande attenzione, Dini si protende leggermente in avanti, Re Riccardi guarda intorno mentre sotto il fitto velo, che però non la cela interamente, la Ricci sembra sorridere...»

La lettura, che il tenente Maggi fa con voce stentorea, prende tre ore. Gli imputati sono accusati d'aver tradito il proprio Paese «per essere entrati in intelligenza col nemico austro-tedesco».

In pratica si sarebbe trattato, dice l'accusa, d'una gigantesca opera d'infiltrazione della stampa italiana finanziata con il denaro tedesco, «l'oro del Reno» come anche lo si chiamerà cedendo all'irresistibile metafora.

li progetto era di acquistare la proprietà dei quotidiani «Il Messaggero» di Roma, «Il Secolo» di Milano, «La Stampa» di Torino e di contribuire alla fondazione di un nuovo foglio, sempre a Roma: «Il Tempo», da affidarsi alla direzione di Filippo Naldi.

Contemporaneamente, e sempre con i medesimi finanziamenti, Paul Marie Bolo era incaricato di acquistare in Francia la proprietà dei giornali «Le Figaro», «Le Rappel», «Le Journal».

Nella sotterranea opera disfattista, Cavallini avrebbe avuto come complici la sua amante Federica Ricci Pozzoli, il senatore Angelo Annaratone ex prefetto di Roma, l'ingegner Lorenzo D'Adda, l'impresario teatrale Adolfo Re Riccardi, l'onorevole Luigi Dini ex deputato di Salerno, l'onorevole Enrico Buonanno ex deputato di Capua.

Quanto ad Adolfo Brunicardi, deputato della lucchesia, le accuse sono analoghe ma la sua posizione processuale è diversa. Durante gli interrogatori, Brunicardi ha tentato di distinguere la sua azione da quella degli altri e anzi ci sono circostanze dell'atto d'accusa che si fondano proprio sulle contestazioni da lui fatte ai suoi complici.

Diretti strumenti del nemico sarebbero stati l'ex kedivé d'Egitto Abbas Hilmi II e i suoi due collaboratori Mohamed Yaghen pascià e Youssuf Sadik pascià.

«Prima d'esser persona grata a Berlino, il kedivé lo fu a Vienna» afferma un rapporto confidenziale del Ministero degli Esteri italiano ed è certo che durante i difficili anni del suo regno, Abbas Hilmi si è recato spesso nella capitale austriaca. Ambizioso, fragile, è stato a lungo stretto in una tenaglia che lo ha quasi stritolato: i nazionalisti egiziani da una parte, i «Commissari» inglesi dall'altra.

Nel 1910 ha visto il primo ministro Butros Ghali cadere assassinato e i giornali inneggiare all'omicidio. In Turchia la rivoluzione del 1908 ha indebolito il Sultano al punto che questi può a malapena badare a se stesso, e non sempre.

Niente di strano che Abbas Hilmi guardi quindi all'Austria. A Vienna frequenta i circoli oltranzisti nei quali si riuniscono tutti coloro che hanno forti interessi da tutelare nei Balcani e nel vicino Oriente e quindi, primi tra tutti, «gli azionisti delle ferrovie orientali e della società di navigazione sul Danubio».

Appunto a Vienna Abbas Hilmi ha stretto amicizia con un ricco signore magiaro, von Szemere, noto per le vittorie dei suoi cavalli e perché in una notte, al Jockey-club, ha vinto tre milioni a un conte polacco, costringendolo al suicidio.

Von Szemere riserva una particolare, costante attenzione agli affari italiani e il controspionaggio del Regno tenta in più occasioni, ma senza riuscirvi, di capire quale ne sia la ragione. Una sola cosa riesce a sapere. Una sera, in un ristorante, von Szemere, Abbas Hilmi e Filippo Cavallini, sono stati visti cenare allo stesso tavolo.

Quando l'Inghilterra dichiara guerra alla Turchia, nell'ottobre 1914, il governo di Londra si trova di fronte alla necessità di tagliare gli ultimi legami, anche se solo formali, esistenti tra Turchia ed Egitto.

Lord Kitchener non ha indugi. Quasi da un giorno all'altro sostituisce alla sovranità ottomana un protettorato britannico, depone Abbas Hilmi, che prudentemente si era già rifugiato a Costantinopoli, nomina al suo posto lo zio Hussein Kamil col titolo di sultano.

È a questa complessa situazione che Cavallini fa riferimento quando, al processo, comincia il racconto delle sue vicende. «Ai primi di novembre del 1914» dice «Bolo venne in Italia dove mi trovavo dal mese di settembre per dirmi che il kedivé era a Costantinopoli in una situazione difficile.»

Esule, senza trono, con una parte delle sue sostanze poste sotto sequestro, Abbas Hilmi ha pensato di trovare riparo a Istanbul. Non ha però tenuto in sufficiente conto la situazione politica di quel Paese. Dopo la rivoluzione del 1908, i «giovani turchi» che hanno costretto il gran Sultano all'abdicazione, vedono con il più grande fastidio legami e protezioni così scopertamente connesse a un passato che vogliono cancellare.

Nel luglio 1914, Enver pascià, uno dei leader della rivoluzione, organizza contro Abbas Hilmi un attentato al quale il kedivé scampa a stento. Alle sue proteste, il Sultano gli fa capire che può fare poco per aiutarlo. Bisogna dunque partire, tornare in Europa, nonostante la tensione serpeggi anche nel continente. Ma neanche questo i giovani turchi sono disposti a concedere e Abbas Hilmi si viene così a trovare nella penosa condizione di un uomo al quale viene contemporaneamente impedito sia di partire che di restare.

Per salvare almeno il patrimonio del sovrano, Bolo pensa d'organizzare una vendita fittizia dei suoi beni approfittando della procura generale di cui dispone. Ma l'idea, trasmessa in codice a Costantinopoli, non viene accettata.

Abbas Hilmi ha paura, pensa non a torto che salvare i denari, quando è la sua vita a essere in pericolo, avrebbe poco senso. Chiede invece che Bolo organizzi la sua fuga. Ma Bolo è cittadino francese, dopo la dichiarazione di guerra tra i due Paesi non può più entrare in Turchia.

In sua vece manderà Cavallini.

Alle 7 del mattino del 2 dicembre 1914, Cavallini parte da Milano per Costantinopoli. È un viaggio disastroso. L'Europa già risente dei primi mesi di guerra, i controlli alle frontiere sono estenuanti, frequenti i ritardi, Cavallini è affaticato, lo affligge una spossatezza che sembra non volerlo più abbandonare.

Impiega due giorni per arrivare a Istanbul e vi giunge malato: fa appena a tempo a comunicare il suo arrivo e deve mettersi a letto. Ha preso alloggio al Gran Hôtel de Pera.

Il kedivé ha nei suoi confronti un gesto di riguardo. Il suo medico personale è un italiano, il dottor Giacomo Minerbi «medicin attaché au cabinet khediviale». Lo incarica di recarsi all'albergo per visitare l'infermo.

«Nell'atto di darmi la commissione» racconterà il medico «mi disse che si trattava di un ex ministro d'Italia. Non so quanto credesse egli stesso a ciò, ma a una mia obiezione che doveva essere stato solo deputato, si rivolse a Sadik pascià dicendogli: "Vedete Youssuf, il dottore dice che non era ministro".»

È Bolo che probabilmente ha attribuito a Cavallini questa carica mai ricoperta. È una mossa consueta che fa parte del gioco, poiché la loro è un'attività che non può svolgersi senza il continuo alimento di qualità, titoli e competenze inesistenti.

Con il medico Cavallini si apre, la presenza di quell'uomo che si prende cura di lui e che parla la sua lingua, sembra rinfrancarlo, dice di sentirsi già meglio. In questo stato d'animo di leggera euforia, terminata la visita, anticipa imprudentemente alcuni particolari del suo piano, altri ne inventa.

Emulando Bolo, Cavallini svela che la fuga di Abbas Hilmi non è che un primo passo, «che ha già in suo potere la stampa francese per una campagna in favore del kedivé, che gli occorre denaro per promuovere anche in Italia una corrente a lui favorevole».

Il giovane medico è talmente impressionato da quella conversazione che il giorno stesso ne riferisce al conte Mocenigo, segretario dell'ambasciata italiana e, più tardi, allo stesso ambasciatore marchese Garroni. «Il Mocenigo» racconterà «mi consigliò di mettere semplicemente in guardia il kedivé.»

Occorrono otto giorni a Cavallini per portare a termine la sua missione, e non è facile. Il Sultano non vuole prendersi la responsabilità della fuga poiché teme la rappresaglia dei «giovani turchi». Questi si dimostrano irriducibili e perfino raggiungere un credibile portavoce del loro movimento si rivela arduo.

Non si uscirebbe probabilmente da quel vicolo cieco di opposti risentimenti se non intervenisse un fatto imprevedibile che è anche la premessa di molti degli eventi che accadranno in seguito.

Dietro suggerimento del kedivé, o dello stesso Cavallini, Sadik pascià si reca a chiedere aiuto all'ambasciatore tedesco e, pochi giorni dopo, il kaiser telegrafa di persona ordinando il rilascio di Abbas Hilmi. Non sappiamo quale fu il contenuto del dispaccio imperiale, ma possiamo benissimo immaginare il tono.

Il 14 dicembre Abbas Hilmi lascia indisturbato Costantinopoli a bordo dello stesso treno personale del Sultano; alcuni dignitari della Sublime porta sono alla stazione di Sirkeci ad augurargli il buon viaggio, quando il fastoso convoglio s'avvia.

A bordo, il cuore di Abbas Hilmi è gonfio di sentimenti contrastanti. Sappiamo che fino all'ultimo istante ha temuto che quei funzionari ossequienti potessero improvvisamente trasformarsi nei suoi assassini. Adesso, a mano a mano che le sponde del mar di Marmara, gli aguzzi minareti della moschea Süleymanie s'allontanano, avverte il sollievo d'un lungo incubo finito. Lo attende un futuro non prevedibile ma la vita, almeno quella, è salva.

Insieme a questo voluttuoso sentimento, si agitano in lui altri due stati d'animo. Il rancore verso l'Inghilterra, potente nemico, che lo ha privato di tutto e costretto a mendicare un soccorso; la gratitudine verso il kaiser che gli ha concesso almeno la fuga.

Immagina che dovrà qualcosa a Guglielmo per l'immenso beneficio ricevuto e non può ancora indovinare di che natura sarà; ma in quel momento è certo disposto a giurare che, di qualunque prezzo si tratti, lo pagherà.

Due giorni prima, Filippo Cavallini ha già lasciato Istanbul in incognito, per suo conto.

Capitolo otto

L'infiltrazione «disfattista» in alcuni quotidiani del Paese non è il solo crimine di cui Cavallini e i suoi complici debbano rispondere. La voce tonante del tenente Maggi enuncia altri capi d'imputazione che precedono quel tentativo ma non sono meno gravi.

Poiché la fallita fondazione della banca cattolica non lo ha in nulla scoraggiato, Bolo pascià scende a Roma due volte nell'anno 1915. La prima tra il 3 e il 10 febbraio; la seconda tra il 6 e il 17 luglio. Si dice procuratore di due affari enormemente vantaggiosi. In febbraio offre 2 milioni di tonnellate di carbone per le ferrovie; in luglio, 300 mila buoi americani per il fabbisogno alimentare dell'esercito.

I prezzi delle merci sono ottimi e Bolo dice di poter dare ogni garanzia fornendo persino, a sue spese, autentici cowboy per il maneggio delle mandrie.

Il profumo di quelle occasioni si diffonde con rapidità e Bolo, che all'arrivo a Roma non ha che poche amicizie, in capo a pochissimi giorni è addirittura pressato dalle offerte di compartecipazione.

Il senatore Annaratone e l'onorevole Brunicardi diventano i suoi più attivi propagandisti presso il generale Tettoni che al Ministero della Guerra dirige i servizi logistici.

Più di tutti si agita Pompeo Nuccio, avvocato pugliese con studio in piazza di Spagna, 93. La sua casa, affermano i servizi segreti: «È stata ognor frequentata da deputati, senatori, pubblicisti, artisti».

L'avvocato Nuccio spende con facilità, colma i suoi

amici di doni, è simpatico, svelto, molto alla mano, ride volentieri, usa il dialetto come un'arma. Ha anche alcuni precedenti per truffa, ma nessuno sembra farci caso.

L'avvocato è assiduo a Montecitorio, essere ammessi alla sua tavola o nel suo salotto è considerato un privilegio. Il Paese va in guerra ma la guerra è lontanissima da questa città molle, dove tutto sembra consentito.

L'affare del carbone abortisce quasi subito, quello dei «bovi per l'esercito» invece va molto avanti. Si va e si torna dal Ministero; quantità, prezzi, qualità, numero mensile dei capi, modalità del trasporto, premi assicurativi, tutto viene precisato.

Racconta Brunicardi: «Il Bolo occupava una stanza al Grand Hôtel dove si fermò circa dieci giorni e quasi tutti i giorni un'automobile si recava a prenderlo per portarlo alla passeggiata di villa Borghese insieme a Nuccio e ad Annaratone. Erano tanto sicuri del successo che ritenendo il fatto compiuto bevvero perfino dello champagne».

Anche questo affare invece fallisce. Un giorno Brunicardi rivela all'onorevole Celesia, sottosegretario agli Interni, che la proposta appare dubbia, soprattutto lascia trapelare che «la cospicua mediazione di sette milioni e mezzo sulla vendita dei bovi dovrebbe servire in parte a lanciare un quotidiano neutralista».

Si tratta del giornale «Il Tempo» al quale l'irrequieto giornalista Filippo Naldi tenta da mesi di dare vita. Ma in quel momento, siamo nel luglio del 1915 e la guerra è appena cominciata, un altro giornale che sarebbe in pratica giolittiano sembra intollerabile. E Salandra blocca il contratto.

Quando Bolo ha l'improvvisa notizia della rottura delle trattative, «restò costernato e partì dall'Italia maledicendola».

La parte avuta da Brunicardi nell'impedire la conclusione dell'affare dovrebbe alleviarne la posizione processuale.

«Chi mandò a vuoto l'affare-trappola?» grida l'avvocato Romualdi che lo difende. «Brunicardi, il quale rivelò la trama Bolo-Annaratone a Salandra. È questo il procedere di un uomo che tradisce?»

L'avvocato Romualdi è nervoso, vede che nonostante l'atteggiamento contrito, la posizione del suo cliente non è ancora distinta a sufficienza da quella degli altri. Vorrebbe che l'impasse trovasse finalmente uno sbocco ma gli altri avvocati non vogliono neanche affrontare la causa. Desiderano anzi mettere in discussione la stessa competenza del tribunale a celebrare il processo.

Il tribunale militare, affermano, non può affrontare eventuali reati commessi prima della dichiarazione di guerra, e in ogni caso sarebbe necessario dividere i reati stessi a seconda del momento in cui vennero consumati.

Questa distinzione per di più è doppia, aggiungono. Impone di distinguere gli avvenimenti che precedettero o seguirono la data del 24 maggio 1915, dichiarazione di guerra all'Austria-Ungheria, e quella del 28 agosto 1916, dichiarazione di guerra alla Germania.

Infine, prospettano un'improcedibilità dell'azione penale poiché «qualora i fatti fossero stati consumati, ciò sarebbe avvenuto in danno di Paesi alleati e non dell'Italia. E ciò senza rilevare che quando pure si volesse ritenere che alle epoche già accertate la Germania si potesse considerare come nostra inimica, i fatti criminosi e compiuti esclusivamente in danno della Francia, e in ogni caso in Francia consumati, non si potrebbero ritenere pregiudizievoli ai nostri interessi per potersi procedere anche qui in Italia contro il Cavallini in quanto...».

Per giorni interi questa prosa stracca, questa affannosa sintassi, riempie le udienze. Le argomentazioni sono ingegnose fino alla cavillosità. Non vi è in esse che il vizio d'essere state concepite e d'essere esposte in quella lingua intollerabile che sa di curia e di congiura.

Sotto il pretesto delle garanzie formali agli imputati, si nasconde il fine di far rivolgere altrove lo sguardo. È un caso questo, che bisognerebbe affrontare badando alla nuda sostanza di pochi fatti essenziali. Ma è appunto ciò che si studia d'evitare.

Il tribunale siede paziente, quasi muto. Il colonnello Gandini non ha che qualche sporadico scatto d'ira quando si mette in dubbio l'indipendenza del suo giudizio. L'accusatore militare non ribatte che di tanto in tanto. La folla leggermente eccitata che affollava i banchi e le tribune nei primi giorni, tende ora a diradarsi.

La difesa sa, a mano a mano che trascorrono inutilmente i giorni, che il tribunale nello sforzo di non smarrirsi in quel dedalo di recriminazioni e divagazioni, ha cominciato a perdere di vista i fatti. E giudica che il momento sia venuto per intorbidare ancora più profondamente le acque.

Se ne incarica, nel corso della quarta udienza, l'avvocato Vairo uno dei difensori di Filippo Cavallini. D'improvviso rivela che «il giudice istruttore capitano De Robertis avrebbe promesso l'impunità a Cavallini se si fosse indotto ad accusare l'onorevole Giovanni Giolitti».

«Il fatto in sé non ha importanza» prosegue l'avvocato «perché le dichiarazioni di un imputato vanno accolte con beneficio d'inventario. Il fatto grave è invece un altro e cioè che una lettera scritta dal Cavallini al giudice istruttore non sia stata allegata agli atti processuali.»

Vairo aggiunge che vuole vedere Giolitti in aula, alla sbarra dei testimoni. È una minaccia e come tale viene giudicata. Un informatore riferisce in quei giorni che «negli ambienti politici e specialmente tra gli elementi giolittiani la richiesta ha suscitato vivo fermento».

Ma il pubblico ministero Tancredi capisce che l'intervento ha anche un altro fine, più recondito, ancora più insidioso. La difesa di Cavallini intende così sminuire il peso delle accuse che Brunicardi, in carcere, ha rivolto ai suoi coimputati. Il difensore vuole insinuare che alle lusinghe del giudice istruttore, un accusato, Cavallini, ha resistito, un altro, Brunicardi, ha ceduto. A chi dei due sia ora preferibile credere, è ovvio.

Il giorno successivo ancora Vairo insiste sugli oscuri risvolti politici del caso. Con mossa repentina, si alza e legge un rapporto riservato che lo Stato Maggiore francese ha inviato, il 19 ottobre 1917, al Comando Supremo italiano.

«L'ingegner Pontremoli, direttore del giornale "Il Secolo", avrebbe avuto 500 mila lire da Bolo pascià a mezzo di un certo Astruc, emissario tedesco. Il pubblicista germanofilo Claudio Fratta e l'ex garibaldino Marabini, avrebbero fatto da intermediari tra Bolo e il dottor Naldi per la fondazione a Roma del giornale "Il Tempo".

«L'avvocato Nuccio avrebbe avuto dall'onorevole Arlotta, allora Ministro dei Trasporti, una missione in Spagna per acquisti; il signor Gobbi, avvocato del signor Naldi, e il signor Vanni, sarebbero stati per intercessione dell'avvocato Nuccio, addetti alle Armi e Munizioni (sezione stampa). Infine il questore della Camera onorevole Di Bugnano e il marchese Di Montalto duca di Tacco, sarebbero stati a Napoli in relazione con Bolo pascià...»

Sempre più nomi, sempre più fatti perché lo scandalo si estenda al punto da diventare incontrollabile. Fino a quando si sfiori con il sospetto qualcuno che, avendone il potere, intervenga finalmente a mettere tutto a tacere.

I giornali, che hanno inteso la manovra, il giorno seguente commentano: «Il processo Cavallini & C. si rivela sempre di più come un processo di natura politica. Si cerca di tutto per allargare quei limiti segnati dall'atto di accusa per fatti specifici contestati ai giudicabili».

In che cosa esattamente era consistita la promessa d'impunità fatta a Cavallini nel caso avesse accettato di testimoniare contro Giolitti? Queste furono le battute del dialogo:

Avvocato Vairo ...più volte l'ufficiale istruttore capitano De Robertis offrì a Filippo Cavallini l'impunità a nome dello Stato purché accusasse alcuni uomini politici tra cui, precisando, Giovanni Giolitti.

Colonnello Tancredi Ma la prova?

Vairo È in una lettera.

Tancredi E di chi?

Vairo Di Cavallini.

Tancredi Ah!

Vairo Ed ecco la copia della lettera, in data 14 maggio 1918 scritta al De Robertis, che non si trova in atti. Comincia così: Ieri la S.V. Ill.ma ebbe a dirmi che avrei compiuto un'opera meritoria verso il paese rivelando complotti e minacce contro la difesa nazionale e mi aggiunse che per incarico del governo poteva assicurarmi che se io rendessi questo servizio, esso non sarebbe stato dimenticato al punto da ottenere anche il condono delle responsabilità nelle quali avrei potuto incorrere...

Voci E l'allusione a Giolitti?

Vairo È chiaramente sottintesa.

Tancredi Comunque prego che di tutto l'egregio segretario tenente Maggi prenda nota in verbale per le indagini del caso.

Quando Cavallini scriverà le sue memorie, tre anni dopo il processo, riferirà in questi termini l'offerta ricevuta dal capitano De Robertis nella sala dei colloqui del carcere romano: «Veda che enorme volume costituiscono questi atti processuali». Avrebbe detto l'istruttore. «Vi sono prove e documenti che neppure il re potrebbe eliminare, la sua posizione è perduta. Ora non le parlo come giudice... Non miriamo a lei. Senta, è più in alto che miriamo: c'è un grande colpevole, ella lo sa benissimo, si tratta di Giolitti. Ci dia qualche indicazione, una semplice vaga parola mi basta, e io le garantisco l'impunità. Sono incaricato di proporgliela a nome del governo.»

Non ci è consentito sapere di più. Della cosa si parlerà per molti giorni, fino a quando cioè non ci si renderà conto che il processo ha nel frattempo preso tutt'altra strada. La lettera inviata a De Robertis, per allusiva che sia sul punto in discussione, era stata però annotata sui registri postali di Regina Coeli. Venti mesi dopo sarà ritrovata in uno degli armadi del giudice istruttore De Robertis.

Questi si difese sostenendo che le sue offerte «erano state vaghe» e aggiunse «di non poter né smentire né confermare d'aver ricevuto quella lettera».

L'incidente è oscuro ma non è che uno dei tanti. Il solo elemento trasparente sono le intenzioni che indussero a sollevarlo. Oltre agli scopi generali politici, che si possono intuire con facilità, gli avvocati di Cavallini volevano che la presenza in aula dello statista di Dronero, neutralista per disegno politico e per la sua disperata sfiducia nelle capacità militari del Paese, desse una certa maggior dignità al «neutralismo» così diversamente motivato dei loro difesi.

Il tribunale ridurrà a 45 la lista di 280 testi che la difesa propone di ascoltare. Tra i nomi stralciati figura quello di Giovanni Giolitti che non viene convocato «per la non ammissibilità della posizione sulla quale fu indotto».

Capitolo nove

All'udienza del 20 dicembre 1918, Filippo Cavallini «ostenta calma ma suo malgrado tradisce una certa irrequieta nervosità, non sa stare fermo, scambia brevi parole con la signora Pozzoli e con i suoi avvocati, fa qualche passo breve per la gabbia, si accomoda la cravatta, ripulisce gli occhiali».

Se in quel momento gli indugi si protraessero al di là del consueto, Cavallini non reggerebbe forse alla sua impazienza.

Ma il tribunale entra in aula alle 9 e 40 e subito il principale imputato può lasciare la gabbia e salire sulla pedana per cominciare il suo interrogatorio. Da tredici mesi aspetta quel momento al quale si è puntigliosamente preparato. Porta sotto il braccio un piccolo fascio di note; non le consulterà che di rado.

L'aula è di nuovo affollata come i primi giorni, ma per la folla Cavallini non ha occhi. Le schermaglie procedurali avevano annoiato i curiosi, allontanandoli. Dall'udienza di oggi, invece, ci si aspettano ore senza tregua, la mano o la voce che tremano, lo spettacolo.

L'esordio è implorante anche se il tono suona declamatorio:

«Signori del tribunale, o le accuse che mi si contestano sono vere e allora passi il carro della giustizia sul mio corpo. Ma se invece riuscirò a provare, come ho fede, che sono vittima di calunnie infami e infernali, potrò pur dire alto che a me spetta la palma del martirio perché mai a giudici si sarà presentato un caso più doloroso, più tragico del mio.

«Io ho trovato la forza necessaria, l'energia occorrente per resistere fino a questo sospirato giorno in cui mi è finalmente dato di esporre le mie difese dinanzi a giudici cui non valgono estranee influenze, a giudici sereni, imparziali, italiani, soldati, cittadini, cristiani!»

Racconta la sua storia, Cavallini. Le benemerenze politiche della famiglia, l'ardimento imprenditoriale, le traversie finanziarie che furono quelle comuni a un popolo. Il fallimento della banca Lomellina, dice, fu provocato «dalle condizioni generali del Paese». L'istruttoria non lo ha rilevato perché «in essa tutto è arbitrio, tutto è illegalità».

Ricostruisce le sue vicende in Venezuela dove riuscì a mettere insieme dal niente una posizione economica e un prestigio che gli valsero il favore di più d'un capo di Stato. Arriva al momento in cui s'installa a Parigi.

Sa che la polizia francese lo ha definito «trafficante d'armi»; sa, in particolare, che lo si sospetta d'aver esercitato il contrabbando d'armi con la Turchia.

«È vero» afferma «mi occupai di armi ma fu quando alla scoppio della guerra italo-turca venni a sapere che un italiano faceva il contrabbando d'armi a favore dei turchi. Fui io a denunciare questo fatto e può testimoniarlo l'onorevole Brunicardi che venne in quell'epoca a Parigi.»

Smentisce un'accusa e allo stesso tempo la conferma. Corregge un dettaglio e lascia intatto il cuore dell'argomento nella speranza che una cosa salvi, o confonda, anche l'altra. Il suo è un abito mentale incongruente, frammisto d'astuzia spregiudicata e di tragica ingenuità. La sua deposizione è penetrata di stupefacenti discordanze tra ciò che è vero e ciò che tale vuol fare apparire, o così gli appare.

Gli occorre quasi l'intera mattina solo per ricostruire i più lontani precedenti della famiglia e suoi. Ma è anche un uomo che ha lungamente patito e il tribunale mai lo interrompe né lo sollecita. Neanche quando s'attarda, compiaciuto, su minuscoli particolari.

Il tribunale ascolta anche perché sa che prima o poi Cavallini dovrà venire a fatti molto più difficili da raccontare. Si direbbe che voglia concedergli il beneficio di questa lunga rincorsa.

«Conobbi Bolo nel 1910...» Qui entra finalmente nel vivo dei fatti finora solo sfiorati. Il primo episodio che l'imputato ricostruisce è il salvataggio del kedivé dalla prigionia di Istanbul.

«Egli doveva recarsi a Rodi e io sarei andato a prenderlo lì. Ma i turchi non lo lasciarono uscire da Costantinopoli e fu necessario cambiare piano. Egli inviò Sadik pascià all'ambasciata tedesca per sollecitare l'interessamento dell'imperatore Guglielmo. Infatti grazie all'ordine del kaiser, il kedivé poté partire indisturbato sullo stesso treno del sultano.»

Il punto è delicato. Quella missione in Turchia è uno degli elementi sui quali l'accusa si fonda per sostenere che l'intelligenza col nemico da parte di Bolo e Cavallini era in piedi da tempo. E Cavallini, che lo sa, subito precisa: «Allora, dicembre 1914, l'Italia non era in guerra e anzi era ancora alleata degli Imperi Centrali, quindi ha torto l'accusa ad addebitarmi l'aiuto dato al kedivé che, fuggito dalla città, si trattenne tre mesi a Vienna e quindi, su mio consiglio, si stabilì in Svizzera».

Nel febbraio del 1915, mentre è a Roma a trattare l'affare del carbone, Bolo incontra al Palace Hôtel di via Veneto Sadik e Yaghen pascià. I tre si vedono per studiare in qual modo potrebbero inserirsi in un eventuale progetto di pace separata tra la Francia e la Germania.

Partecipò Cavallini a quella riunione? Sì, secondo l'istruttore; no, secondo Cavallini. Ha scritto De Robertis: «Fu Cavallini partecipe di quelle mene? Egli dice di no. In verità, dal 3 febbraio che il Cavallini compare in Genova, al 12 febbraio, che torna a Torino insieme a

Bolo, tutto induce a credere che egli si sia furtivamente recato a Roma».

Che cosa esattamente sia questo «tutto», l'istruttore non lo precisa. D'altronde dimentica spesso di farlo. Ma in aula Cavallini ripete e conferma che a quella seduta egli non prese parte: «Solo il 16 marzo 1915» aggiunge «vidi a Zurigo il kedivé, presente Bolo. Mi propose d'aiutarlo a riconciliarsi con l'Inghilterra per ottenere non solo la restituzione dei beni ma anche il riconoscimento del diritto di suo figlio al trono kediviale».

L'ex sovrano d'Egitto gli dice anche dell'altro. Gli fa sapere cioè che per accelerare questa riconciliazione sarebbe stata organizzata in Francia una campagna di stampa in suo favore. Ma questo, precisa Cavallini, «me lo confidò a parte perché alla riunione, che pure si tenne quello stesso 16 marzo tra il kedivé, Bolo, Sadik e la signorina Luzanges, amica del kedivé, nella quale i piani della campagna vennero gettati, io non partecipai».

Dunque, secondo la ricostruzione che ne fa in aula, Cavallini conosce il progetto della campagna di stampa in favore del kedivé solo il 16 marzo 1915 a Zurigo e non nel febbraio a Roma. Per di più lo apprende in separata sede e per sommi capi.

Eppure il medico Giacomo Minerbi ha già detto alla polizia che di quel progetto, e anzi anche del progetto parallelo da svilupparsi in Italia, udì parlare l'imputato al Grand Hôtel de Pera di Istanbul nel dicembre del 1914. Possibile che Cavallini non sappia di questa testimonianza? E se la conosce perché cade in questa grossolana incongruenza?

Il reale svolgimento degli eventi, almeno per quella parte che documenti e testimonianze attendibili permettono di ricostruire, non potrebbe essere forzato al di là d'una certa misura. Ma Cavallini non se ne cura e li adatta alla sua convenienza.

Nega la sua presenza alla riunione di Roma in febbraio;

non potendo fare lo stesso con quella di Zurigo poiché il suo passaporto e il registro dell'albergo lo denunciano, ne approfitta per dire che tutto ciò che sa lo ha appreso in quell'occasione.

S'affretta però subito a precisare che non ha preso parte alle decisioni e che «gli affari di denaro venivano trattati direttamente tra Bolo e il kedivé».

Eppure è noto, e neanche questo può più smentire, che almeno in un'occasione è stato incaricato di recare un'enorme somma di denaro a Bolo a Parigi, più di due milioni. Come avrebbe potuto svolgere un incarico tanto delicato se davvero fosse soltanto un protagonista di secondo piano?

La missione a Parigi è uno dei principali capi d'accusa contro di lui, il cuore della congiura. Sulla sua partecipazione e sul suo ruolo alle riunioni di Roma e di Zurigo egli può in una certa misura confondere le carte, ma a Parigi andò solo e portando il denaro con sé, dunque il fatto è innegabile.

Ma di quale fatto, e soprattutto di quale denaro, si tratta? Per rispondere a queste domande è necessario tornare indietro fino alla riunione che come abbiamo visto s'era tenuta al Palace Hôtel di Roma in febbraio. Subito dopo quell'incontro, vi abbia o no partecipato Cavallini, il misterioso signore magiaro Szemere, dà a Vienna un pranzo in onore del conte de Monts ex ambasciatore di Germania a Roma e durante quel pranzo s'affaccia per la prima volta l'idea che riuscirà fatale ai due avventurieri.

Attorno alla tavola, nel ristorante dell'hôtel Bristol accanto allo Staatsoper viennese, siedono quella sera, tra gli altri, il kedivé Abbas Hilmi e il suo fedele Sadik pascià.

Nella sala, o nelle immediate vicinanze, devono sedere altre persone attente a quel convivio poiché un resoconto della serata viene fatto sia dalla polizia francese che dai servizi informativi della Marina italiana.

Il menu è opulento, l'atmosfera molto cordiale, si brinda più volte. È Sadik che affronta per primo il tema sostenendo «l'importanza assunta dalla stampa nei tempi attuali specialmente nei Paesi in guerra con gli Imperi Centrali e l'utilità che ci sarebbe ad assicurarsi in Francia, in Italia, in Inghilterra, l'appoggio dei giornali».

Pochi giorni dopo il conte de Monts si reca, da solo, a trovare l'ex kedivé per riprendere più in concreto l'argomento. Alla domanda se Sua Altezza sarebbe disposto a fare da intermediario, in un eventuale acquisto di testate giornalistiche nei Paesi dell'Intesa, Abbas Hilmi, senza un attimo d'incertezza, risponde di sì.

Sadik viene incaricato di partire subito per Berlino. Reca con sé una lettera di presentazione, firmata da de Monts, per il segretario di Stato tedesco Gottlieb von Jagow che è peraltro già al corrente dell'intero progetto e forse lo ha addirittura ispirato. Infatti von Jagow annuncia subito a Sadik che la Germania destinerà all'acquisto di giornali francesi e italiani la somma di 10 milioni di marchi pagabili in rate mensili di un milione.

Quando il kedivé apprende la notizia, convoca Bolo per metterlo al corrente del risultato. S'aspetta da lui un gesto d'esultanza, se non altro per la rapidità con la quale l'accordo è stato raggiunto. Ma Bolo ancora una volta lo sorprende. Non solo non si rallegra, ma anzi obietta che la cifra è esigua, non coprirebbe le spese dell'operazione, men che mai quelle iniziali.

Non si può negare che ci sia della maestria nella sua reazione. Messo di fronte a quella proposta, un intrigante meno ardito avrebbe manifestato una contentezza precipitosa, forse sospetta agli occhi dei suoi stessi complici.

Non Bolo. Al contrario, dà prova d'una magnifica padronanza delle proprie emozioni. È quasi il traguardo d'un'intera vita quello che i due orientali gli prospettano, ma lui è in grado di non battere ciglio.

Tace per qualche istante, quando riprende a parlare

dichiara che «gli sembra preferibile consacrare all'operazione somme superiori al milione, almeno nei primi mesi, perché proprio nei primi mesi dovranno rendersi favorevoli dei personaggi in vista».

In pratica Bolo propone che si chiedano due milioni e mezzo per i primi due mesi, poi un milione per i cinque mesi successivi. Latore di questa nuova proposta, Sadik va per la seconda volta a Berlino, per la seconda volta incontra von Jagow con il quale alla fine raggiunge questo accordo: la Germania verserà l'importo in cinque rate mensili di due milioni ciascuna.

La Dresden Bank s'incarica degli accrediti e, due giorni dopo averne ricevuto l'ordine, i primi due milioni di marchi sono già à disposizione del kedivé presso lo Schweizerischen bankverein di Zurigo sotto forma di tre assegni dell'importo di 735 mila 895 franchi e 20 centesimi.

«Riferendosi al corso del cambio del tempo» scrive il giudice istruttore italiano «la somma totale di due milioni 205 mila 685 franchi e 60 centesimi, corrisponde esattamente a due milioni di marchi.»

Siamo alla fine di marzo del 1915 e il primo passo per tentare d'accaparrarsi la stampa nemica è stato compiuto con teutonica puntualità.

Il 26 marzo il kedivé fa telegrafare a Bolo di venire in Svizzera «per ritirare i campioni». Bolo però non risponde; preferisce non attraversare le frontiere con una valigia piena di denaro o anche solo con un ingente assegno in tasca.

Non risponde anche per un'altra ragione. Non gli è dispiaciuto l'andamento della missione a Costantinopoli e il ruolo che vi ha giocato: colui che muove i fili nell'ombra. Pensa di ripetere la mossa. Se qualcuno deve muoversi, meglio che siano altri, possibilmente Cavallini.

Infatti un giorno o due dopo, il kedivé convoca appunto Cavallini e lo informa che è necessario portare una forte somma a Bolo a Parigi.

«Sua Altezza» scriverà l'italiano nelle memorie «mi condusse al Bankverein, lo attesi nella sala dei forestieri. Ridiscese e mi consegnò un pacco contenente un milione e mezzo di franchi in biglietti svizzeri. Ci avviammo verso l'hôtel Savoy accompagnati da due dei suoi albanesi, dove mi rimise un milione e 200 mila franchi in biglietti francesi.»

Dunque, secondo la sua stessa versione, Cavallini ricevette complessivamente due milioni e 700 mila franchi. Deve consegnarne due milioni e 200 mila a Bolo, 500 mila a Yaghen a Roma, questo il mandato. Né l'enormità della cifra né le laconiche istruzioni di Abbas Hilmi lo spingono a chiedere chiarimenti.

«Non potevo domandare conto dei suoi affari al kedivé che era sempre un sovrano. D'altra parte trovavo naturale che rimettesse forti somme a Bolo, suo procuratore generale.»

Docile, silenzioso, Cavallini lascia la Svizzera. La collaborazione con il kedivé comincia a svilupparsi in modo sostanzioso, ma quel denaro insinua nella sua anima una piccola punta dolorosa mentre trascorre in treno le lunghe ore, i giorni, che occorrono per andare da Zurigo a Roma, dove arriva il 29 marzo, e da qui a Torino e a Parigi.

Fino a questo momento s'è comportato come Sua Altezza gli ha ordinato. Sempre più spesso ora, gli accade di pensare che la distribuzione degli incarichi, e soprattutto degli utili, all'interno della piccola banda eterogenea, potrebbe esser fatta in modo per lui più vantaggioso.

Quando giunge a Parigi, alla Gare de Lyon, il 1° aprile 1915, trova ad attenderlo un attore secondario dell'intrigo: il baritono napoletano Edoardo Sottolana, una piccola anima che Cavallini ha impiegato negli ultimi anni come uno staffiere incaricandolo dall'Italia di minuti servizi, talvolta sospetti.

Sottolana ha 50 anni, da giovane è stato in compagnia con Federica Pozzoli Ricci, poi l'età lo ha sospinto a vivere d'una piccola scuola di canto che tiene nel suo alloggio parigino.

«Debbo dichiarare» dirà il cantante alla polizia «che la relazione che avevo con la signora Ricci proveniva dalla circostanza che essendo stati entrambi artisti lirici, abbiamo avuto infinite occasioni di esercitare la nostra arte. La signora Ricci dava spesso dei pranzi seguiti da concerti ai quali io prendevo quasi sempre parte.»

Giunto al Grand Hôtel, stanza 525, Cavallini annuncia al baritono senza mezzi termini che deve compiere un'operazione d'estrema delicatezza e che ha bisogno della sua testimonianza.

Escono. Cavallini sembra allegro, scherza sul rischio che corre ad andare in giro con tanto denaro in tasca. Al magazzino «Old England» acquista una piccola valigia, poi chiama una vettura di piazza e dà allo chauffeur l'indirizzo del Crédit Lyonnais. Sottovoce suggerisce a Sottolana d'annotare il numero del taxi. Il baritono obbedisce: 1022920.

Giunto a destinazione, ordina all'autista d'attenderli ed entra, sempre seguito da Sottolana. Al funzionario che li accoglie dice di voler trasformare in contante un assegno che ha con sé emesso a Torino dal banchiere Ramella.

«Ma questo è un pesce d'aprile» esclama l'impiegato quando legge l'importo: un milione di franchi: Cavallini è compiaciuto, ride.

Racconta Sottolana: «Cavallini allora svolse un pacco costituito da un giornale e con mia meraviglia espose una quantità di biglietti da mille. Tolse tale somma dal giornale e la collocò nella valigia. Quando arrivò l'impiegato, dopo il controllo d'uso, mise la nuova somma nella valigia insieme all'altra».

Ora l'indirizzo da raggiungere è 17; rue de Phalsbourg, la residenza di Bolo, ma durante il tragitto c'è un'altra raccomandazione per lo sgomento baritono: «Osservate bene questa valigia» dice Cavallini «contiene più di due milioni di franchi, quando sarò di ritorno dalla persona dalla quale vado, sarà vuota».

L'auto viene fatta arrestare all'angolo di rue Phalsbourg. Cavallini smonta lesto, prega d'attenderlo, s'allontana. Quando finalmente ricompare, dopo circa tre quarti d'ora, è in compagnia di un uomo che in seguito Sottolana riconoscerà come Paul Marie Bolo.

«Parlarono insieme per qualche minuto poi si separarono e il Cavallini con la sua valigia mi raggiunse facendomi constatare che era assolutamente vuota.» Un solo particolare il baritono omette di riferire e dobbiamo apprenderlo da altra fonte. Prima di separarsi, Bolo si avvicina a Cavallini sussurrandogli qualcosa all'orecchio. Subito l'italiano estrae il portafoglio e dice: «Il pascià non vuole che voi abbiate persa una lezione di canto per accompagnarmi. Eccovi cento franchi da parte sua». Gli infila una banconota nel taschino e il gesto riesce atroce.

Questo dunque è lo svolgimento dei fatti e il tragitto dell'enorme somma da Zurigo a Parigi, via Roma e Torino, come possiamo ricostruirlo, passo dopo passo. Resta da capire il movente, cioè lo scopo cui quell'enorme somma era destinata ed è appunto l'elemento sul quale, morto Bolo che non può più smentirlo, Cavallini costruisce in aula la sua difesa.

Secondo l'accusa: «Erano quelli i denari tedeschi che dovevano servire per comprare e corrompere la stampa in Francia e in Italia a fini disfattisti».

Risponde Cavallini: «Denari tedeschi per propaganda tedesca? Io non ho mai esatto chèques tedeschi. Il kedivé mi consegnò denaro in valuta svizzera che portai a Parigi dopo essere passato per Torino».

Difesa debole, formale, quasi solo un gioco di parole. E quando s'arriva alla domanda di quale fosse il fine di quel trasferimento di denaro, l'imputato italiano invariabilmente risponde: «Non lo so». Arriva a stento ad aggiungere: «Credevo e credo fino a prova contraria che si trattasse di affari privati del kedivé con il suo procuratore generale a Parigi».

Solo quando le prove, e più che le prove la stessa concatenazione degli eventi, rendono futile questa linea di difesa arriva ad ammettere che la somma da lui stesso trasferita a Parigi poteva servire «ad alimentare la campagna di stampa per riavvicinare il kedivé all'Inghilterra».

Che ruolo svolse realmente Cavallini in quella circostanza? Si comportò da avventuriero o invece da rinnegato? Voleva agevolare con quei milioni la «campagna di stampa» a favore del kedivé o tradire il proprio Paese corrompendone la stampa? O magari tradire soltanto i suoi soci impossessandosi d'una parte almeno del denaro?

Un'altra domanda infatti dobbiamo porci. Quanto denaro versa effettivamente Cavallini quel 1° aprile 1915 nelle mani di Bolo? Due milioni o meno di due milioni? In altre parole: rovesciò l'intero contenuto della valigia sul tavolo del francese o trattenne per sé una parte del suo contenuto? Per anni Paul Marie continua a ripetere che l'italiano non gli dette che un milione, quel giorno.

Della stessa cifra parla Cavallini quando non sa ancora bene fino a che punto la polizia sia al corrente del suo agire. Per due volte, il 4 e il 7 ottobre 1917, nei giorni che precedono il suo arresto, dice d'aver consegnato «un milione». Solo in seguito parla di «due milioni».

L'opinione del capitano istruttore De Robertis è che «né il gioco di prestigio della valigia piena e poi vuota, né la testimonianza carpita al Sottolana, escludono l'ipotesi che il Cavallini abbia versato una metà o poco più della somma, intascando il resto».

Conterebbe poco l'ipotesi di De Robertis se non ci fosse un altro fatto. Subito dopo il viaggio a Parigi l'uomo, che non ha più molto denaro, affitta una cassetta di sicurezza, ordina l'acquisto di alcuni titoli, insomma si trova il modo accertabile a disporre di «almeno 400 mila lire».

Quando le prove di questa improvvisa liquidità gli vengono contestate, Cavallini risponde che il kedivé lo aveva anche incaricato d'acquistare «alcune azioni della miniera di piombo turca Bulla Kervidin nonché di altre miniere inglesi» e che a ciò quelle somme erano destinate.

Si può ritenere attendibile una precisazione offerta con tanto ritardo, con una così evidente riluttanza e quando non c'è proprio altra possibilità di difesa? Se Cavallini avesse una mentalità e un'anima diverse si potrebbe anche crederlo. Ma nel suo costante proponimento di sembrare astutissimo, egli agisce in realtà da ingenuo. Quando ha un buon motivo da opporre si affretta ad esporlo, fino in fondo, senza tralasciare neanche i dettagli.

Sull'incarico svolto quel 1° aprile ha invece più d'una ragione per mentire e c'è comunque una circostanza successiva, che lo rivela.

Dieci giorni dopo la spedizione parigina, l'11 aprile, Bolo arriva a Torino e di qui, insieme a Cavallini, si reca a Zurigo dove il 13 arrivano, da Vienna, anche Abbas Hilmi, Sadik e Yaghen.

Il quintetto è di nuovo riunito ma la coesione che l'ha sospinto così gagliardamente fino a questo punto, è scomparsa. Come in una commedia di genere, la rappresentazione procede frantumata in una serie di concitati «a parte».

Bolo confida al kedivé la sua insoddisfazione per la cifra ricevuta e gli presenta il signor Henry Necker, procuratore del Crédit Suisse di Ginevra, perché lo si incarichi di riscuotere le rate successive che i tedeschi si sono impegnati pagare.

Cavallini intuisce il pericolo e si adopera per scongiurarlo. Raggiunge Yaghen e cerca di tirarlo dalla sua parte perché lo aiuti a incrinare la fiducia del kedivé in Bolo.

Prende poi contatto con Sadik e mette anche lui in guardia contro il francese, insinua tra l'altro che la procura rilasciata dall'ex sovrano ha tale estensione «da dare a Bolo perfino il potere di fare, nel nome del kedivé, rinuncia al trono».

Sul momento il solo risultato di questo frenetico andirivieni tra le varie stanze dell'hôtel Vittoria di Zurigo, è che sia Abbas Hilmi che Sadik si rendono conto che la coesione tra i due non ha retto all'urto del denaro e che l'ostilità sopravvenuta non è ricomponibile.

Aggiungendovi un pathos da feuilleton il giudice istruttore italiano racchiude questa atmosfera nella frase: «Comincia tra i due emuli il duello a morte per l'eliminazione reciproca».

Al processo, Cavallini tenta di dare al suo disperato confabulare tutt'altro significato. Davanti ai giudici, quando non può più fare altrimenti, sostiene infatti d'aver creduto che la somma da lui stesso trasferita a Parigi, servisse ad alimentare la «campagna di stampa» per riavvicinare il kedivé all'Inghilterra.

Aggiunge: «Soltanto nei colloqui dell'hôtel Vittoria scoprii invece, d'improvviso, la verità: i denari dovevano essere impiegati per facilitare una pace separata tra la Francia e la Germania».

Secondo la tesi dell'accusa, Cavallini è fin dall'inizio al corrente che la campagna di stampa a favore del kedivé è, nel migliore dei casi, un fine secondario rispetto a quello principale della pace separata. Per conseguenza, l'ostilità tra i due complici non è motivata che dalla cupidigia.

Secondo Cavallini invece, egli apprende il vero scopo dell'azione solo a Zurigo e quasi per caso, per cui la sua repentina animosità nei confronti di Bolo è dettata esclusivamente da amor di patria.

Nel concludere la sua deposizione davanti ai giudici Cavallini precisa che grazie alla sua immediata reazione l'ex viceré si rese conto del gioco al quale la perfidia del marsigliese l'aveva indotto.

«Yaghen mi comunicò» dice «che grazie a me il kedivé aveva cambiato parere, che concordava con me e che aveva deciso di restituire i due milioni della seconda rata dei denari tedeschi che sarebbero arrivati alla fine di aprile.»

Se si guarda bene, lo schema che Cavallini applica alla sua difesa è sempre lo stesso. Quando le azioni vengono decise egli è assente. Quando agisce, non sa bene a che fine si stia applicando. Quando finalmente sa, è quasi sempre troppo tardi e può solo tentare di correre ai ripari. Così sostiene d'aver fatto anche in questa circostanza convincendo Abbas Hilmi a restituire la seconda rata.

Presidente Lei afferma che la restituzione fu spontanea?

Cavallini Ma sì Eccellenza, spontanea e ne do le prove. Bolo trattò l'affare direttamente e personalmente. Pensai se non fosse il caso di denunciarlo ma non ne feci nulla anche perché m'accorsi che era stato completamente messo da parte. Aveva perduta la stima e l'amicizia del kedivé.

Invece neanche questo è vero. I due milioni della seconda rata, versamento di fine aprile, sono incassati da Abbas Hilmi «e vengono probabilmente impiegati in grande parte per i suoi bisogni personali».

«L'ex kedivé» scrive in un rapporto segreto il console italiano a Ginevra «ricevette a Vienna a diverse riprese reclami del ministro di Germania circa i fondi che gli erano stati affidati e dei quali non aveva ancora presentato alcun documento giustificativo.»

I tedeschi finiscono per irritarsi. Un emissario del Ministero degli Esteri berlinese avvicina Yaghen a Vienna «in un caffè del Prater» e gli sussurra un terribile avvertimento: «Dite a Sua Maestà che le faccende di denaro sono per loro natura molto delicate».

Siamo ai primi di luglio, in quel momento Abbas Hilmi si trova a Karlsbad dove il clima caldo è temperato dalla frescura delle acque, la signorina Luzanges è con lui. Una mattina arriva Yaghen stravolto e riferisce il colloquio del Prater.

Lo ha giudicato minaccioso e non sbaglia, come vedremo. «L'ex kedivé ebbe paura e lasciò la Boemia l'indomani, 5 luglio, per stabilirsi definitivamente in Svizzera.»

Capitolo dieci

Cavallini Dichiaro ancora una volta che non ho mai incaricato Hanau di scrivere articoli contro il mio Paese. Tra l'altro molti degli articoli citati dalla sentenza di rinvio a giudizio non sono mai stati pubblicati; non esistono.

Presidente È vero che alla stazione di Losanna ella spiegò il piano della campagna giornalistica ad Hanau, piano che allo stesso Hanau fu poi confermato da Sadik? Risponda sì o no.

Cavallini Non ricordo.

Presidente La campagna di stampa era semplicemente rivolta a facilitare l'accordo tra il kedivé e l'Inghilterra?

Cavallini Debbo ritenerlo.

Presidente Allora non aveva nulla a che vedere con l'altra campagn affidata al signor Bolo, intesa a suscitare simpatie in Francia per una pace separata con la Germania?

Cavallini Erano due cose perfettamente distinte. L'una non aveva niente a che vedere con l'altra. Negli articoli di Hanau pro-kedivé vi era sempre la nota di preferenza e d'amore per il nostro Paese.

Nell'udienza del 16 gennaio 1919, si affronta il tema delle «campagne giornalistiche» ispirate da Filippo Cavallini. Quando l'italiano ha lasciato Zurigo, dopo la riunione del 13 aprile 1915, ha fatto ad Abbas Hilmi la promessa di occuparsi «della campagna di stampa in Italia e in Francia per la riabilitazione del kedivé e per il suo riavvicinamento all'Inghilterra».

In cambio il kedivé s'è impegnato, anche se vagamente, a interporre i suoi buoni uffici affinché i Senussi della Cirenaica cessino la loro azione contro l'Italia e accettino la sottomissione a Roma. Di sua volontà insomma, Cavallini ammette d'essersi fatto promotore di azioni diplomatiche e giornalistiche clandestine.

Il suo scopo è evidente. Dopo aver scalzato, nei concitati colloqui zurighesi, l'attendibilità di Bolo, vuol dimostrare al kedivé e ai suoi due cortigiani che, richiesto, egli sa fare meglio e più del francese.

È anche certo che nel momento in cui prende questo impegno, egli non sa ancora bene da che parte dovrebbe cominciare. Parlando con Abbas Hilmi s'è mostrato risoluto. Nei fatti, può disporre solo di qualche ex deputato corrotto e di alcune amicizie dubbie se non altro dal punto di vista della loro concreta efficacia nell'azione.

Per la campagna in Francia ritiene di appoggiarsi a Cesare Hanau. Avvocato e giornalista, 47 anni, Hanau è corrispondente da Parigi del «Secolo XIX» di Genova. Collabora saltuariamente anche a una serie di piccoli giornali: «Nouveliste de Lyon», «France du Sud», «Liberté», «Echo de Paris», dove firma con lo pseudonimo di Marthe.

Di tanto in tanto, secondo l'occasione, aiuta l'impresario Adolfo Re Riccardi nella scelta e nella traduzione di testi per le compagnie teatrali italiane. Commedie d'altronde ne ha scritte egli stesso. *Il mercante di sogni*, in dialetto milanese, ha avuto una certa fortuna nel repertorio meneghino.

L'avvio di questa collaborazione sembra casuale. Alla stazione di Torino, nel gennaio 1915, Hanau s'imbatte in Cavallini. Bevono qualcosa, discorrono, ognuno è in attesa del proprio treno. Ma Cavallini che è appena tornato dalla Turchia e che in quei giorni non sa pensare ad altro, racconta anche al giornalista come è riuscito a sottrarre il kedivé alla prigionia dei «giovani turchi». La cosa per il momento finisce lì, ma tre mesi dopo, nel fatidico aprile della sua vita, pochi giorni dopo aver riscosso la sua quota sulla prima rata dei denari tedeschi, Cavallini telegrafa ad Hanau. Lo convoca per un incontro alla stazione di Losanna, questa volta però «per parlare d'affari».

«Quando lo vidi» racconta Hanau «mi spiegò che si trattava di far pubblicare sulla stampa francese qualche articoletto allo scopo di stabilire la lealtà del kedivé e per preparare l'opinione pubblica a un suo avvicinamento all'Inghilterra.»

Cavallini è sicuro di sé, munifico, ha grandi progetti e intanto assicura che i servizi verranno largamente compensati. Hanau accetta. Quanto denaro finisca per ricavare realmente dall'incarico non possiamo dire con esattezza. Si tratta con ogni probabilità d'una cifra compresa tra i 36 e i 42 mila franchi anche se Hanau si adatta «per compiacenza» a firmare una ricevuta di 175 mila franchi.

La vecchia regola d'ogni raggiro viene rispettata fino in fondo. A ogni passaggio di mano il denaro diminuisce e il giro delle ricevute false s'estende.

Quando verrà processato in Francia per la sua imprudente collaborazione all'intrigo, Hanau definirà Cavallini: «uomo d'affari losco, dall'irresistibile astuzia», un giudizio che fa dubitare del fatto che Cavallini desiderasse realmente di sentirlo testimoniare al processo di Roma.

Più verosimilmente, lui e i suoi avvocati ne richiedono la presenza solo perché sanno che in nessun caso il trasferimento dalla Francia verrà concesso e questo ravviva la coloritura di vittima dell'imputato Cavallini.

Ricevuto il compenso, Hanau si adopera per collocare l'articolo a favore di Abbas Hilmi. Si rivolge tra gli altri a Domenico Russo, altro giornalista italiano corrispondente da Parigi de «La Stampa» di Torino e redattore de «L'Eclair».

«Una sera» racconta Russo davanti al tribunale militare di Parigi «Hanau venne a trovarmi al giornale e mi raccontò che era stato incaricato di far pubblicare sui giornali francesi un articoletto in favore del kedivé. Mi aggiunse che le persone incaricate erano disposte a pagare ciò che occorreva e mi mostrò un servizio già pronto.»

Russo dà il testo preparato da Hanau al suo collega francese Haermelin, amministratore del gruppo editoriale di provincia «La presse régionale». Per altre vie Hanau riesce a far pubblicare la sua nota anche sulla «Petite Gironde».

Il testo è insignificante. Sotto il mite titolo «Un dimenticato», compare infatti questo trafiletto:

> Si sa con quale energica prontezza l'Inghilterra depose Abbas Hilmi che con inesplicabile intrigo era trattenuto a Costantinopoli nel momento in cui i turco-tedeschi proclamavano la guerra santa. Che di vero v'era in fondo in questi intrighi e sulle responsabilità di Abbas Hilmi? Si devono a questo riguardo avere a Roma delle informazioni dacché colà si perora la causa del kedivé deposto. È certo che a lui vanno le simpatie italiane.

Tutto qui. Il minuscolo articolo viene pubblicato come un'inserzione a pagamento e anche in questa occasione una parte del denaro si disperde in oscuri rivoletti.

In un primo tempo Hanau sostiene d'aver speso cinque mila franchi, poi riduce la somma a tre mila. In realtà l'inserzione è costata in tutto due mila franchi.

Domenico Russo invece, quando comincia a capire di quale disegno il trafiletto faccia parte, si spaventa, informa le autorità francesi e, con il loro consenso, versa i denari rimastigli «in una elargizione anonima a favore di due ospedali, uno italiano e uno francese, di Parigi».

Anche Hanau è spaventato. Prega i colleghi italiani d'intervenire in suo favore, giura che le sue intenzioni erano oneste, accusa Cavallini di raggiro. Ma gli altri corrispondenti esistano e solo quando la procura militare francese apre l'inchiesta, diffondono un ordine del giorno che valuta benevolmente l'attività del collega accusato e conclude:

«Hanau ha potuto commettere un'imprudenza, ma non una vigliaccheria né un atto antipatriottico».

Al processo, due anni più tardi, depongono in suo favore Campolonghi corrispondente del «Secolo» di Milano e del «Messaggero» di Roma, Pomé della «Gazzetta del Popolo», lo scrittore Camillo Antona Traversi.

Le testimonianze sono tali che prima ancora che la corte si ritiri, l'accusatore dichiara di voler derubricare l'accusa di «intelligenza col nemico». Hanau infatti verrà condannato a soli due anni, col beneficio della condizionale, per «commercio col nemico» e all'internamento per un certo periodo in campo di concentramento.

Non finirà bene, comunque. Nuovamente arrestato per truffa e altri piccoli crimini, morirà in carcere nel luglio del 1935, pochi giorni prima d'essere liberato.

L'affare Hanau non è che uno degli incidenti in cui viene coinvolto il circolo dei giornalisti italiani a Parigi. Nell'ottobre del 1917, quando lo scandalo Bolo è al suo culmine, si verifica un altro caso, grave se non altro per l'atmosfera che rivela.

Il foglio di notizie «L'unione latine», diretto da Mario Simonatti corrispondente del quotidiano fiorentino «La Nazione», sotto la data del 4 ottobre pubblica questo neretto:

> Notizie dell'ultim'ora ci consentono di precisare che il numero dei giornali italiani sovvenzionati con la mediazione di Bolo pascià o dei suoi agenti sarebbe di diciassette. Tra questi ci sarebbero un grande organo interventista romano e un foglio socialista di Milano. Vi comparirebbe altresì un altro organo la cui pubblicazione è stata annunciata da molto tempo e che dovrebbe presto iniziare ad uscire disponendo di grandi mezzi per preparare la pace bianca.

Per gli addetti ai lavori i riferimenti sono tutti trasparenti. L'organo interventista è «Il Messaggero». Il foglio socialista, «Il Popolo d'Italia», diretto da Benito Mussolini. Il quotidiano di cui s'attende l'uscita, «Il Tempo» di Filippo Naldi.

L'agitazione che la notizia diffonde nella colonia giornalistica è grande. Alle ore 13 del 13 ottobre 1917, si riunisce l'associazione dei corrispondenti italiani «presenti i colleghi: Campolonghi, Ceria, Duliani, Mascioli, Polastri, Pomé, Rossi Dario, Rossi Memmo, Simonatti».

Invitato a rivelare le sue fonti, Simonatti rifiuta. Dice solo che «un parlamentare italiano suo informatore del quale non si sente autorizzato a fare il nome, gli ha scritto da Roma comunicandogli la lista dei giornali che sarebbero sovvenzionati pel tramite di Bolo».

Subito s'accende un'interminabile discussione al termine della quale Simonatti acconsente a rendere nota la lista delle testate sotto accusa: «L'Ora di Palermo», «Il Giorno» e «Il Mattino di Napoli», «Il Popolo romano», «La Concordia», «La Vittoria» e «Il Messaggero» di Roma, «La Nazione» di Firenze», «Il Resto del Carlino» di Bologna, «La Sera» e «Il Popolo d'Italia» di Milano, oltre i giornali del trust cattolico.

Al termine della lettura la discussione diventa alterco. Campolonghi protesta a nome del «Messaggero» e aggiunge che «"L'Avanti!", il quale aveva portato contro il giornale romano un'affermazione consimile dovette rimangiarsela» .

Simonatti forse per attenuare lo scompiglio aggiunge che stando alle notizie che il suo informatore gli ha dato, non può precisare se la sovvenzione sia stata concessa alla direzione dei giornali o soltanto a qualche loro collaboratore.

Premuto dalle insistenze dei colleghi dice anche che: «queste sovvenzioni sarebbero state pagate mediante abbonamenti, fornitura gratuita di carta o in altro modo».

«Mi consta» conclude «che offerte in questo senso sono anche state avanzate alla "Stampa" di Torino che però le ha rifiutate.»

A questo punto il segretario Emanuele Ceria legge con voce affaticata il verbale e la riunione in pratica si chiude così.

Resta da aggiungere un solo particolare degno di nota: qualche giorno dopo, una copia delle tre cartelle dattiloscritte del verbale è a Roma sul tavolo del direttore generale della Pubblica Sicurezza dove uno dei presenti si è premurato di farla arrivare. Come si vede, non è solo Cavallini a nutrire subdoli rapporti informativi con la polizia.

Ma torniamo alla campagna di stampa in favore del kedivé. Come ne accolse l'avvio l'ex monarca egiziano? Non bene, come si deduce dai numerosi messaggi che Cavallini è costretto a inviargli e nei quali i toni di scusa si mescolano a sempre nuove richieste di fondi.

Il 10 giugno 1915 per esempio scrive a Yaghen: «Hanau ha inviato tutta la collezione dei campioni. Mi chiede il saldo e continua gli acquisti. Il momento è arrivato per collocare il kedivé».

In un telegramma di due settimane più tardi, inviato ad Hanau, Cavallini è costretto ad ammettere che Abbas Hilmi fa difficoltà al pagamento «perché gli articoli non sono conformi al campione inviato».

In un altro messaggio ancora, egli deve giustificarsi con il kedivé o con Yaghen: «Hanau nei limiti del possibile lavora. Bisogna fare i conti con la censura». Quasi contemporaneamente consiglia ad Hanau di telegrafare egli stesso che è pronto «a modificare gli articoli» cioè, presumibilmente, a far uscire servizi meno inconsistenti, ma che per far questo «occorre pagare subito».

Hanau ancora una volta obbedisce. Telegrafa al kedivé nel senso suggerito da Cavallini e l'ex viceré ordina a Sadik di spedire 175 mila franchi a Cavallini a Parigi per soddisfare le richieste di Hanau. È appunto la cifra che Cavallini si farà giustificare dalla ricevuta, vera solo in minima parte, del giornalista milanese.

Se Cesare Hanau è lo strumento di Cavallini in Francia, l'ex deputato Adolfo Brunicardi lo è in Italia. Brunicardi non siede più in Parlamento dal 1904, tuttavia continua a presentarsi con il titolo di «onorevole».

Gli annali della Camera lo ritraggono: «Giovane d'eletto ingegno, di buoni studi, serio, positivo e con una grande ambizione legittima di sollevarsi alto sulla folla dei mediocri».

Cavallini sa che Brunicardi ha una qualche possibilità d'accedere agli uffici di sir Rennell Rodd, ambasciatore d'Inghilterra a Roma, e lo prega di recarvisi senz'altro per illustrare la causa del kedivé.

Racconterà sir Rennell: «Mi fu annunciato come l'onorevole Brunicardi; da quel titolo pensai che egli fosse membro della Camera dei deputati e lo ricevetti senz'altro».

L'accoglienza è cordiale ma la richiesta dell'ex onorevole riconduce subito il colloquio alla routine diplomatica. Dice Brunicardi che Abbas Hilmi «riconosce gli errori commessi nei confronti della Gran Bretagna e considera insostenibile la situazione nella quale si è venuto a trovare».

Nella sostanza chiede a Rodd di farsi interprete presso il suo governo di questo ravvedimento e di una possibile rappacificazione con il kedivé il quale chiede e offre le seguenti quattro condizioni: sua immediata partenza per Londra; suo atto di sottomissione al nuovo kedivé messo sul trono dagli inglesi; svincolo del suo patrimonio privato; ammissione di suo figlio in una «public school» inglese. Richieste modeste, anche se non venissero da un ex re, che Rodd fedelmente trasmette a Londra.

Il 22 luglio 1915 riceve dal Foreign Office una laconica risposta nella quale è scritto che «non sarebbe consigliabile ospitare l'ex kedivé in Inghilterra durante la guerra».

Questa volta è l'ambasciatore a convocare Brunicardi. Gli comunica il testo del messaggio e lo congeda con un tono che lascia chiaramente intendere come l'argomento debba considerarsi chiuso. Infatti, racconterà più tardi:

«Della cosa non ho più avuto occasione di parlare né con Brunicardi né con altri».

Cavallini reagisce come d'abitudine. Ignora lo scacco, continua a inviare al kedivé messaggi ora rassicuranti ora addirittura enfatici come questo: «Rennell Rodd è assolutamente favorevole. Egli ha indicato all'onorevole Brunicardi il piano da seguire e ha promesso di preparare il terreno a Londra. Il signor Rodd è entrato in certi particolari che non possiamo ripetere per iscritto ma che provano che egli prende interessamento al suo piano».

In un'altra occasione, sempre alludendo all'ignaro ambasciatore inglese, afferma: «Abbiamo in mano un personaggio che può rendere i più grandi servizi».

Forse si sbaglia, forse mente. In ciò che scrive, comunque, non ci sono che deplorevoli millanterie poiché in mano non ha nulla.

Capitolo undici

Brunicardi Ebbi occasione di fare un viaggio a Parigi con Cavallini Durante il viaggio espressi l'idea che il kedivé compiesse un atto di non indubbia amicizia verso l'Inghilterra, per esempio la creazione di un grande giornale anglofilo e pro-kedivé.

Presidente Come reagì il Cavallini?

Brunicardi Cavallini disse di aver avuto la stessa idea del giornale e accennò alla riunione di Torino.

Presidente Che cosa disse a proposito di Torino?

Brunicardi Disse che a Torino si trovarono anche la signora Annaratone, il pubblicista Naldi e forse Yaghen pascià. Arrivati alla stazione di Chiomonte fu fatta al Cavallini una perquisizione dai carabinieri. Finita la perquisizione il Cavallini, irritatissimo, a me che gliene domandavo spiegazioni, disse che sospettava doversi questa a Bolo e Annaratone che credevano egli fosse portatore di somme in Francia.

Presidente Il convegno di Torino tra Cavallini, Annaratone, Naldi e Yaghen fu preparato?

Brunicardi Sì e Cavallini stesso ebbe a dirmi che non se n'era fatto nulla per la fisionomia ungherese del Naldi e perché questi voleva i denari tutti in una volta.

Presidente L'andata di Annaratone a Torino fu determinata da questo affare?

Brunicardi Secondo me, sì.

Presidente E al senatore Annaratone furono date 500 lire per rimborso delle spese di viaggio?

Brunicardi Sì e questo risulta anche dalla deposizione di un testimone. Del resto lo stesso Cavallini ebbe a dirlo a Luigi Lodi, me presente.

Presidente Cavallini dia la sua versione dei fatti.

Cavallini Una gran parte del discorso di Brunicardi sul convegno di Torino contiene circostanze inventate. Del convegno di Torino gli avevo parlato già prima. Era stato preparato tra noi senza alcuna cautela. Feci il telegramma consigliatomi da Brunicardi stesso per fissare l'appuntamento con Annaratone. La presenza del Naldi fu occasionale. Il resto è inventato.

Brunicardi Io insisto a dire che il viaggio non fu combinato. Tu mi dicesti che non c'era modo di combinare nulla del giornale per le eccessive pretese del Naldi. E quando parlai a Lodi e a Gasti della tua volontà di fare un giornale anglofilo non volli farti del male ma lodarti. Ti ricorderai pure come tu in quella occasione mi parlasti della signora Annaratone e mi riferisti le parole che ella aveva detto assistendo al colloquio di Torino.

Cavallini Non è vero. In quella occasione non vidi la signora Annaratone.

Presidente E circa le spese di viaggio rimborsate ad Annaratone?

Brunicardi Tu me lo dicesti.

Cavallini Anche questo non è vero: le 500 lire furono date per rimborso della somma anticipata per l'affare Tibidabo.

Brunicardi No, proprio tu me lo dicesti. Come mi dicesti che non avevi combinato l'affare del giornale per le pretese di Naldi che aveva una fisionomia da ungherese.

Cavallini Macché, al solito non è vero. Ti dissi, incontrandoti a ontecitorio, che mi ero trattenuto casualmente all'hôtel Turin con Naldi il quale portava le basette all'ungherese. Ed aggiunsi di non avere avuto rapporti d'affari con lui

Presidente In sostanza su questo punto gli imputati mantengono le rispettive posizioni.

Il convegno di Torino, Filippo Naldi. A lungo, nel confronto diretto che avviene nelle udienze di fine gennaio 1919, Cavallini e Brunicardi s'affrontarono su quell'incontrò e su quell'uomo.

La ragione è che, secondo l'accusa, a Torino si è tentato di dare vita a un quotidiano nominalmente anglofilo, in realtà neutralista, che Filippo Naldi avrebbe dovuto dirigere.

Premuto dalle domande del tribunale, Cavallini ammette: «È vero, si voleva fondare un giornale nuovo, ma si trattava di un progetto per appoggiare il kedivé ed escludo che gli Imperi Centrali entrassero nella combinazione».

Ancora una volta i due progetti, quello della campagna di stampa in favore del kedivé e quello della vera e propria propaganda disfattista, tornano a intrecciarsi e ancora una volta Cavallini tenta invece di tenerli separati.

Il convegno di Torino avviene alla metà di aprile del 1915, mese addirittura frenetico di attività per l'intera banda e in particolare per Cavallini che sta tentando di scalzare Bolo.

Il 1° aprile, come abbiamo visto, Cavallini recapita al domicilio di Bolo a Parigi la somma, o parte della somma, fornita dallo spionaggio tedesco. Il 13 avviene la riunione di Zurigo durante la quale esplode la rivalità tra Bolo e Cavallini.

Nel lasciare la Svizzera l'ex deputato italiano s'è impegnato a dare subito avvio alla campagna in favore dell'ex viceré d'Egitto e infatti, nei giorni subito seguenti, mette in moto Cesare Hanau per la Francia e Adolfo Brunicardi per l'Italia.

Qualche giorno dopo avviene l'incontro di Torino durante il quale si discute della possibilità di contribuire alla fondazione d'un nuovo quotidiano.

Partecipano alla riunione l'ex senatore Angelo Annaratone che è arrivato in compagnia della moglie, non sappiamo se per prudenza o per ingenuità. Filippo Naldi che è l'uomo che dovrebbe dirigere il nuovo quotidiano. Finirà per arrivare anche Yaghen, mandatario del kedivé.

Si discute a lungo perché l'affare non è facile. Naldi vorrebbe un finanziamento di tre milioni in unica soluzione, Yaghen contropropone tre rate mensili di un milione ciascuna.

Naldi insiste. È venuto a Torino perché anche lui, che da mesi sta cercando di mettere insieme il capitale per pubblicare un suo quotidiano deve aver avuto sentore dell'improvvisa disponibilità finanziaria di Cavallini. L'ambiguità che circonda l'origine di quei denari non lo preoccupa.

Naldi sa che tipo di giornale vuol fare e sa anche quanto denaro gli occorre per farlo, se insiste sul versamento in unica rata è perché lo ha disturbato la condizione accessoria che Yaghen d'improvviso gli sottopone: dopo la prima rata, il versamento delle successive sarà condizionato a una verifica sulla linea effettivamente tenuta dal giornale.

A caldo, Filippo Naldi rifiuta quel tipo di controllo e in seguito l'affare sfumerà perché, come vedremo, il giornalista troverà in altro modo i denari per far uscire il suo quotidiano. Però quella sera d'aprile, a Torino, egli ha appena detto di no alla proposta dilatoria di Yaghen, quando si verifica un piccolo incidente che tende ancora di più gli animi. L'episodio sarebbe farsesco, non diventasse invece patetico.

La signora Clementina Annaratone, che è rimasta ad attendete in una stanza attigua a quella della riunione, ha orecchiato parte della trattativa.

Che cosa abbia capito non si sa, ma le cifre in ballo, forse qualche accenno alla loro provenienza, o il tono delle voci, l'hanno spaventata. D'improvviso irrompe, è sconvolta, smania. Clementina afferra il marito per un braccio, lo costringe ad alzarsi, lo trascina via quasi facendogli scudo col corpo e intanto grida: «Voi me lo volete compromettere!».

Così Angelo Annaratone e sua moglie escono di scena e l'intervento eviterà all'anziano senatore almeno l'onta del carcere.

In luglio, quando verrà a Roma a trattare «l'affare dei bovi», Bolo farà un altro tentativo in proprio per aiutare

Naldi a pubblicare il suo giornale. Della cosa parla a un certo avvocato Lo Savio che così ne riferisce a Brunicardi: «Bolo m'ha detto d'aver combinato un affare straordinario di buoi con il governo. Ne è molto contento perché così può mettere a posto anche il giornale di Naldi».

E Pio Sterbini, vaticanista del «Giornale d'Italia», poi segretario generale al Ministero della Guerra, dichiara alla polizia: «Il Naldi si dolse, parlando con me, di non aver potuto introitare una grossa somma per la sua mediazione a un certo affare che non s'era concluso per odio alla sua persona da parte di alcuni esponenti del gabinetto Salandra».

Il «giornale di Naldi» d'altronde non interessa soltanto Bolo e Cavallini ma anche la polizia. Le mosse, i viaggi, gli appuntamenti del giornalista, sono spiati. L'uomo è pedinato con tale scrupolo che i servizi di sicurezza possono annotare, per la conoscenza del presidente del Consiglio, perfino le assunzioni e i contratti di collaborazione via via che vengono fatti.

Da che cosa deriva un tale interesse e quali circostanze hanno messo Filippo Naldi «inteso Pippo» in contatto con Cavallini e i suoi complici? Un rapporto della polizia politica ci presenta il personaggio in questi termini: «Cinque anni fa Naldi era un miserabile, oggi egli ha già speso per l'impianto di piazza Montecitorio oltre 600 mila lire e non gli si conosce un solo azionista».

L'avvocato Luigi Parodi con estrema sintesi lo chiama «un avventuriero della politica e del giornalismo».

Giudizi e avvenimenti che, presi alla lettera, basterebbero da soli a spiegare l'inevitabile incontro con Cavallini. Ma un uomo capace, in cinque anni, di passare dalla condizione di «miserabile» a quella di editore e direttore d'un quotidiano, merita indubbiamente una maggiore attenzione. Non ci fossero le sue implicazioni nell'affaire, sarebbe sufficiente questo singolare exploit.

Filippo Naldi era nato in provincia di Parma, a Borgo San Donnino, il 30 maggio 1886. La sua vocazione è precoce. A 19 anni ha già diretto due piccoli giornali «L'Azione» e «Il Rinnovamento»: «Simpaticissimi numeri unici che furono la calda espressione conquistatrice della nuova gioventù monarchica e liberale».

In altre parole Naldi esordisce politicamente come un cavourriano, liberale in economia, giudiziosamente progressista sul piano sociale. Un suo estimatore, il canonico palatino professor Enrico Vanni ci informa che «la sua prima specializzazione fu il problema orientale. Pensava ai Balcani con ostinata pertinacia».

Nel 1911 Naldi viene chiamato a Bologna a dirigere un nuovo foglio, «Patria», che ha come scopo soprattutto il rinnovamento delle idee liberali. Ma fa anche dell'altro. L'anno dopo, insieme a don Vanni, è in Albania dove ha modo di «rendersi altamente utile al marchese di San Giuliano» che è in quel momento il ministro degli Esteri. Non sappiamo in che modo si rendesse utile ma possiamo immaginare numerose possibilità, visti i complessi rapporti sotterranei che legano tra di loro giornalisti, servizi di spionaggio e uomini politici.

È un giovane irrequieto Naldi, sospinto da un'ambizione fuori del comune. Percorre i Balcani come «inviato» de «La Tribuna», arriva fino in Russia e a Pietroburgo apre un'agenzia di stampa. Proprio in quei giorni il capo dell'Ufficio investigativo centrale cavalier Gasti ne schizza un sommario profilo nel quale la freddezza burocratica non nasconde interamente una latente ammirazione: «Il dottor Filippo Naldi per quanto assai discusso, per quanto facile alle grandi illusioni, nonostante sia al fondo uno scettico, per quanto facile ai grandi progetti, per quanto ambiziosissimo e avido di pronti guadagni, è un uomo di attività e intelligenza non comuni».

Le elezioni politiche del 1913, le ultime dell'anteguerra, gli offrono finalmente l'occasione che attende. L'onorevole Rasponi, consigliere d'amministrazione del «Resto del Carlino», ha imposto al quotidiano bolognese una linea di veemente polemica antisocialista, e non soltanto veemente ma scriteriata: «Più materiata» scrive la stessa polizia «di rappresaglia e di attacchi personali che di principi».

Il risultato è che il «Carlino» è sceso al di sotto delle 40 mila copie rendendo così indispensabile un mutamento di direzione. La scelta del giovane Naldi, che a 27 anni ha già una sua solennità di modi, che è capace di confutare senza inveire, che si sforza di fare «agitazione d'idee», avviene si può dire con naturalezza.

Naldi forse aspetta l'incarico, forse lo ha addirittura preparato. Certo quando l'avvocato Luigi Parodi che rappresenta gli zuccherieri Raggio, Piaggio e Bruzzone, lo chiama alla «Società stabilimento poligrafico emiliano» che possiede il giornale, ha già pronte le sue richieste e un contratto pubblicitario che garantisce un minimo di centomila lire annue.

«Gli zuccherieri» annota la polizia «amano non smascherarsi. Raggio, Bruzzone e Piaggio non compaiono mai se non per mezzo del Parodi e Parodi non ha altri rapporti se non con Naldi che a sua volta compare da solo nei rapporti con la società "Stabilimento poligrafico emiliano" i cui principali azionisti sono il senatore Enrico Pini, il banchiere ragionier Achille Gherardi e l'avvocato Giovanni Massuccone.»

Una combinazione così attentamente bilanciata nei suoi equilibri semiclandestini, da fare di Naldi il vero arbitro dell'impresa: tanti sono i padroni che è come non averne alcuno. E il cavalier Gasti, nelle sue profetiche illuminazioni poliziesche, può scrivere: «I suddetti particolari, tenuti finora gelosamente segreti e destinati ancora a rimanere tali su alcune vicende del giornalismo contemporaneo, svelano i complicati intrighi finanziari tra cui si ordisce la trama dell'industrializzazione della grande stampa italiana».

Quando viene interrogato dalla polizia in relazione

all'affare Cavallini, Naldi esordisce: «Circa la mia attività industriale in genere, dirò che sono soprattutto editore di giornali». Non mente.

Sono anni in cui la figura del direttore di giornale è spesso confusa con quella del proprietario. Albertini, Bergamini, Frassati, Pontremoli, posseggono tutti in varia misura, quote delle loro testate. C'è poi un personaggio al quale Naldi assomiglia più che ad ogni altro ed è Scarfoglio e un altro al quale non solo professionalmente assomiglia, ma di cui condivide come amico le peripezie e che aiuta nella pubblicazione del suo giornale: Benito Mussolini.

Un po' Bel-Ami, un po' Julien Sorel, Naldi è per metà imprenditore per metà avventuriero, paterno e feroce, calcolatore e generoso, dimostra una cinica cedevolezza nei mezzi e un'appassionata instancabilità negli scopi che intende raggiungere.

Almeno una metà del giornalismo italiano è fatta da uomini di questo temperamento, e non solo in quegli anni.

Naldi non rivela incertezze né timori, più ancora che dall'ambizione lo si direbbe animato dall'eccitamento che gli viene dal suo stesso desiderio.

La direzione del «Carlino» a 28 anni potrebbe essere considerata un obiettivo ragionevole. Ma gli uomini come Naldi sono sotto questo profilo irragionevoli, o meglio insaziabili. Per quante modifiche possa apportarvi, il quotidiano bolognese è un foglio che gli è preesistito e che non sentirà mai interamente suo. Basta questo a lasciare insoddisfatta la sua esuberanza.

Vuole fondare un giornale, scegliere ad uno ad uno coloro che dovranno scriverlo, escogitarne da cima a fondo la formula, renderlo talmente aderente a sé, confondervisi al punto, da predeterminare in ultima analisi non solo la nascita e la sorte ma anche il declino.

In relazione all'anima di coloro che li dirigono, esistono due tipi di giornali. Quelli che sono come il Paese perché lo rispecchiano addirittura al di là delle loro intenzioni e ne accompagnano la vita al pari delle altre istituzioni collettive.

Poi ce ne sono altri simili a sfavillanti meteore. La luce che emanano è riflessa, il loro destino quasi sempre effimero, e in definitiva rivelano più se stessi che i fatti. Quasi nessuno però è disposto a badarvi poiché la loro presenza è così abbagliante da sembrare quasi insostituibile.

Filippo Naldi vorrebbe un giornale siffatto. Nel suo contratto fa inserire una clausola che prevede: «Un premio di 25 mila lire per ogni migliaio di copie di cui aumentasse, sotto la sua direzione, la tiratura del giornale».

Alla fine del 1915, il «Carlino» vende tra le 150 e le 180 mila copie, arriva in trincea prima del «Corriere della Sera» grazie a un rivoluzionario sistema di distribuzione. E Naldi è potenziale creditore del suo editore di poco meno di 3 milioni.

Nel gennaio 1916 si fa liquidare con un premio globale di 300 mila lire e un emolumento annuo di 36 mila lire. Ai proprietari non sembra vero di trarsi d'impaccio così a buon mercato.

Annota la polizia: «Il dottor Naldi ex liberale cattolico, ex nazionalista, ex direttore del "Resto del Carlino", ha preso l'iniziativa per la fondazione in Roma di un giornale quotidiano che prenderà il nome di "Il corriere del mattino"».

In questo primo progetto il giornalista di Borgo San Donnino è ancora tentato di parafrasare la testata del maggior quotidiano italiano. Ma, tempo qualche settimana, il suo progetto diventa ancora più grandioso e l'ideale sfida si sposta da Milano a Londra.

Scrive la polizia: «Il nuovo giornale dovrebbe avere come titolo "Il Tempo" ed essere come i grandi organi omonimi di Parigi e di Londra un giornale di grandi informazioni».

Per la redazione e la tipografia si sceglie un punto centralissimo, anzi il cuore della Roma politica: piazza Montecitorio, di fronte al parlamento nazionale. Gli impianti sono i più moderni: «macchinari di prim'ordine, spaziosi ed eleganti locali».

Dopo anni di rinvii, di tentativi falliti, di promesse mancate, il primo numero del «Tempo» è in edicola mercoledì 12 dicembre 1917.

«Noi siamo» scrive Naldi nell'editoriale di presentazione «e non da questo momento soltanto, al servizio dell'Italia. Non abbiamo, al di fuori di questa, altra volontà né altra ambizione. E per meglio servirla, questa Italia che è anche nostra come noi siamo suoi, abbiamo creato questo foglio.»

A Roma, nella sua città, «Il Tempo» non riesce a vendere più di quattro o cinque mila copie ma la qualità dei suoi collaboratori è fuori discussione. I servizi letterari sono diretti da Giovanni Papini e sulla terza pagina compaiono le firme di Adriano Tilgher e Federico Tozzi, Roberto Longhi e Ardengo Soffici, Wilfredo Pareto, Ernesto Bonaiuti e Benedetto Croce.

Circola nelle sue pagine un'aria che quasi nessun altro quotidiano italiano ha, e ai mezzi certamente superiori del «Corriere della Sera» il nuovo quotidiano romano risponde con una scelta più sofisticata degli argomenti non imposti dall'attualità.

Nel primo numero del resto, Papini ha delineato in un suo articolo la linea culturale del quotidiano. Un piccolo manifesto nel quale s'avvertono echi dell'esperienza vociana unita agli ardimenti del futurismo ma soprattutto quell'ansia di «rinnovamento» che è in quegli anni un vessillo sotto il quale molti sono disposti ad accorrere.

Scrive tra l'altro: «Io volevo dunque far sapere ai miei superiori politici, che ci sono in Italia altri uomini al di fuori di quelli coi quali sono abituati a vivere e a trattare. Uomini nuovi, ben intenzionati e discretamente preparati che non han sciupato le proprie scarpe nei corridoi e nelle sale d'aspetto. Gente che è fuori dei partiti, che non è ricevuta dai grossi caponi del parlamento e del governo... Noi siamo la gioventù che deve immettere un po' di sangue e d'idee in questa aristocrazia governante che si sta afflosciando dentro la sua pesa uniforme».

Qual è l'atteggiamento del «Tempo» nei confronti dell'affare Cavallini? il giorno in cui il processo si apre un corsivo anonimo avverte: «Il nostro direttore non ebbe che un unico e fugace incontro con Cavallini nell'aprile del 1915 in cui furono scambiate poche parole generiche; non si trattò d'affari di sorta, tanto meno giornalistici».

Si assicura anche che i resoconti delle udienze «saranno obiettivi e senza riguardi per nessuno».

Nella realtà le cose non sono così limpide né così semplici. Un rapporto della polizia del 12 gennaio 1919 informa che: «Tra il direttore del "Tempo" Filippo Naldi e il commendator Cavallini sarebbe intervenuto il seguente accordo a mezzo della difesa di quest'ultimo: il giornale di Naldi dovrebbe appoggiare il Cavallini mentre da parte sua il Cavallini si sarebbe impegnato a tacere la verità sulle trattative corse tra lui e il Naldi».

A un'incontrollabile indiscrezione di polizia si può credere o non credere e quindi il rapporto non farebbe testo, se fosse il solo documento al riguardo. Ma non è così. Dell'accordo seppe un altro illustre giornalista, Luigi Lodi, il quale, nel fare uso della notizia per soddisfare un suo desiderio, ci dà modo di verificarla.

Venuto a conoscenza dell'accordo segreto, Lodi tenta d'usarlo come un'arma per premere su Naldi. In sostanza gli chiede di convincere Mario Missiroli, nuovo direttore del «Carlino», a destituire Goffredo Bellonci dall'incarico di corrispondente da Roma del quotidiano bolognese, e a nominare lui al suo posto.

Bellonci apprende della manovra e s'inquieta; si rivolge al ragionier Gherardi amministratore delegato del quotidiano bolognese, perché lo difenda. Le spinte però sono molto forti da entrambe le parti, la cosa precipita, ed è tra le ragioni che inducono Missiroli a lasciare la direzione del foglio bolognese; tanto più che Naldi gli ha già offerto il posto di condirettore del «Tempo».

Il minuscolo intrigo nel quale piccole ambizioni personali sfiorano o si mescolano al dramma del processo ha, sulle pagine del giornale, un seguito di diversa natura.

Fin dalla prima udienza «Il Tempo» ha preso ad accompagnare le cronache con un breve elzeviro firmato da Giorgio Mangianti. L'avvocato Tazzoni, consulente legale di Naldi, avverte il direttore che il tono dei commenti, per arguto che sia, è troppo scoperto, rischia di smentire l'editoriale dello stesso Naldi sbilanciando eccessivamente a favore degli imputati la linea del giornale.

Naldi decide d'abolire i corsivi, Mangianti protesta e s'oppone sostenendo «che non può smettere per non dare l'impressione al pubblico di fare cosa che non doveva farsi fin dall'inizio».

Naldi insiste, insiste anche Mangianti e poiché ci sono giornalisti che fanno dell'assegnazione o della revoca d'un incarico una ragione di vita, la querelle rischia di diventare drammatica.

La tronca di netto l'intervento d'un altro giornale. Qualche giorno dopo l'uscita del «Tempo» ha cominciato le sue pubblicazioni anche il quotidiano «L'Epoca», diretto da Tullio Giordana che ha un forte risentimento personale nei confronti di Naldi.

Nel suo numero del 25 dicembre 1918 «L'Epoca» sferra un assalto vistoso, in prima pagina:

> Cavallini, dice «Il Tempo» che ne ha assunto apertamente le difese ed ha un suo redattore pagato apposta per firmare delle ironie quotidiane in corsivo contro il giudice De Robertis, Cavallini un po' ragiona, un po' scuote, un po' convince. Peccato veramente che con tutte queste sue qua-

> lità, Cavallini non si sia costituito al tempo del suo processo in Francia quando è stato condannato a morte in base a un atto d'accusa cui il giudice De Robertis era estraneo... Cavallini non è un semplice imputato è già un condannato.

Due giorni dopo «L'Epoca» torna sull'argomento, sotto il titolo «Cattivo gusto»:

> Se c'è qualcosa di poco elegante è precisamente l'attitudine del «Tempo» di fronte al processo Cavallini dove, dopo il nome del direttore Filippo Naldi che figura nell'atto d'accusa, si sono sentiti quelli di ben tre redattori e dell'amministratore. Saranno tutti incolpevoli ma il signor Mangianti ammetterà che si tratta d'una disgrazia...

Dal 10 gennaio 1919 i corsivi di Mangianti vengono aboliti.

Ma, Cavallini a parte, Naldi riuscì comunque a fare il suo giornale di linea «giolittiana», ovverosia larvatamente contraria alla guerra, quella che sente più vicina perché è scettico nei confronti del conflitto e a una possibilità di vittoria non crede.

È anche la linea per lui più conveniente se possiamo dedurlo dal fatto che il senatore di Dronero, nonostante lo abbia tacciato di «millantato credito giolittiano», in qualche modo s'adopera per fargli arrivare una sovvenzione mensile da parte di Giovanni Agnelli.

Giolitti aiuta Naldi malvolentieri, forse premuto, certo per sola convenienza politica. L'uomo non gli è simpatico, soprattutto non gli perdona l'aiuto dato a Mussolini per la fondazione del «Popolo d'Italia», quotidiano interventista destinato a procurargli una quantità di amarezze.

Già nell'ottobre del 1914 Naldi e Mussolini erano stati a Ginevra a cercare capitali per il nuovo giornale che avrebbero addirittura dovuto dirigere insieme. La cosa poi non s'è fatta ma un residuo di questo antico progetto comune continua a legare i due uomini che fortemente s'assomigliano.

Alla fine di luglio del 1918, quando «Il Popolo d'Italia» cessa di stampare la sua edizione romana, corre con insistenza la voce che la decisione è stata presa sì per difficoltà economiche, ma anche perché «Mussolini ha accettato di ritirare la sua edizione romana in cambio di un interessato aiuto da parte del Naldi di 350 mila lire».

Capitolo dodici

Contribuire alla fondazione del «Tempo», per servirsene, fu il primo ma non il solo tentativo operato da Cavallini. Mentre Bolo in Francia lavora per accaparrarsi la proprietà del «Journal» e una partecipazione nel «Figaro», Cavallini in Italia cerca di acquistare anch'egli due testate.

L'atto d'accusa così ricostruisce il tentativo: «C'è un'opera da rimettere in piedi, quella che, secondo Brunicardi, andò a monte per l'ingorda richiesta del Naldi e per la serotina prudenza della signora Annaratone ("Voi me lo volete compromettere!"). E fu rimessa in piedi perché tutta la corrispondenza 1° maggio-18 giugno 1915 dimostra l'attività di Re Riccardi, Cavallini, Pozzoli, nell'acquisto di giornali già esistenti (era stata da poco messa da parte l'idea del nuovo giornale). Intanto il 30 aprile la Dresden Bank emette la seconda rata, che Bolo aspetta con tanta ansia nervosa e il kedivé la riscuote.

«Il 3 maggio a Ouchy vi è un convegno tra Yaghen, Sadik e Cavallini e in tal convegno si prendono accordi per la campagna tedescofila in Italia. Così mentre Cavallini tratta l'acquisto della "Stampa" di Torino, Re Riccardi chiede per telegramma appuntamento a Pontremoli e gli propone l'acquisto del "Secolo" di Milano e del "Messaggero" di Roma e richiesto di un prezzo di 8 milioni risponde che la moneta è pronta.»

Al processo, Filippo Cavallini da ovviamente una versione diversa dei fatti, soprattutto imprime loro una diversa interpretazione, poiché alcuni avvenimenti sono innegabili. Affronta questo argomento per la prima volta all'udienza pomeridiana del 22 dicembre 1918 e il tono è singolarmente disinvolto. Si direbbe che parlare di giornali lo metta a suo agio ma probabilmente questo dipende solo dalla circostanza che crede di saper replicare a tono alle accuse.

«Il progetto d'acquisto del "Secolo"» dice «mi fu prospettato da Re Riccardi il quale mi assicurò che si poteva comperare a buon mercato unitamente al "Messaggero". Il Re Riccardi, partecipe dell'operazione, se ne sarebbe avvantaggiato per le sue imprese teatrali. Però niente cambiamenti d'indirizzo, niente campagne pacifiste e disfattiste.

«Dal Re Riccardi mi fu mostrato un prospetto degli utili dei due giornali. "Il Messaggero" sembrava rendere qualcosa come 180 mila lire, non così invece "Il Secolo". S'iniziarono pertanto le trattative che furono più tardi troncate perché dall'ingegner Pontremoli si chiedevano per il solo "Messaggero" ben due milioni di lire.

«Ripeto che l'indirizzo dei due giornali non sarebbe cambiato ed è così vero che si pensò d'offrire la direzione del "Messaggero" a quel grande patriota che è l'on. Ferdinando Martini e la carica di presidente del consiglio d'amministrazione al senatore Annaratone. Avevamo pensato all'Annaratone anche perché l'ex prefetto di Roma versava in difficili condizioni e cercava un onesto impiego.

«Come e dove avrei trovato i denari? Una piccola parte l'avrei data io stesso, il resto avrei facilmente trovato presso miei amici e conoscenti tra i quali anche il kedivé.

«In tutti i casi né oro tedesco, né propaganda tedesca. Questo posso formalmente assicurare.»

Qualche mese più tardi, nel marzo 1919, il tribunale ascolta la versione di Italo Carlo Falbo direttore del «Messaggero»: «Quando il corrispondente da Parigi Luigi Campolonghi incominciò a svelare la partecipazione di Cavallini nei fatti di Bolo, Cavallini, che non conoscevo, mi visitò al

"Messaggero" e mi dichiarò che qualche contatto con il kedivé lo aveva avuto ma in epoca anteriore alla guerra. Il Cavallini protestò i suoi sentimenti patriottici ma ricordo una sua frase dettami più tardi, che mi fece profonda impressione: "Se ho fatto qualche cosa, l'ho fatto nel periodo della neutralità, quando cioè ero suddito di un paese neutrale"».

Presidente Dica il teste se, come e quando seppe della mancata vendita del «Messaggero» a Cavallini e Re Riccardi.

Falbo Nell'aprile o nel maggio 1915 fui chiamato d'urgenza a Milano dall'ingegner Pontremoli gerente della società proprietaria del «Secolo» e del «Messaggero» il quale mi presentò l'avvocato Parodi con cui aveva trattato la vendita del «Messaggero». Il Parodi aveva pregiudizialmente accettato l'inclusione nello statuto della nuova società editrice di un articolo che impegnava a rispettare nella sua integrità il programma politico democratico del «Messaggero» e aveva inoltre sollecitato la mia permanenza nella direzione del giornale e la conferma di tutti i redattori. Il Pontremoli chiedeva appunto se io ero disposto a rimanere a capo del giornale. Dopo un lungo colloquio con l'avvocato Parodi durante il quale ebbi i più sicuri affidamenti, accettai. Fu allora che Pontremoli m'informò che aveva rinunciato a una cospicua offerta di acquisto dei suoi giornali fattagli dal commendator Re Riccardi.

Presidente Le disse il Pontremoli quale cifra gli era stata offerta e per conto di chi?

Falbo Non ricordo con precisione. Mi pare mi abbia detto che gli erano state offerte per «Il Secolo» e «Il Messaggero» otto milioni nel nome di una costituenda società di pubblicità.

Presidente In che concetto negli ambienti interventisti era tenuto il Brunicardi?

Falbo Lo si riteneva, per verità, un acceso interventista.

Avvocato Gregoraci Il dottor Falbo che frequenta i migliori salotti della capitale e della cui fede interventista non è possibile dubitare, ebbe occasione di conoscere la marchesa Ricci?

Falbo No. Una sola volta fui invitato a un concerto in casa sua ma sventuratamente vi giunsi troppo tardi.

L'interrogato si disperde su minimi episodi. È evidente a tutti che il direttore del «Messaggero» non dirà nulla di più o perché non sa o perché non vuole. Si rivelerà più interessante, un mese dopo, in aprile, la versione che l'ex proprietario del «Messaggero», ingegner Pontremoli viene a fornire in aula.

«Degli imputati conosco il solo Re Riccardi. Due o tre volte si era recato da me per reclami contro "Il Messaggero" a proposito di notizie teatrali. Così quando mi telegrafò per chiedere un altro appuntamento credetti di dover ascoltare un nuovo reclamo. Invece mi sorprese chiedendomi di acquistare "Secolo" e "Messaggero". Obiettai che "Il Secolo" non avevo intenzione di venderlo considerandolo quasi come un figliolo e che per "Il Messaggero" avevo già avuto altre proposte di acquisto e che occorrevano cinque milioni e mezzo. Re Riccardi rispose che, se si trattava di denari, quelli c'erano. Chiesi allora per conto di chi faceva tale proposta. Rispose che era per una società di pubblicità. Gli osservai che la pubblicità era già appaltata e che sotto questo profilo la società faceva un cattivo affare. Re Riccardi insistette.

«Chiesi allora quale linea di condotta politica il giornale avrebbe avuto. Rispose: si continuerà come adesso, con la neutralità. Questa risposta mi confermò il dubbio che Re Riccardi agisse per conto di quelle forze politiche che volevano mantenere la neutralità e siccome in quel momento "Secolo", "Messaggero" e "Giornale del Mattino", tutti e tre appartenenti alla mia società, avevano assunto atteggiamento favorevole all'intervento, accettare l'indirizzo cui Re Riccardi faceva cenno voleva dire cambiare rotta. Respinsi la proposta che più tardi comunicai ai miei redattori Mario Borsa e Pio Schinetto e per telegrafo confermai il mio diniego a Re Riccardi.»

Presidente Ebbe poi altre offerte?

Pontremoli Sì, una dal commendator Lupo di Torino; anche lui si rivolse a me per acquistare i due giornali in appoggio alla linea di neutralità. Respinsi la proposta. Accettai invece quella dell'avvocato Parodi di Genova che acquistò «Il Messaggero» per circa 3 milioni con l'obbligo che il giornale mantenesse l'indirizzo politico che aveva.

Avvocato Pavone Quando l'avvocato Parodi le chiese di comprare «Il Messaggero», lei che somma ne chiese?

Pontremoli Molto. E poi fu venduto per due milioni e 800 mila lire.

Pavone E a Re Riccardi avrebbe ceduto il giornale alle stesse condizioni?

Pontremoli Sì, se avessi avuto assicurazioni sul suo indirizzo politico.

Re Riccardi È vero che non feci alcuna offerta di denaro?

Pontremoli È la verità. Io dissi che ci volevano dei milioni e Re Riccardi, come del resto si usa fare quando si trattano affari, disse: «Se è per i denari, ci sono».

Questo è quasi tutto ciò che il tribunale riesce a sapere. E poiché ancora una volta s'è trattato solo di un tentativo non riuscito, la corte non può che valutare delle intenzioni, vedere cioè se si deve dare consistenza a dei sospetti con il pericolo di passare, alla cieca, dalla più sconsiderata indulgenza a un'ingiusta severità.

Solo una delle circostanze è già stata smentita con un'energia che quasi non ammette replica. Il direttore della «Stampa» Alfredo Frassati, messo sull'avviso che nel corso del processo si sarebbe discusso il tentato acquisto del quotidiano torinese, ha scritto in un editoriale del 1° dicembre 1918: «La guerra non ha giovato in generale alle aziende giornalistiche pel maggior prezzo della carta e per la diminuita pubblicità. Perciò chi acquista giornali in tempo di guerra deve avere un interesse che nella migliore delle ipotesi è un interesse contro quello dello Stato».

Frassati aggiunge di avere senza esitazioni rifiutato un'offerta d'acquisto da parte di altri per la somma di 4 milioni e conclude: «Ma, per la verità, dobbiamo dichiarare che mai abbiamo avuto offerte di acquisto da parte di alcuno degli attuali accusati né direttamente né indirettamente».

È tale la fama di correttezza del giornale e del suo direttore che nessuno metterà in dubbio quelle parole. Come mai allora s'era diffusa la falsa voce del tentativo d'acquisto de «La Stampa»? All'origine c'è stato un doppio passo falso del giudice istruttore: credere che Cesare Hanau fosse un redattore del quotidiano torinese a dare fede, senza controllarle, ad alcune frasi contenute in un compromettente documento indirizzato da Cavallini al kedivé.

Chiusa dunque la porta alle spalle di Re Riccardi, Pontremoli pochi mesi dopo ha venduto «Il Messaggero» all'avvocato Parodi che lo ha acquistato per conto dei potenti fratelli genovesi Pio e Mario Perrone. Così facendo, non soltanto egli conclude un fantastico affare, ma può anche consumare, nei confronti di Pippo Naldi, una vendetta lungamente attesa.

Naldi e Pontremoli si sono scambiati ingiurie, reciprocamente accusandosi di mene vergognose. Pontremoli ha detto che Naldi è al soldo della Germania, Naldi ha risposto che Pontremoli è venduto ai francesi.

La polemica, e anzi il litigio, è finito in nulla davanti a un giurì d'onore. Ma quando Pontremoli sa che l'avvocato Parodi si appresta a finanziare in parte la pubblicazione de «Il Tempo» diretto da Filippo Naldi, lo chiama e più o meno gli dice: perché, avvocato, ella dovrebbe imbarcarsi in un'impresa incerta e in compagnia di un uomo tempestoso e insondabile? Se ella, per conto dei fratelli Perrone, ha intenzione di investire in un quotidiano romano, io le offro la possibilità di subentrare in un giornale che già esiste e dai sicuri utili. In definitiva, le offro di acquistare «Il Messaggero». Parodi, ovviamente, accetta.

Così, con un'agile piroetta, l'avvocato Parodi passa dagli zuccherieri emiliani ai metallurgici liguri e «Il Messaggero» cambia padrone.

L'improvvido Cavallini arranca dietro gli avvenimenti, s'affretta come può al rischio del carcere e della vita stessa, non risparmia lusinghe né menzogne. Si agita perché soffre l'antagonismo di Bolo come una sfida del destino e non s'accorge che il destino vero si compie accanto a lui, senza che sia capace di vederlo.

Nelle sue povere memorie scrive: «Re Riccardi è trascinato in giudizio per avere, prima della guerra, chiesto a Pontremoli se voleva vendere "Il Secolo" e "Il Messaggero" e la signora Ricci perché commise il delitto di aver offerto ad Annaratone il posto d'amministratore della progettata società».

Cavallini s'è circondato di vecchi. Al tempo dei fatti il senatore Annaratone ha 70 anni. È stato prefetto di Roma ed è riuscito a diventare senatore di diritto in virtù d'una norma amministrativa. Ma versa in cattive acque e Cavallini e la Pozzoli ne parlano come di un pover'uomo bisognoso d'impiego.

Nessuno si chiede di quale utilità potrebbe essere un uomo siffatto alla testa di un'azienda che deve gestire due quotidiani di quel peso. Nessuno avanza l'ipotesi che di Annaratone si voglia fare soprattutto una testa di turco.

Quando depone al processo, Annaratone si limita a smentire tutto, ricorda che l'Alta Corte del Senato lo sta per giudicare a sua volta e che, già si capisce, lo manderà assolto.

Così è. Quando la sentenza viene emessa, il 29 novembre 1919, l'Alta Corte lo redarguisce, gli dà in pratica dell'uomo indebolito nel discernimento, ma lo assolve.

«Anche qui la Commissione non può fare a meno di lamentare che un senatore siasi immischiato in affari simili, e questo a prescindere dalla leggerezza dimostrata dall'Annaratone nel non sospettare reconditi fini nelle proposte di una persona straniera...»

Chiacchiere, rabbuffi. Ciò che conta è la conclusione: «Eppure, mancando in lui del tutto l'elemento intenzionale, non c'è reato di cui debba rispondere».

In aula, durante il processo, Annaratone flebilmente nega. Qualche volta guarda sua moglie che siede tra il pubblico e qualche volta gli accade di piangere.

C'è più d'un punto di contatto tra questo vecchio malandato e il marchese Giulio Della Chiesa. Un'azienda giornalistica e un istituto bancario, due imprese che non sono mai nate, due fallimenti. Ma è bastato il loro balugìnio per perderli entrambi.

Anche Frida ha la sua parte, Frida che il capitano De Robertis chiama «la maliarda» e i cronisti, prendendo a prestito un'espressione da libretto d'opera, «la fatal signora». Il cavalier Gasti la descrive «bionda, pingue, di media altezza», veste spesso di nero, qualche ricciolo sfugge, forse con malizia, di sotto la testa d'un luttuoso copricapo. La veletta, sollevata, rivela occhi straordinariamente mansueti.

L'incarico che Cavallini le ha affidato è di recarsi a proporre a Ferdinando Martini la direzione del «Messaggero». E Federica è andata senza chiedersi nemmeno se l'affare, che è ancora in alto mare, si concluderà o no. Infatti, come abbiamo visto, finirà in nulla e saranno i fratelli Perrone ad acquistare il quotidiano romano.

Ma, fin qui, nulla di strano. Abbiamo davanti il Cavallini che già conosciamo, l'uomo irresponsabile che dà per fatti anche gli affari appena avviati. La parte veramente enigmatica di questo passo è il destinatario della manovra, cioè l'onorevole Ferdinando Martini.

È noto a tutti che Ferdinando Martini può essere sollecitato nella vanità, e non è difficile farlo, ma non sforzato nelle idee politiche poiché più che di idee si tratta di sentimenti e predilezioni che sono ormai parte della sua stessa vita.

Anche se ha fatto della politica il suo mestiere, Martini resta un dotto letterato più che non sia un politico. Pensare a lui come direttore di un giornale finanziato dal kedivé è, da parte di Cavallini, risoluzione d'infinita ingenuità o, all'opposto, di sopraffina astuzia, pari almeno a quella di Bolo che in Francia tenta la sua pretesa carta pacifista diventando comproprietario di un quotidiano oltranzista come «Le Journal».

Toscano, figlio del commediografo Vincenzo, Ferdinando Martini ha voluto provarsi anche lui nel teatro. Le sue commedie sono proverbi sceneggiati, – «il peggio passo è quello dell'uscio», «Chi sa il gioco non l'insegni», – che vorrebbero guardare al teatro di Scribe e di Sardou e invece descrivono un'Italia presa in piccole schermaglie di provincia.

È stato segretario generale della pubblica Istruzione nel 1884 e otto anni più tardi, con Giolitti, ministro. Quando nel 1891 Di Rudinì lo manda in Eritrea scrive, appena tornato, «Nell'Affrica Italiana», impressioni di viaggio che sono belle e fuggevoli.

In Eritrea soggiornerà in seguito per dieci anni, come governatore, lasciandovi l'impronta d'una amministrazione corretta, angusta, poco lungimirante, irreprensibile.

Quando prende la parola alla Camera, si vede che preferisce muoversi sugli argomenti che più lo toccano: i musei, le scuole, le biblioteche, soprattutto il teatro. In definitiva la politica non lo ha mai interessato. Mescolato a quegli uomini che tutto vorrebbero pesare in termini di convenienza, s'abbandona il più delle volte alla sua vocazione d'intellettuale.

Anche il suo interventismo sembra, più che una scelta politica, la conseguenza del mito d'un Risorgimento che vuol farsi apparire quale mai è stato e cioè riscatto d'un popolo, disegno nato dalla coscienza di un'intera nazione.

«Ammiro l'eloquenza ma ne diffido» ama ripetere. Eppure ciò che più colpisce nei suoi discorsi è proprio la capacità di rivestire con l'eloquenza anche argomenti in cui altri sanno vedere soltanto il tornaconto di parte.

Emozionato e solenne nella seduta del 25 ottobre 1917

così parla dell'Austria: «Forse in questa Camera non ci sono trenta colleghi che abbiano visto gli ufficiali austriaci strascinare e battere gli spadoni sul lastrico delle nostre città. Noi li abbiamo visti, abbiamo sentito gravare su di noi l'umiliazione di tutta una gente».

Anche il conflitto che sta mutando volto all'Europa, per Ferdinando Martini non è che l'ultima guerra contro l'Austria tale è la sua convinzione che finché ci sia un impero asburgico, l'Italia non avrà un avvenire.

E nel Diario, destinato ad avere una straordinaria importanza nel processo Cavallini, torna più volte su questa sua utopia della «piccola guerra».

Il neutralista Giolitti, che Martini chiama «uomo funesto», diffida dell'esercito che sa impreparato, inadatto a combattere grandi campagne. Giolitti teme che in guerra «i soldati fuggirebbero, come sono fuggiti in Libia», prevede che l'economia del Paese non reggerebbe all'urto.

Ferdinando Martini sa e teme le stesse cose. Il 9 maggio 1915 annota: «La Camera non vuole la guerra e questo sarebbe poco male. Non la vuole il Paese che non sa la questione né fu mai Paese bellicoso se non quando si trattò di combattere guerre civili».

Da un'analisi che per tanti aspetti è identica, Giolitti e Martini arrivano, sulla guerra, a conclusioni opposte. Il primo è un politico, l'altro un intellettuale. Il primo sta ai fatti, il secondo si augura, spera, sogna che, facendole, le cose finiscano col diventare un po' quali le si vorrebbe.

Questo spiega perché Martini, che pure aveva scrit to della guerra: «È un continente che si distrugge, un incivilimento che tramonta. Che abominevole impresa!», finirà per avere parte così notevole nel rovesciamento delle nostre alleanze.

S'incontra segretamente con Salandra in un piccolo albergo di Frascati il 17 settembre 1914 e in un'atmosfera risorgimentale, quasi carbonara, dà il suo parere favorevole all'intervento contro l'Austria.

È a quest'uomo che Federica Pozzoli, ai primi di maggio del 1915, va a proporre la direzione del «Messaggero» che Cavallini vorrebbe acquistare con denari tedeschi.

Nella sua deposizione al processo «la marchesa» dichiara: «All'onorevole Martini, allora ministro, pensai in occasione del trust giornalistico, anche perché era mio parente. Mi recai da lui e gli offrii la direzione del giornale o di esserne l'eminenza grigia. Egli rifiutò».

L'atto d'accusa presenta il colloquio in termini diversi e con l'aggiunta d'intenzioni assai più logiche: «Il 10 maggio Cavallini parte per la Svizzera lasciando la Pozzoli a intrigare a Roma. Non si perita costei di recarsi da S.E.Martini a proporgli di opporsi all'entrata in guerra dell'Italia facendogli intravvedere un'enorme disponibilità di denaro».

E lo stesso Martini, quando nel maggio 1919 si reca a testimoniare, dà questa versione dei fatti: «Ho conosciuto la Pozzoli, che era cugina della mia povera moglie, quando era bambina. La perdetti di vista perché essa andò all'estero. Nel maggio 1915 ricevetti una sua lettera nella quale si esprimeva il desiderio di vedermi. Risposi che non avevo alcuna difficoltà. Venne a trovarmi e mi propose d'assumere la direzione d'un giornale e quanto meno che io fossi come una specie di eminenza grigia di un giornale. Nego, al contrario di quanto asserisce la sentenza di rinvio, che mi abbia parlato dell'acquisto del "Messaggero". Le risposi che io non volevo dirigere giornali e molto meno quello che mi proponeva di fondare, che nessuno avrebbe letto. Dissi che consigliavo il kedivé a spendere meglio il denaro».

Ma gli incontri tra la Pozzoli e Martini sono almeno due e il primo non serve che a orientare il successivo. Dice ancora Martini: «Pochissimi giorni innanzi la nostra dichiarazione di guerra, la Pozzoli venne ancora da me e mi disse queste testuali parole: "Ferdinando fai di tutto per scongiurare questa guerra!". Le risposi: "Lei è pazza" e tranquillamente l'accompagnai alla porta».

Presidente La Pozzoli le parlò dei milioni da spendersi per la campagna giornalistica pro kedivé?

Martini Mi parlò soltanto di un milione da spendersi per il giornale e in una lettera mi fece sapere che il kedivé era a conoscenza delle pratiche svoltesi per la pacificazione dei Senussi in Cirenaica.

Presidente Lei ha conosciuto Bolo?

Martini Neanche per sogno. Come non ho conosciuto altre persone il cui nome vedo associato al mio nella sentenza di rinvio a giudizio e senza essere stato interrogato.

Presidente Le ho rivolto questa domanda perché esiste in atti una lettera di Cavallini che adesso le mostrerò.

Avvocato Bozino Perché questa domanda?

Presidente. Avvocato, non interrompa. Le mie domande sono insindacabili.

Avvocati Bozino e Pavone (insieme) No, no! Lei non può essere superiore alla legge. Noi ci opponiamo.

Presidente (al segretario) Legga la lettera!

Bozino No! La lettera non può leggersi. Io domando la parola.

Presidente Non gliela do!

Bozino (molto eccitato) Ella deve darmela! Io sollevo formale incidente.

Pubblico ministero E allora si svolga l'incidente!

L'avvocato Pavone spiega che la difesa non vuole far leggere la lettera per la ragione che il teste, ignorandone il testo, non può esprimere su una sua parte alcun giudizio. L'accusa chiede che l'incidente sia respinto. Il tribunale si ritira e al rientro il presidente, rigettato l'incidente, ordina al segretario di leggere la leggera.

La lettera è in verità un piccolo biglietto che l'11 novembre 1914 Cavallini ha indirizzato a Frida e nel quale tra l'altro è scritto: «Martini mi fa sapere da Roca di non andare a Roma...».

Presidente Ecco eccellenza, la ragione della lettura di quel documento. Roca, abbreviazione di Rocambole, sta per Bolo.
Martini Mi meraviglio che Cavallini abbia potuto scrivere questo anche perché non ci parlavo da 25 anni.

Questa parte della testimonianza di Martini, poiché ce ne sarà un'altra come vedremo, in pratica finisce qui. Ma noi dobbiamo chiederci ancora una volta: come mai Federica Pozzoli venne incaricata di proporre a un uomo con quelle idee la direzione d'un giornale che, secondo l'accusa, avrebbe dovuto sostenere il neutralismo?

La mossa è conturbante perché più che d'ogni altra ce ne sfugge il senso e quale che sia il giudizio su Cavallini non possiamo immaginarlo meno insidioso di quanto fosse.

Sentiamo che la doppia visita di Frida ci porta assai vicini al cuore dell'intrigo, ma questo cuore resta velato e non possiamo conoscerlo. A meno di non tralasciare ancora una volta, come già per il processo contro Bolo, la visione che dei fatti ebbero sia il giudice istruttore che il tribunale.

Ritennero i giudici che una linea netta li separasse dagli imputati simile alla terribile frattura che divide due eserciti in campo. Da una parte, dietro gli scranni, i giudici-patrioti; dall'altra, nella gabbia, i traditori venduti al nemico.

In un caso come questo però che cosa vuol dire nemico? Un amministratore delegato come Annaratone, vecchio e debole, si sarebbe certo piegato a ogni volontà, ma un direttore come Ferdinando Martini che ha giocato la sua vita nel sostenere alcune idee, che considera la guerra contro l'Austria-Ungheria la fase conclusiva del Risorgimento nazionale, non avrebbe certo acconsentito a fare un giornale neutralista, cioè nella temperie di quei giorni, «disfattista».

Dobbiamo ritenere che se l'affare «Secolo» e «Messaggero» si fosse concluso, i due giornali non sarebbero affatto passati al neutralismo, anzi avrebbero esasperato il loro appoggio alla guerra. Visti da Berlino, il senatore francese Charles Humbert che reclama «sempre più cannoni» per schiacciare la Germania, e il letterato italiano Ferdinando Martini che ha pubblicamente maledetto Francesco Giuseppe chiamandolo «l'imperatore degli impiccati», si equivalgono, sono cioè due pedine da utilizzare sul medesimo tavolo del revanscismo.

Solo da questa prospettiva diventa plausibile l'offerta che per due volte Federica Pozzoli tenta di portare a Martini. Il vero tradimento non conosce né l'idea di patria né l'idea di nemico ma solo la spinta degli interessi. Il nemico con cui Cavallini e Bolo hanno intrigato non ha uniformi né stendardi, ha invece armi da vendere, mercati da conquistare, odi da alimentare perché la guerra continui, incrudisca. E aumentino di conseguenza i profitti che se ne possono trarre.

Paul Marie Bolo e Filippo Cavallini sono soltanto due strumenti. Dietro di loro c'è il principe von Jagow che li manovra per mezzo del kedivé. Ma forse neanche von Jagow stringe per intero l'estremità del filo.

Al di là del ministro degli Esteri tedesco s'intravedono i circoli oltranzisti, il vero «oro del Reno» rappresentato dall'industria di guerra per la quale i milioni di marchi inviati prima in Svizzera al kedivé e poi negli Stati Uniti a Bolo, sono meno che nulla.

È un'ipotesi questa che capovolge la lettura dei fatti e che, al tempo, solo il direttore della «Stampa» Alfredo Frassati lasciò balenare ma senza insistervi, quasi fosse a sua volta oppresso dalla spaventosa prospettiva che così s'apriva.

Bolo pascià fu un impresario di questi interessi più consapevole di Cavallini? E Cavallini si rese mai conto di quale potesse essere la vera natura del complotto? Non possiamo rispondere a queste domande perché i documenti non dicono niente al riguardo.

Possiamo solo tentare di completare, con la sola logica consentita, la richiesta che l'avvocato Salle aveva gridato ai giudici di Bolo: come spiegate che nel «Journal» non avete mai letto una sola riga che possa definirsi disfattista?

Capitolo tredici

Il 24 ottobre 1916, giorno in cui la nostra storia comincia, la polizia svizzera sequestra in casa di Yaghen pascià, cugino e fiduciario del kedivé d'Egittto, alcune carte molto compromettenti. Tra queste un documento che gravemente accusa Cavallini tanto più ch'è scritto di suo pugno. Dall'intestazione che compare sul primo foglio, la nota viene rubricata sotto il curioso nome di «Italia-Francia-kedivé». Merita d'essere letta poiché in essa l'italiano sembra disegnare propositi coerenti e arditi. Vi è scritto:

> È certo che la guerra fu fatta contro la volontà della grande maggioranza del Paese e del Parlamento. È certo anche che il partito favorevole alla Germania è fortissimo nel Paese e nell'esercito. Il partito della neutralità aveva come capo il signor Giolitti, l'uomo politico più eminente d'Italia.
>
> Negli ultimi tre mesi un lavoro ben organizzato per parte della Francia e dell'Inghilterra ha influenzato l'opinione pubblica, il re, il Parlamento. Il principe di Bülow ha agito con abilità grandissima ma egli non disponeva delle somme enormi che la Francia e l'Inghilterra hanno speso, principalmente per impadronirsi della stampa.
>
> La Germania non aveva a disposizione che due giornali clericali di second'ordine e due giornali la cui tiratura non arrivava a cinquanta copie, «La Concordia» e «La Vittoria». La neutralità fu difesa da un solo giornale importante, «La Stampa» di Torino.
>
> Gli ambasciatori francese e inglese comprarono degli

> uomini agitatori come Mussolini e D'Annunzio i quali hanno fatto una propaganda indiavolata. Per questa campagna furono spese delle somme fantastiche. Il signor Giolitti e i suoi amici furono insultati, minacciati, percossi per le vie.

Questa è la diagnosi; la terapia è adeguata. Sostiene Cavallini:

> Allo stato attuale non si può andare contro corrente, si produrrebbe un effetto assolutamente contrario. Bisogna agire con calma, metodo, prudenza, tanto più che il Ministero, il quale odia profondamente Giolitti e i suoi amici, li vigila e li perseguita. Si può esercitare una cura d'anime, influire sull'opinione pubblica affinché l'Italia non cada completamente nelle mani della Francia e dell'Inghilterra, affinché l'Italia sia al congresso della pace un elemento moderatore e favorevole agli interessi della Germania che non sono in opposizione con quelli dell'Italia.
>
> Questo scopo può essere raggiunto a condizione che si agisca senza indugio e con la prudenza necessaria e che si disponga dei mezzi necessari per organizzare la stampa e per fare una propaganda sapiente e abile nel Paese. La prudenza è necessaria perché l'accusa di mancanza di patriottismo ucciderebbe i nostri amici e li voterebbe al furore popolare.
>
> Un giornale solo non basterebbe. Bisogna fondare a Roma un grande giornale e per non sollevare dei sospetti che gli toglierebbero ogni autorità, abbiamo pensato che il giornale dovrebbe essere fondato da Gordon Bennett il quale ha sempre coltivato l'idea di fondare a Roma un grande giornale mondano. Oltre a ciò, e contemporaneamente, bisogna cercare di comprare alcuni giornali come «La Gazzetta del popolo» di Torino, «La Lombardia» e «La Perseveranza» di Milano, «Il Resto del Carlino» e «La Gazzetta dell'Emilia» di Bologna, «Il Secolo XIX» e «il Caffaro» di Genova, «Il Corriere d'Italia», «Il Momento»....
>
> Bisogna far agire la massoneria e il partito clericale.

> Effettuando questo piano, Jean e Marthe riprenderanno coraggio e potranno vincere la causa.

La conclusione del documento, assai compiacente, è a esclusivo beneficio del kedivé e prepara la stoccata finale:

> La causa di Sua Altezza è veramente molto popolare in Italia. Il momento è venuto di preparare il terreno. È evidente che se il piano d'organizzare seriamente la stampa in Italia può riuscire, noi avremo una forza immensa a disposizione della propaganda pro kedivé.
>
> Secondo i nostri calcoli bisogna disporre di 15 milioni almeno.

Un documento, dunque, che l'accusa considera formidabile e che Cavallini cerca invece di far passare, pur tra molte contraddittorie versioni, per una bravata semischerzosa.

Nel suo libro di memorie scrive che il testo è stato falsificato a man bassa dal giudice istruttore. Al processo invece si difende tentando di far combaciare il più possibile la sua analisi con l'irresoluta politica estera italiana. «In politica tutto è questione di date,» afferma non interamente a torto «fummo amici e nemici della Francia, della Germania, dell'Austria».

Ma la sua verità, cioè la ragione profonda per la quale ha scritto quelle pagine, non è neanche questa. Quel documento nel quale l'autore ostenta conoscenze, competenze, amicizie di cui in realtà non dispone, potrebbe veramente essere poco più d'una bravata, una delle sue abituali millanterie rivolta in questo caso allo scopo senz'altro notevole di ottenere, dal kedivé o per suo tramite, 15 milioni di lire.

Curioso atteggiamento il suo. Ci sono occasioni nelle quali Cavallini pretende quasi sfacciatamente d'essere creduto all'istante e sulla parola. Altre nelle quali ammicca e sembra voler suggerire ai suoi giudici: ma via, non vi siete ancora resi conto del tipo d'uomo che avete di fronte?

Davvero non immaginate che per diventare degli avventurieri accettabili bisogna saper essere un po' visionari?

Un'ammissione del genere non può farla esplicitamente, come forse desidererebbe, ma quando parla del memoriale «Italia-Francia-kedivé» si sente che è, a tratti, a un passo dallo smentire la sua ostentata furbizia per aprirsi interamente.

È difficile dire che cosa sia più congeniale a un temperamento come il suo, se il perseguimento d'uno stratagemma lungamente calcolato o l'improvviso ricorso a una piccola astuzia. Il suo comportamento comunque oscilla di continuo tra questi due estremi quasi che Cavallini ricerchi ora nell'uno ora nell'altro la sua salvezza.

Con tono semischerzoso si definisce «un po' megalomane», aggiunge: «Quando si tratta di fabbricare castelli in aria si può essere larghi nei preventivi». Lo smentisce purtroppo il fatto che la somma di 15 milioni non è poi così campata in aria. Anzi è straordinariamente vicina a quella che Bolo, pochi mesi più tardi, da New York, riuscirà a strappare ai tedeschi.

Secondo l'ipotesi del giudice istruttore il documento va datato all'agosto 1915. Secondo Cavallini, invece, sarebbe stato scritto un mese prima, nel luglio. Non c'è grande differenza; la dichiarazione di guerra alla Germania è dell'anno successivo anche se nel luglio, o nell'agosto, del 1915 quel passo era certo già prevedibile.

Nel suo libro Cavallini sostiene che il memorandum altro non è che «il vagabondaggio del mio pensiero», lo definisce «una conversazione scritta con un amico», aggiunge: «Il kedivé voleva che a qualunque costo riuscissi a stringere l'accordo con l'Inghilterra. Mi parve fosse il caso di fare qualcosa in questo ordine di idee, e ho abbozzato le linee generali di un vaghissimo disegno, certo tutto ispirato a grande amore di patria».

Insomma l'imputato, messo alle strette, si tiene alla sua tesi difensiva di fondo: il suo scopo era d'organizzare la «campagna di stampa» a favore del kedivé. E poiché questo scopo andava in qualche modo dissimulato: «Un programma bisognava pur averlo. E io che nei lontani primi anni della mia gioventù fui giornalista, ho sentito l'odore della polvere, mi sono impennato, ho suonato la mia fanfara».

Le metafore equestri non bastano a nascondere il suo imbarazzo e infatti ciò che Cavallini afferma nel libro è molto diverso da ciò che risponde, nella seconda metà del gennaio 1919, al presidente Gandini che gli contesta parte della sua confessione-interrogatorio.

Presidente Quando fu scritto il documento?

Cavallini Il 15 luglio 1915, in casa del kedivé.

Presidente E perché lo scrisse?

Cavallini Fu Brunicardi a dirmi che avrei fatto piacere a Rennell Rodd redigendolo e lanciando il progetto d'un giornale anglofilo. Espressi in quel documento le mie idee personali.

Presidente Chi erano Jean e Marthe?

Cavallini Rispettivamente Giolitti e Martini.

Presidente Se lei intendeva esercitare attraverso la stampa un'azione moderatrice in favore del nostro Paese, perché polemizzava, nel documento, con le ragioni che avevano indotto l'Italia a entrare in guerra?

Cavallini Non mi piaceva l'idea che l'Italia subisse pressioni per parte di altre nazioni.

Presidente Ma la guerra era già stata dichiarata.

Cavallini Prevedevo ugualmente i guai che per l'avvenire ci avrebbero dato per esempio i serbi.

Presidente Ella voleva influire perché l'Italia non cadesse del tutto tra le braccia della Francia e dell'Inghilterra. E aggiunge che erano ancora vive in Italia le simpatie per la Germania. Ora lei non ignorava di quale danno sarebbe stato al nostro Paese un disaccordo con gli alleati. La Germania era nostra nemica...

Avvocato Pavone Ma la Germania non era ancora la nostra nemica. Tant'è vero che si concludevano con lei dei trattati segreti!

Presidente Non m'interrompa. Se non era nostra nemica giuridicamente...

Pavone Ma nemmeno politicamente!

Presidente Faccia silenzio! Glielo dico ancora una volta. Lei parlerà a suo tempo.

Avvocato Pistolese Ma che silenzio. Lei giudica per impressioni personali!

Presidente (violentemente) Taccia o la faccio espellere dai carabinieri.

Pistolese La legge è al di sopra di lei. Non è lecito sopprimere in questo modo la difesa.

Presidente Carabinieri, lo facciano uscire!

I carabinieri fanno per avvicinarsi a Pistolese ma l'avvocato Vairo balza dal suo posto e a gran voce reclama: «Domando la parola; la parola!».

Il presidente sospende la seduta. Quando, dopo meno di mezz'ora, l'udienza viene ripresa, l'avvocato Pistolese chiede che l'incidente sia messo a verbale e che si prenda atto della sua «energica protesta». Domanda quindi la parola l'avvocato Vairo che fa appello alla temperanza di tutti e rende omaggio all'imparzialità del colonnello Gandini.

Presidente Avvocato, qui non si tentano coercizioni. Io esercito un mio preciso diritto. Non posso ammettere che mentre interrogo l'imputato mi si interrompa tutti i momenti.

Vairo La legge consente all'imputato di non rispondere e consente agli avvocati di intervenire in sua vece.

Così va avanti il processo. Del diritto di non rispondere, soprattutto quando si tratta di domande insidiose, Cavallini si avvale frequentemente.

Presidente Chi era l'Albert di cui parlano vari telegrammi da lei ricevuti e trasmessi?

Cavallini Non l'ho mai saputo.

Presidente Come, non si è curato di sapere se Albert fosse per esempio il nome convenzionale d'un agente tedesco?

Cavallini Come ho detto io ricevevo e trasmettevo i telegrammi che si scambiavano Bolo, il kedivé, Sadiks puramente e semplicemente, ma senza capir nulla del loro contenuto.

Presidente Risulta dai telegrammi in atti che ella sapeva della venuta a Roma di Bolo per incontrarsi con Sadik. Non ha saputo da Sadik o da Bolo di che cosa abbiano parlato?

Cavallini Assolutamente nulla. Sadik non lo vidi più, quanto a Bolo non mi confidò nulla.

Presidente Come spiega allora questo telegramma a lei diretto da Bolo pascià, da Roma, il 3 febbraio 1915 cioè subito dopo il convegno? Dice:

ACTIVEZ AFFAIRE JEAN CAR ORDONNANCE DOCTEUR PAS SERIEUSE.

Cavallini Questo telegramma è la più bella prova che io non ero a Roma. Non ricordo bene a che cosa esso volesse alludere. Il telegramma parla di Jean ma dev'essere un errore di trasmissione, doveva dire Jules, cioè il marchese Giulio Della Chiesa. In istruttoria sono stato messo alla tortura per questo Jean. Si voleva che Jean fosse Giovanni Giolitti che non vedevo da almeno 25 anni.

Presidente Ma se lei effettivamente non sapeva di che cosa s'era trattato tra Bolo e Sadik, come poteva Bolo telegrafarle di «attivare l'affare Jean»?

Cavallini Ripeto che non sapevo né so nulla di ciò che Bolo e Sadk si sono detti. Sapevo della progettata banca cattolica e Bolo non poteva che telegrafarmi di occuparmi di questo progetto.

Presidente Ma questo in istruttoria non lo ha detto.

Cavallini Pure è così.

Presidente Lei ha detto che Bolo quando lo vide a Torino diretto a Roma pel colloquio con Sadik, non le disse nulla di ciò che stava per fare. Ora ammette che le disse di dover trattare l'affare della banca.

Cavallini Ma insisto! Non mi disse nulla di quello che era lo scopo della sua gita a Roma. Mi disse solo che doveva parlare di diversi affari, tra cui quello della banca.

Presidente Al convegno di Roma del 2 febbraio si tornò a parlare della pace separata?

Cavallini Non si trattava proprio di pace separata.

Presidente Ma via, non scherziamo! Si discuteva della pace tra la Germania e la Francia quando erano in guerra tante altre nazioni...

Avvocato Pavone Cavallini non ha mai parlato di pace separata!

Presidente Va bene, va bene, andiamo avanti.

Cavallini Io parlai di pace in tesi generale...

Più volte, al processo e nel libro delle sue memorie, Cavallini maschera la sua imprudenza ricordando che «nel luglio del 1915 noi non eravamo in guerra con la Germania e che anzi con quel Paese firmavano trattati segreti come quello che va sotto il nome di *patto Bollati-Jagow*».

In effetti a Berlino, il 21 maggio 1915, era stata siglata una convenzione tra l'ambasciatore italiano Riccardo Bollati e il ministro degli Esteri tedesco von Jagow avente per titolo: «Il trattamento dei rispettivi sudditi e delle proprietà durante la guerra».

Nella sostanza l'accordo prevedeva che in caso di conflitto tra i due Paesi: «È garantita ai tedeschi in Italia e agli italiani in Germania la protezione delle loro persone e delle proprietà».

L'esistenza d'un accordo del genere, dice Cavallini, mi tranquillizzò molto sulla natura dei rapporti tra i due Paesi. Ma come faceva a conoscere quel trattato che era stato negoziato e concluso segretamente?

Per provare d'essere venuto a conoscenza del patto quasi subito dopo la sua firma, l'imputato è costretto a rivelare circostanze che avrebbe certo preferito tacere. Per difendersi, deve cioè usare un'arma a doppio taglio, una delle quali rivolta contro di lui.

Brunicardi ad esempio sostiene che gli bastò il fatto che il kedivé sapesse di quel trattato per convincerlo che Abbas Hilmi era in «intime relazioni» con Berlino e per metterlo quindi in sospetto.

Confessa invece Cavallini: «Una copia di quel documento la detti a Brunicardi che a sua volta la passò all'ammiraglio Bettolo il quale ne rimase impressionatissimo. Un'altra la detti al principe Maffeo Sciarra, interventista, che ne diede a sua volta comunicazione all'ambasciatore di Francia a Roma signor Barrère. Scoppiò per questo una specie di scandalo subito represso».

Per sua ammissione dunque, Cavallini traffica in documenti segreti. E d'altra parte anche altri traffici finisce per ammettere, sempre nella speranza di favorire così la sua difesa.

«A mezzo dell'ex deputato Dini» dice «ho conosciuto il capitano Moriondo capo delle informazioni all'ambasciata italiana a Berna, il quale mi pregò di procurargli in Svizzera degli informatori sicuri per recarsi in Austria e Germania ad assumere notizie.»

E Cavallini, che pure tiene alla sua immagine ufficiale di uomo d'affari, procura gli informatori e anzi fa di più, dice a Moriondo che potrebbe recarsi egli stesso in Austria, munito di un falso passaporto messicano, a cercare notizie e a reclutare agenti.

«Occorreva al Moriondo una signorina da mandare in Austria. Gli trovai anche la signorina. Una sera infatti la ragazza mi dette un appuntamento in una trattoria in una località eccentrica di Berna e mi cominciò a parlare. Mentre io le spiegavo il suo compito, irruppe nel locale una dattilografa del capitano Moriondo la quale, agitatissima, mi disse che la trattoria era infestata da spioni tedeschi e che io ero tenuto d'occhio.

«Senza scompormi uscii con le due ragazze e notai, proprio attorno all'osteria, vari individui dall'aspetto equivoco. Per fortuna non fui aggredito...»

Sul piano pratico si tratta di azioni dilettantesche, dalla ricostruzione che il protagonista ne fa, trapela un'aria da feuilleton: la bettola malfamata, la ragazza che irrompe agitata, gli spioni che guatano nell'ombra, il timore dell'aggressione, salvi per miracolo.

Si potrebbe pensare che è la sua «cultura» a dettargli una rappresentazione così banalmente romanzesca degli avvenimenti; più probabile invece che sia la paura, sicuramente provata, a velare di ombre i suoi ricordi.

Nei suoi intricatissimi rapporti con il capitano Moriondo ci sono anche altre avventure, per esempio quella conosciuta come «il trucco della tela».

«Nell'estate del 1916» racconta «il capitano Moriondo mi chiese se, previa autorizzazione, avrei potuto trovare dieci milioni di metri di tela per la Rumenia.» Con un campione della stoffa desiderata nella valigia, Cavallini rientra in Italia.

Si muove, cerca, finalmente riesce a scovare una ditta di Busto Arsizio disposta a fornire la tela entro 90 giorni al prezzo di 85 centesimi al metro.

Torna ancora una volta in Svizzera, riferisce al Moriondo e questi subito lo presenta a un certo signor Rivarescu, agente rumeno incaricato di far eseguire il contratto.

Qualche giorno dopo Cavallini incontra Yaghen a Losanna il quale d'improvviso gli chiede di che cosa stia trattando con l'emissario dei giovani turchi. Cavallini è così sinceramente stupito che Yaghen lo informa che «il sedicente Rivarescu era un autentico turco, tale Aly bey, agente segreto della Turchia».

Poiché la Turchia è alleata della Germania, partecipare a quell'affare può voler dire un'accusa di tradimento. Cavallini resta folgorato e finisce quasi per ringraziare Yaghen d'averlo fatto nascostamente spiare scoprendo così i suoi conciliaboli con il finto rumeno.

Rivelato l'inganno, egli non si fa più vedere né da Moriondo né da Aly bey, secondo la versione del suo libro di memorie. Ovvero, secondo quanto afferma al processo, «avverte Moriondo il quale si era in precedenza riservato sull'affare stesso una percentuale del cinque per cento».

Dov'è la verità in questa vicenda della tela? Le risposte possibili sono almeno pari ai protagonisti dell'intreccio. Una delle versioni di Cavallini getta alcuni sospetti sullo stesso operato di Moriondo, caporete dello spionaggio italiano a Berna.

Un gioco di equivoci disegni sembra insomma governare il trucco della tela e solo mesi più tardi, durante un processo celebrato in Svizzera contro alcuni fedeli del kedivé, si scoprirà per puro caso che, alla fine dei conti, ognuno dei protagonisti era stato ugualmente ingannato.

Rivela infatti un teste: «Uno dei nostri agenti era stato informato che Aly bey, addetto militare turco a Berna, doveva comprare, per incarico dei giovani turchi, dieci milioni di metri di tela per l'esercito ottomano. Si pensò di giocare un tiro ai giovani turchi simulando la vendita per mezzo d'una casa francese, facendo pagare i turchi e sequestrando il denaro.

«Le autorità francesi però non accettarono. Allora si pensò all'Italia. Si progettò di far acquistare la merce in Italia, di spedirla in Svizzera donde sarebbe stata rispedita in Turchia. Ma per tranquillizzare Aly bey bisognava provargli che il governo svizzero otteneva il transito attraverso gli Imperi Centrali. Moriondo indicò Cavallini come capace di ottenere il permesso lasciandogli credere trattarsi d'una operazione reale e commerciale...»

Moriondo s'è avvalso di Cavallini con molta spregiudicatezza. Lo ha incaricato di indicargli degli informatori, o addirittura di reclutarli. E quando si tratta di mettere in piedi il trucco della tela ai danni dei turchi, è lui che lo manda in campo come inconsapevole strumento del raggiro. Il rango che, così facendo, di fatto gli attribuisce, è quello d'un agente che può all'occorrenza essere sacrificato.

Così, questo personaggio che tante volte al processo cerca di ritrarsi come un cieco esecutore del kedivé, nei confronti di Moriondo finisce veramente per giocare un umiliante ruolo subalterno.

Il capitano Moriondo aveva conosciuto Cavallini per mezzo di emissari massoni: «Nel 1915» dichiara infatti Moriondo «dovendo partire per la Svizzera per impiantarvi il servizio d'informazioni, su consiglio del mio capo ufficio colonnello Rosolino, cercai di rientrare nella massoneria scozzese nella quale ero in sonno da parecchio tempo.

«Incontrai a Roma Dini che mi fece una lettera per Fera, capo del supremo consiglio massone. Dini mi fece poi conoscere Cavallini che mi disse d'avere in Svizzera relazioni che avrebbero potuto essermi utili...».

Il processo rivela che, per anni, i progetti dell'imputato hanno avuto questo andamento: alti e bassi, infimi raggiri e fastosi disegni, sempre però in un'atmosfera confusa e pressante fatta di astuti mercati, manovre senza fine, promesse non mantenute.

Il presidente Gandini gli contesta una quantità di imprese. Da quella dei «biscotti danesi» che nasconde in realtà un traffico di mitragliatrici, a quella di un nuovo farmaco chiamato Oppiossina, al commercio di apparecchi svizzeri per la fotografia aerea.

Cavallini ha interesse a parlare di tutto: più cresce il numero delle vicende nelle quali è implicato, più s'allontana la possibilità che il tribunale possa veramente indagare a fondo sulle più pericolose.

Ma questa congestione fa sì che il dibattimento proceda senza ordine né criterio; si sollevano i vari capi d'accusa per poi lasciarli cadere uno dopo l'altro. D'altronde così ha vissuto Cavallini, intimorito e affascinato dai rischi corsi, nella perenne attesa d'una definitiva fortuna.

Capitolo quattordici

Quando sale sulla pedana l'ex deputato Enrico Buonanno, l'atmosfera processuale diventa apertamente farsesca. Anche Buonanno, che ha seduto in Parlamento dal 1909 al 1913, tiene molto al titolo di onorevole. Nato a Capua nel 1873, ha 45 anni ed è quindi il più giovane degli imputati ma anche il più malandato.

A molte udienze non partecipa, ad altre assiste semisdraiato sul suo banco con un'aria tra l'indolenza e il patimento; un paio di volte è svenuto o ha simulato di svenire.

Dal parlamento è stato costretto a dimettersi a seguito d'una causa per l'indebita appropriazione di due mila lire intentatagli da un suo cliente. Subito dopo l'arresto di Cavallini, che ha preceduto il suo di qualche giorno, ha rilasciato al «Messaggero» una lunga intervista che considera, come lamentosamente ripete, la sua rovina.

Cavallini gli aveva proposto di dirigere un mensile, «Il Bollettino internazionale», per il quale gli ha messo a disposizione una delle stanze del suo ufficio di via Toscana 10. Il «Bollettino», che ha un contratto di scambio editoriale con la rivista francese «Mercure», ha lo scopo dichiarato di «riunire e tenere in contatto i commercianti per la ripresa degli affari dopo la guerra».

Ma Buonanno, e Cavallini dietro di lui, hanno fatto appena in tempo a far uscire il numero inaugurale che vengono entrambi arrestati.

Chiamato alla pedana dal presidente, Buonanno si trascina fino al centro del pretorio e siede pesantemente. Ma contraddicendo lo sfinimento dell'aspetto, la sua voce risuona inaspettatamente forte.

Nel reclamare il suo patriottismo afferma: «Appartenevo alla terza categoria della classe 1871, avevo una discreta pancia che purtroppo è sparita in tredici mesi di carcere e allora invece di indossare la divisa militare e imboscarmi, come hanno fatto altri, pensai di rendere qualche servigio».

Anche lui, come Cavallini, s'attribuisce un passato d'agente segreto. Dal commendator Vigliani, capo della Pubblica Sicurezza, è riuscito a farsi inviare per qualche tempo in Svizzera con il compenso di 500 lire mensili: «Per sorvegliare l'attività dei giornalisti stranieri, per combattere la propaganda fatta ai nostri danni da una folla di giornalisti austriaci e tedeschi...».

In che cosa potesse consistere quest'opera da parte di un uomo che si muove con difficoltà, malfermo in salute, privo d'esperienza e di cognizioni tecniche, non sappiamo. Si faceva probabilmente conto su una certa grossolana simpatia che la sua figura poteva ispirare, su quell'immagine caricaturale di italiano esaltata nei colori e negli stereotipi.

Sono passati più di cinque anni da quando Buonanno ha lasciato la Camera, ma si sente che quello resta il periodo cruciale della sua esistenza. Dal suo racconto affiorano gli oscuri retroscena di Montecitorio, un'attività politica fine a sé stessa, fatta di mercanteggiamenti e di sottomissioni, scandita da rivalità familiari e di collegio, da liti per il conteggio delle preferenze.

«Mi meraviglia che per prima cosa il giudice istruttore mi abbia chiesto se ero in relazione con il commendator Cafiero il quale dirigeva un'agenzia d'informazioni contro l'onorevole Sonnino. Perché mi è stata fatta questa domanda? Perché sono state raccolte deposizioni di miei nemici personali e politici come quella del genero dell'onorevole Verzillo che io ho sostituito nel collegio di Capua?»

L'ex deputato racconta che una volta, lamentandosi con il giudice istruttore De Robertis delle lungaggini procedurali, ne ebbe questa risposta: «Anche a me non par vero che il processo termini perché se ne sta occupando il gabinetto del Ministero del Tesoro».

La reazione di Buonanno fu immediata, come s'affretta a dire: «Io allora pensai che sottosegretario era l'onorevole Visocchi mio nemico implacabile in Terra di lavoro».

Presidente Ma venga ai fatti, per cortesia.

Buonanno Questi sono i fatti che posso confermare in contradittorio con il capitano De Robertis.

Avvocato Pavone (sarcastico) E facendo così si guadagnano i galloni!

Tancredi A chi intende alludere con queste parole? Parli francamente.

Avvocato Pavone Ma io alludo alla giustizia militare.

Tancredi Lei non può essere giudice di nulla e di nessuno.

Avvocato Pavone Contro certi sistemi bisogna ribellarsi.

Il presidente, crescendo il tono del battibecco, sospende l'udienza e fa per alzarsi ma non cessa per questo il litigio tra l'accusatore militare e l'avvocato Pavone. A un certo punto anzi s'ode il colonnello Tancredi che grida: «Lei rispetti la giustizia e sappia che io posso anche farla arrestare».

Pavone Io dico la verità.

Tancredi Per sua regola io rispondo a lei qui e fuori di qui e intanto lei non ha che il mio disprezzo.

Il tumulto è al massimo e dura fino a quando anche il colonnello Tancredi non abbandona l'aula. Ci si è dimenticati di Buonanno che è rimasto seduto al centro della pedana e sembra non perdere una battuta e anzi divertirsi a quell'alterco.

Quando l'udienza riprende, l'avvocato Pavone detta a verbale questa dichiarazione: «Parlando di galloni volevo alludere al capitano De Robertis il quale dopo l'istruttoria dell'attuale processo, da capitano è stato promosso colonnello. Mi si dice che il pubblico ministero abbia minacciato l'arresto. A questo proposito dichiaro che la difesa non si lascia intimidire e che rimarrà al suo posto fino all'ultimo».

Avvocato Bozino A me poi si è riferito che il commissario Tancredi ha detto d'essere pronto a rispondere qui e fuori di qui. Se è vero...

Presidente Ma lasciamo andare, prego. Il tribunale era assente...

L'incidente ha definitivamente rotto l'equilibrio fragilissimo della reciproca tolleranza come in fin dei conti la difesa desiderava in obbedienza alla sua strategia. Illudersi che possa bonariamente ricomporsi come altre volte in passato, è inutile.

All'udienza successiva, 30 gennaio 1919, l'avvocato Pavone non si presenta. I suoi due colleghi Bozino e Vairo leggono però una sua lettera nella quale tra l'altro è scritto che dai giornali l'avvocato Pavone ha appreso d'una frase ingiuriosa che il Tancredi avrebbe pronunciato in aula contro di lui.

«Se i resocontisti l'hanno raccolta vuol dire che essa fu effettivamente pronunciata e poiché il signor Tancredi nella stessa occasione dichiarò che egli, dentro e fuori dell'aula era a nostra disposizione, mi astengo dall'intervenire per ora in udienza.»

Subito l'atmosfera si guasta e la tensione torna all'intollerabile livello del giorno precedente nonostante il colonnello Gandini tenti di divergere l'attenzione dal caso.

Presidente È una questione personale, se la vedano tra loro, il tribunale non c'entra.

Bozino La prego di riflettere signor presidente alla posizione d'inferiorità evidente in cui ci troviamo di fronte all'avvocato militare. Non siamo tuttavia disposti a subire provocazioni.

Tancredi Nemmeno noi.

Bozino Non si deve abusare di certi poteri. All'occorrenza potrebbero entrare in ballo anche i calamai...

Presidente (battendo i pugni sul tavolo) Ma basta, basta! Se sapevo così non le avrei permesso di leggere quella lettera.

Tancredi (indicando la difesa) La provocazione è venuta da quei banchi.

Presidente Taccia pure lei, perdio!

Quando finalmente l'ex deputato di Capua è chiamato di nuovo sulla pedana per continuare la sua deposizione interrogatorio, l'udienza è già compromessa.

Ma basta che Buonanno ricominci il racconto, a suo modo così coerente, degli avvenimenti perché si torni alla blanda temperatura di complotto che sembra la ragione stessa della sua vita. Non esiste argomento che egli non sia capace di ridurre alla sua infima visione del mondo.

Quando il presidente gli chiede di ricordare il nome di un certo funzionario di polizia, risponde: «Naturalmente non posso ricordarlo. Ricordo però che parlai con un funzionario che ha un fratello nel gabinetto di sua eccellenza Orlando».

E quando sempre Gandini gli chiede se non ritenne imprudente, lui ex deputato, andare a trovare la signora Yaghen, il cui marito «si trovava a Costantinopoli o a Vienna, capitali di Stati con cui eravamo in guerra», risponde. «L'assenza del marito era una ragione di più per andare a trovarla» (*ilarità*).

Avvocato Franciosa Buonanno ha detto che la campagna contro Caillaux era stata «soffiata dall'ambasciata di Francia». Ne ha le prove?

Buonanno Sono un vecchio giornalista e conosco bene

le difficoltà dell'industria giornalistica. I grandi giornali vivono sulla pubblicità, i mediocri sono sussidiati.

Presidente Ma le prove?

Buonanno (ridendo) Parlo per esperienza.

Invano il presidente lo invita a stringere sui fatti. Seduto al centro della pedana come su di un palcoscenico, Buonanno sembra a proprio agio e dalle sue stesse battute ricava evidentemente grande piacere. Quando ha un'uscita che crede felice, ne ride per primo, si volge verso il pubblico e i cronisti quasi ne aspettasse l'applauso.

Dice d'essere stato coinvolto nei processo per volontà del milionario Visocchi e per «una soffiata di palazzo Farnese». Quando Gandini gli chiede se era lui il destinatario di un biglietto sequestrato in carcere a Cavallini nel quale era scritto tra l'altro «siamo traditi», risponde: «Già l'istruttore me lo ha chiesto ma io gli dissi "faccio pazzo voi e Cavallini"» (*ilarità*).

Per ore va avanti l'interrogatorio in questa atmosfera ridicola che di continuo Buonanno, e non sempre consapevolmente, alimenta. Poi, improvvisi, si riattizzano gli scambi più astiosi.

Avvocato Bozino Ricorda Buonanno se per l'affare De Carolis siano state spese altre somme?

Buonanno Sì.

Presidente E da chi?

Buonanno Sempre dal De Carolis e se vostra eccellenza vuole le rispondo e faccio la nota.

Presidente Desidero prima interpellare l'avvocato militare.

Tancredi Vorrei che la difesa chiarisse a qual fine intende rivolgere la domanda.

Avvocato Bozino Ci troviamo in una causa in cui anche le ombre trasvolanti...

Tancredi (interrompendolo) Ma su questi fatti ci sono indagini in corso.

Avvocato Bozino E adesso sono in corso?

Tancredi Sì.

Avvocato Bozino E perché non si sono fatte prima? Forse perché c'è immischiato il ministro delle Armi e Munizioni e il ministro Dall'Olio?

Tancredi Ella, avvocato Bozino, si propone di portare qui un sistema al quale ha ispirato la sua condotta. Lei viene qui per sollevare degli scandali e divergere l'attenzione da questa causa.

Presidente (al pubblico ministero) Le tolgo la parola e la tolgo anche a lei avvocato.

Avvocato Bozino Io nulla ho fatto per meritare questo rimprovero.

Presidente La prego di non insistere.

Avvocato Bozino Senta presidente, io mi sono sentito dire che vengo qui per sollevare degli scandali. Io queste parole le ricaccio in gola a chi le ha pronunciate.

Tancredi Lei non ricaccia nulla e stia al suo posto, io sono buono a farla...

Gandini capisce e prima che il pubblico accusatore possa terminare la frase grida, per farsi intendere, «Sospendo l'udienza». Mentre il presidente s'allontana in fretta, tutti gli avvocati sono in piedi e tumultuano: «È un altissimo incomposto concerto di grida e di minacce.»

Solo Tancredi è rimasto in aula e tenta di tener testa ai difensori. Ma quando anch'egli raccoglie le sue carte e s'avvia per uscire s'odono, sovrastanti tutte le altre, due battute. L'avvocato Vairo gli grida dietro: «Lei è un agente provocatore!». L'avvocato Pistolese con tono beffardo, rifacendo il verso al presidente: «Il pubblico ministero esca da quest'aula».

«Il grido suscita l'ilarità del pubblico.» Più di tutti ride l'ex deputato Buonanno.

Il 31 gennaio il generale Di Stefano e l'onorevole Amedeo Sandrini del consiglio dell'ordine degli avvocati, recapitano al commendator Tancredi un cartello di sfida a nome dell'avvocato Fausto Pavone. Sempre lo stesso giorno, il commendator Vincenzo Macherione, consigliere, riunisce il direttivo dell'ordine degli avvocati per discutere gli incidenti.

La stampa commenta con ampiezza. L'interesse per il processo, tra tante lungaggini, era andato spegnendosi. Ora sono i clamori a riportarlo in prima pagina. Si torna a parlare delle carenze di un'istruttoria che «si è limitata ad accumulare 33 volumi di documenti senza ordinarli né catalogarli», ma anche dell'atteggiamento degli avvocati che viene apertamente criticato.

«Dall'inizio di questo processo» si può leggere «sono passati due mesi e siamo ancora agli interrogatori.» E anche: «È il sistema che bisogna cambiare per cui giudici istruttori che hanno tra le mani un processo clamoroso vogliono servirsene come base e trampolino per salti di carriera». Oppure: «In questo dibattimento vediamo gli imputati fare dell'ironia o del sarcasmo contro i loro accusatori non giustificati nemmeno dalla riputazione che essi – gli imputati – godevano anteriormente ai fatti che oggi loro si addebitano».

E infine: «Adesso abbiamo anche le vertenze cavalleresche. A quando il cartello di sfida al presidente che condanna l'imputato?».

Tutti gridano ormai, nell'aula e fuori dell'aula. In questo tumulto la procedura rivela la sua pesantezza, la polizia le sue insufficienze, l'istruttoria i fini obliqui per i quali venne condotta, il presidente del tribunale la sua impotenza a tenere le fila d'una schermaglia che, latentemente politica com'è, rischia da un momento all'altro di esplodere in uno scandalo.

Così, in quell'aula finisce per scoprirsi l'aspetto più autentico non d'un sistema giudiziario ma d'uno Stato impreparato ad affrontare prove di dimensioni tali da metterne a nudo l'insufficienza, la fragilità, la catena delle connivenze.

Dalle deposizioni degli accusati e poi da quelle dei testimoni, si viene a sapere di favori fatti e resi, di una rete di piccoli inganni che presi singolarmente sono quasi insignificanti ma diventano gravi nel loro disegno complessivo perché il quadro che ne emerge è quello d'un sordido equilibrio di reciproche complicità.

In un sistema siffatto, corrotto e caotico, ogni gesto si riflette in un altro che gli si contrappone o lo completa: le avventure di Cavallini e le provocazioni dei suoi difensori, le reticenze dell'istruttoria e la patetica collera del colonnello Gandini che invano fa balenare il rigore della legge.

Anche se l'annunciata sfida non ha seguito, il processo viene ugualmente sospeso per qualche giorno e il litigio prosegue sulle colonne dei giornali. Gli avvocati vi dichiarano che: «Per coprire il vuoto della supposta accusa di tradimento, venne soffocata la vera indagine dall'inquisizione, mettendo così insieme un ingombrante materiale di grossi scandali i quali investono tutta la vita pubblica del Paese: governo, Senato, Camera dei deputati, Santa sede, stampa, ambasciate...».

Sostengono i difensori che gli incidenti accadono non per la loro arroganza ma a causa dei «gravissimi e scandalosi inconvenienti da noi previsti e denunciati che ora si verificano per incoercibile intima forza di cose che si sottrae a qualunque pressione o imposizione».

C'è, tra le righe di quelle dichiarazioni, anche un implicito avvertimento per il presidente del tribunale. La rissa, vi si dice, è nelle cose stesse, cioè nella materia del processo. Non si meravigli dunque il colonnello Gandini di ciò che accade, né cerchi d'imporre al dibattimento un diverso svolgimento.

Il tumulto più grave si ha nell'udienza di sabato 8 febbraio 1919. Riprendendo il tema dei volumi mancanti dell'istruttoria, l'avvocato Bozino annuncia che solleverà d'ora in avanti un incidente per ogni lettera che il tribunale crederà di non comunicare. Il suo tono è fin dal principio alterato, quasi minaccioso, subito dopo aggiunge infatti queste parole: «Noi non useremo più riguardi per nessuno. Questi disgraziati» dice indicando gli imputati «hanno sofferto abbastanza. Io mi varrò di tutti i mezzi che la legge mi permette per dimostrare che si tratta di un intrigo dell'ambasciata di Francia...».

Presidente La prego avvocato, non ricominci.

Avvocato Bozino Non useremo più riguardi a nessuno, ho detto. I tortuosi raggiri dell'ambasciatore Barrère...

Presidente Avvocato le tolgo la parola.

Avvocato Pistolese (gridando) Barrère, Barrère, non si può toccare Barrère.

Presidente (a Pistolese) La finisca e si vergogni. E lei avvocato Bozino abbia riguardo almeno per me.

Avvocato Bozino E io ripeto che per la difesa non si sono avuti riguardi. Non ne avremo quindi neanche noi.

Tancredi Ma questo è un oltraggio!

Presidente E lei lo incrimini.

I difensori balzano ancora una volta in piedi, come a un comando. Tutti gridano, battendo i pugni sul banco, agitano i fascicoli. Le fisionomie sono stravolte dall'ira. Si colgono queste frasi: «Ma che incriminare!». «È ora di finirla.» «Basta con questi sistemi.»

E poi:

Avvocato Pistolese Ambasciata di Francia, avete paura!

Avvocato Bozino Parleremo di Barrère!

Presidente Carabinieri, facciano uscire dall'aula l'avvocato Bozino.

I militi restano interdetti. Non sanno se quell'ordine gravissimo vada veramente eseguito. Sul loro indugio intervengono a una voce gli avvocati Pistolese, Vairo e Pavone che avanzano fin nel pretorio gridando: «Lei non può ordinare questo, è un abuso di potere!».

Presidente (ai carabinieri) Allontanino l'avvocato Bozino, ho detto.

Solo a questo punto due o tre carabinieri si avvicinano a Bozino e lo invitano a uscire. Ma gli strepiti della difesa sono tali che il presidente deve ancora una volta sospendere l'udienza e rifugiarsi insieme alla corte in camera di consiglio.

Ma anche mentre i giudici stanno allontanandosi gli avvocati continuano la loro protesta. Rivolti verso il pubblico e i giornalisti gridano: «Qui si viola la legge, si è asserviti all'ambasciata di Francia, è una cosa indegna».

Il più agitato sembra l'avvocato Pistolese. Un attimo prima di scomparire, il colonnello Gandini ordina ai carabinieri di espellere anche questi dall'aula mentre l'accusatore Tancredi annuncia a gran voce di volerlo incriminare per oltraggio.

Mentre in aula si intrecciano così scompostamente minacce, insulti e sfide, la polizia politica continua a pedinare ad ascoltare e a riferire. Un rapporto di quei giorni inviato al gabinetto del presidente del Consiglio, dice:

> Nel pomeriggio di ieri ebbe luogo, in Senato, un lungo colloquio tra l'avvocato Bozino, difensore del commendator Cavallini, e il senatore Frola, presidente dell'unione delle curie italiane. Scopo del colloquio era, da parte della difesa Cavallini, di ottenere entro oggi, e cioè prima della ripresa del processo che ha luogo domani, l'adesione delle curie italiane all'ordine del giorno del collegio degli avvocati di Roma. Sembra che il senatore Frola si sia, da sua parte, dichiarato favorevole alla richiesta. Nei circoli

politici e giornalistici si crede alla possibilità di un rinvio del processo e alla sostituzione del colonnello Gandini.

Chi ha origliato dietro una porta? Chi ha assistito non visto a quel colloquio che si è svolto in una saletta del Senato tra due sole persone? La polizia sembra essere dappertutto e anzi non la polizia ma gli uomini del cavalier Giovanni Gasti che è il vero testimone muto di questo processo.

Gasti è piemontese, ha 50 anni, quando è entrato nella polizia ne aveva 24. Ha diretto la Sezione scientifica della quale ha anche scritto diffusamente. Dal 1° settembre 1916 è a capo dell'Ufficio centrale d'investigazione al quale è affidato anche il controspionaggio, in pratica un embrione di servizio segreto.

Anche lui verrà criticato per il modo in cui l'affare Cavallini è stato istruito e condotto, ma questo non gli impedirà, due mesi dopo i terribili incidenti del febbraio 1919 che abbiamo visto, d'essere nominato questore di Milano. Nel nuovo incarico si dedicherà in particolar modo alla sorveglianza dell'incipiente movimento fascista.

Gasti è un poliziotto inusuale e certamente la sua personalità è notevole. A Milano non avrà vita facile e più volte i fascisti gli rimprovereranno sul loro giornale: «Il costituzionalismo codino con una chiara tendenza al riformismo socialista».

Nei mesi del processo contro Cavallini e complici, dà frequenti prove della sua predilezione, intima prima ancora che professionale, per un maggiore rispetto reciproco e delle leggi. La sua azione per segnalare che il processo rischia d'arenarsi sulle secche più pretestuose è incessante così come il suo aiuto all'istruttoria; molto frequenti i rapporti informativi alla presidenza del Consiglio; l'acutezza dei suoi giudizi e delle sue anticipazioni, è quasi sempre indiscutibile, e sorprendente.

Insieme al processo Cavallini si stanno celebrando in Italia altre due cause per spionaggio e sabotaggio. A Genova quella per l'affondamento della corazzata *Leonardo da Vinci* che è saltata in aria alle 11 di sera del 2 agosto 1916, mentre era all'attracco nel porto di Taranto.

Una carica esplosiva sistemata nella santabarbara, come era accaduto dieci mesi prima alla *Benedetto Brin*, ha aperto profondi squarci su ambedue i fianchi della carena. Capovolgendosi, la nave ha trascinato con sé 21 ufficiali e 227 marinai.

L'altro processo è quello detto dei «Cascami di seta» che si celebra a Roma. Vi sono imputati alcuni industriali e mediatori accusati d'aver «venduto cascami di seta agli Imperi Centrali a mezzo d'una filiale svizzera della Società filatura cascami di seta di Milano».

Non ci sono stati morti in quest'affare e la tattica dilatoria che la difesa applica è la stessa del processo contro Cavallini.

In un suo rapporto Giovanni Gasti attira l'attenzione del presidente del Consiglio Orlando sul possibile esito di questa condotta processuale:

> L'indefinito prolungarsi del processo Cavallini e di quello dei «cascami di seta» determinato da tutti gli espedienti procedurali immaginabili dai difensori, risponde al piano prestabilito di far differire la prosecuzione del dibattimento ad epoca successiva alla conclusione della pace nella speranza che le cause siano allora rimesse al magistrato ordinario presso cui le tesi difensive potrebbero avere più favorevole accoglienza...
>
> Gli avvocati, a preparare tale evento, vanno quindi diffondendo la voce che questi processi, comprensibili durante la guerra, diventano ora pregiudizievoli per lo stesso ordine pubblico.

Potrà davvero arrivarsi a tanto? O Giovanni Gasti s'è fatto viziare il giudizio dal suo stesso mestiere?

Capitolo quindici

Il primo testimone ascoltato dai giudici è il sudanese Lorenzo Aly, «musulmano convertitosi al cristianesimo», detenuto a Regina Coeli dove sbriga anche piccole commissioni. Nel febbraio 1918 ha accettato, dietro compenso, di recapitare un biglietto di Cavallini che però è stato intercettato dalle guardie.

Il messaggio diceva: «Sono persuaso che hai fatto e fai tutto quanto è possibile e ti sono e ti sarò sempre riconoscente. Ma però sono inquietissimo. Dimmi la verità, è meglio conoscerla per regolarmi. Dimmi chi è la persona, se è quella dell'altra volta. Dimmi se potremo avere la risposta. In ogni modo bisognerebbe riavere la nostra lettera. Mi raccomando tanto. Scrivimi un biglietto. Se siamo traditi è meglio saperlo subito».

Testo accorato, traboccante d'inquietudine, il cui più probabile destinatario, secondo il giudice istruttore, «è il Buonanno».

Anche se il suo italiano è incerto, Lorenzo Aly parla volentieri, ammette che già in precedenza Cavallini lo aveva incaricato di portare un altro biglietto al carcere femminile delle Mantellate.

Presidente E come mai avete taciuto fino a oggi questa circostanza?

Aly Il giudice istruttore mi minacciò, mi spaventò.

Avvocato Pavone A verbale, a verbale!

Tancredi Un momento. Che cosa vi disse il giudice istruttore?

Aly Mi ordinò di dire tutta la verità.

Tancredi E sono minacce queste?

Presidente Perché non voleste dire all'istruttore a chi era diretto il biglietto?

Aly Cavallini mi aveva promesso un compenso.

Presidente Alla signora Ricci era diretto il primo biglietto?

Aly Sì.

Avvocato Gregoraci Desidero che si chieda a Cavallini a chi era diretto il biglietto sequestrato.

Presidente Ha sentito?

Cavallini Fu una cosa innocentissima. La frase che è nel biglietto sequestrato, effettivamente diretto alla signora Ricci, «se siamo traditi», si riferisce al dubbio che la persona incaricata di consegnare il primo biglietto non lo avesse fatto. Io volevo notizie della salute della signora Ricci e speravo anche infonderle un po' di coraggio.

Cavallini offre questo chiarimento con un rassicurante sorriso, senza minimamente curarsi del fatto che tra il tono sgomento del messaggio e la sua spiegazione di levità quasi mondana, non esiste nesso logico.

Sale a deporre il giornalista Luigi Lodi, uno dei più noti del tempo, amico di letterati, apprezzato da Carducci, sposato con Olga Ossani, giornalista anch'essa con lo pseudonimo di Febea, bellissima in gioventù; D'Annunzio, dicono, ha ritratto alcune delle sue fattezze nella Elena Muti del *Piacere*.

Lodi parla con voce risoluta, la sua opinione su Filippo Cavallini, che d'altronde ha già espresso in alcuni articoli, traspare quasi da ogni parola, più ancora dai sottintesi.

Racconta che una mattina dell'estate del 1917, al caffè Colonna, incontrò Brunicardi. In quei giorni si cominciava a parlare molto dell'affare Bolo e Brunicardi toccò subito l'argomento.

«Così» dice Lodi «appresi che Cavallini aveva conosciuto Bolo». Al termine della conversazione poi, Brunicardi gli propose di farlo incontrare al più presto con Cavallini.

Avvocato Romualdi Brunicardi disse mai al teste di aver avuto dal Cavallini notizie sul convegno di Torino?

Lodi A me sì, ma non in presenza di Cavallini, o almeno non ricordo.

Presidente Brunicardi affermò che Naldi aveva avuto dei fondi da Caillaux?

Lodi Sì, Cavallini non negò il fatto che Brunicardi affermava. Ricordo che disse questa precisa frase: Per eliminazione ci si potrebbe anche arrivare.

Presidente E l'affare dei buoi?

Lodi Bolo, avendo qui come suoi delegati il senatore Annaratone e l'avvocato Nuccio, avrebbe offerto al Ministero della Guerra 300 mila buoi. Il contratto sarebbe stato concluso, quando Brunicardi avvertì il presidente del Consiglio che si trattava di una frode perché la fornitura non sarebbe stata eseguita. Lo avvertì inoltre che l'utile degli offerenti sarebbe stato di sette milioni e che parte di questa somma sarebbe stata impiegata per la fondazione di un giornale. L'avvocato Lo Savio, quando il contratto sembrava sul punto di concludersi, udì Bolo pronunciare la frase: «Sono contento perché così metto a posto il giornale del Naldi». Lo Savio non riferì questo episodio ad altri perché sperava che Annaratone e Cavallini evitassero a un suo figlio il servizio militare al fronte.

Presidente Lei disse che uno dei giornali da acquistarsi era «La Stampa».

Lodi Avevo infatti sentito parlare anche della «Stampa» di Torino. L'affare poi non si concluse per il rifiuto del senatore Frassati.

Presidente In questa impresa dei giornali, Cavallini agiva secondo lei come emissario del kedivé o degli Imperi Centrali?

Lodi Posso dire soltanto che ebbi l'impressione che si volesse diffondere l'idea neutralista attraverso i giornali.

Avvocato Bozino Ma il teste è in contraddizione evidente. Si legga la sua deposizione scritta la quale dice così: «Penso che il Cavallini in questa impresa di acquisto di giornali non abbia agito tanto come emissario del kedivé ma come emissario degli Imperi Centrali avendo egli per mezzo del D'Adda rapporti diretti con la Germania»

Lodi Nessuna contraddizione. Ho voluto dire che l'affare passava oltre la persona del kedivé, che la campagna giornalistica implicava tutta l'azione germanofila in Italia.

Presidente Il giornale nuovo che si aveva intenzione di fondare era quello del Naldi?

Lodi So che vennero fatte offerte per la direzione all'onorevole Martini.

Avvocato Gregoraci Il Martini sarebbe stato il vero direttore del giornale o una figura decorativa? Quale indirizzo politico avrebbe avuto in ogni caso il giornale?

Lodi A me non può venire nemmeno in mente che un uomo come l'onorevole Martini serva una politica diversa da quella alla quale ha dedicato tutta la vita.

Avvocato Gregoraci Ai fini del tradimento della patria che cosa avrebbe potuto fare un giornale?

Lodi. Qualche giornale ha effettivamente dato prova che nonostante la censura si poteva lavorare per mezzo della stampa ai danni del Paese.

Avvocato Romualdi Prego il presidente di rivolgere al teste questa domanda: a proposito del convegno di Torino, Brunicardi disse che Cavallini vi aveva assistito?

Avvocato Pavone Una domanda simile non sarebbe stata permessa alla difesa Cavallini.

Presidente Questo non è esatto, lei ha sempre parlato troppo. Risponda il teste.

Avvocato Bozino (al presidente) Ma se lei è sempre pronto a proibirci di aprire bocca.

Presidente Nessuno ha il diritto d'insegnarmi a fare il mio ufficio. Andiamo avanti!

Lodi Se non ricordo male, Brunicardi si espresse come se Cavallini avesse assistito al convegno.

Avvocato Bozino (scattando) Ma tutto questo è assurdo. Bisogna finirla. Lei signor presidente dev'essere equanime.

Avvocato Pavone Non può essere permesso all'avvocato Romualdi di pronunciare due requisitorie in mezz'ora.

Romualdi Io ho chiesto regolarmente la parola.

Avvocato Bozino Qui fin dal principio c'è stata ed esiste tuttora un'assurda diversità di trattamento.

Presidente La prego avvocato, voglia smetterla.

Avvocato Bozino Macché smetterla, c'è una vera e propria diversità di trattamento tra l'ambasciata di Francia e noi...

Anche questo diverbio degenera rapidamente come i precedenti. Nella concitazione assordante delle voci, gli avvocati passano a «un incomposto scambio di invettive» così che il tribunale è costretto a sospendere ancora una volta l'udienza e a ritirarsi.

Nessuno si cura di rilevare nella deposizione di Lodi una contraddizione certo più evidente di quella richiamata dall'avvocato Bozino. Lodi dice d'aver avuto l'impressione che «attraverso i giornali si volesse diffondere l'idea neutralista». Dice anche però che mai l'onorevole Martini avrebbe servito una politica diversa dalla sua, cioè decisamente interventista.

Torna per la terza volta la domanda: come avrebbe potuto essere neutralista un giornale che Cavallini progettava di far dirigere a un uomo con quelle convinzioni?

Anche in questo processo, come in quello di Bolo, il vero enigma è in questo punto cieco che più volte viene sfiorato ma mai discusso. Quale indirizzo avrebbe dato il gruppo Cavallini al giornale che fosse riuscito a fondare o ad acquistare?

Né l'istruttore né il tribunale sono in grado di vedere

nel cuore delle cose e in quest'incapacità, o in questo distogliere lo sguardo, si nasconde il profondo pathos di una storia nella quale le forze in urto, opposte su tutto, si equivalgono solo nell'inadeguatezza a sostenere fino in fondo la propria parte.

Se quella che si è celebrata in Francia contro Paul Marie Bolo può essere vista come una frettolosa tragedia giudiziaria, il processo italiano si distingue per la continua alternanza di mollezza e di rissosità. Chi non vorrà scorgere in questo uno dei caratteri autentici del Paese?

Per giorni continua la sfilata dei testimoni, a decine. La maggior parte di loro si presentano a confermare o a smentire, con deboli voci, particolari quasi irrilevanti. Una tra le poche deposizioni che aprano uno squarcio nella congerie di incerte o meschine memorie, è quella d'una ex cameriera: «Mauro Carolina fu Edoardo e fu Antonia Snidersig, nata a Gorizia il 3 novembre 1884, dimorante in Roma, via Calatafimi, 31». Nel momento in cui viene chiamata a deporre, la donna è impiegata come spedizioniera presso il commissariato per l'Emigrazione.

Per poco meno di un anno, dal maggio 1915 all'aprile 1916, la Mauro è stata seconda cameriera presso la famiglia di Mohamed Yaghen pascià. Prima a Roma poi a Losanna, ha assistito ad avvenimenti e attività che ai suoi occhi sono sembrati soprattutto «rapidi e improvvisi viaggi, lunghi e misteriosi colloqui».

Dagli Yaghen lavorava anche in quel periodo, come governante, una giovane donna francese, Renée Rivet, segretamente al soldo del controspionaggio del suo Paese.

In casa Yaghen, hanno detto le due donne, c'era un viavai fitto di telegrammi molto sospetti fatti di brevi frasi come «Maria non può venire» oppure «Rodolfo ti saluta», che quasi mai corrispondono a ciò che sembrerebbe indicare.

Spesso, di notte, la Rivet fa nascostamente entrare un uomo nella casa. Mentre la Mauro sorveglia le porte pronta a dare l'allarme, la governante e il suo visitatore frugano nei cassetti e nei cestini del pascià fittamente confabulando in francese a voce bassissima.

«Quando i giornali annunciarono la perdita della *Benedetto Brin*» ha raccontato la Mauro «il pascià fu preso da viva gioia e parlavano in casa dell'avvenimento con linguaggio molto ironico verso l'Italia.»

Uno dei telegrammi l'ha impressionata in modo particolare: «Una volta venne dal pascià spedito in Italia al D'Adda o al Cavallini un telegramma che suonava press'a poco:

COMPRAMI SERVIZIO DA TAVOLA ESSENDO STATO ROTTO QUELLO CHE AVEVO DA MARIA.

Nel telegramma stesso figuravano altri nomi di persone. Il servizio da tavola non esisteva, né in casa era stato rotto nulla».

È fin troppo evidente, conclude la Mauro e la polizia con lei, che esso celava un significato diverso da quello che appariva dalle sue parole.

Presidente Chi vide frequentare in Svizzera la casa di Yaghen?

Mauro Vidi venirci l'ingegner D'Adda e il Cavallini e avevano con il pascià dei lunghi colloqui che si tenevano al Palace Hôtel di Losanna.

Presidente E il suo principale faceva spesso dei viaggi?

Mauro Sì, andava a Vienna e a Berna e passava come mercante di caffè o negoziante di macchine fotografiche.

Tancredi Come seppe che erano il D'Adda e il Cavallini a visitare Yaghen?

Mauro Me lo disse la Rivet e poi cominciai a conoscerli anch'io.

Avvocato Bozino A chi era diretto il telegramma che parlava del servizio da tavola rotto?

Mauro Era diretto a Roma a Cavallini.

Avvocato Bozino Sa dove abitasse il D'Adda in Svizzera?

Mauro So che abitava in un villino vicino a Losanna e conviveva con un'amante.

Avvocato Bozino Ed era una signora austriaca l'amante del D'Adda?

Mauro Me lo disse la Rivet.

Presidente La teste precisi come si rese conto che Yaghen usava degli pseudonimi.

Mauro Noi raccoglievamo dal cestino i pezzetti di carta delle minute che il pascià scriveva.

Avvocato Bozino E chi aveva dato ordine alla teste di fare ciò?

Presidente Ma via, avvocato!

Avvocato Bozino No, la domanda è importante perché certo né la sua ordinanza né la mia cameriera fanno ciò.

Mauro Era la Rivet che lo faceva. Io sorvegliavo la porta perché non fossimo sorprese.

Presidente Come si rese conto che i colloqui di Yaghen erano in realtà dei complotti contro Francia e Italia?

Mauro Me lo disse la Rivet.

Avvocato Pavone E come poté dire questo la Rivet?

Mauro La Rivet diceva che Yaghen lavorava in favore della Germania. Non so quali elementi avesse, so che ella qualche volta portava il caffè nella sala del convegno e sorpendeva qualche discorso. La Rivet comprendeva bene l'arabo.

Avvocato Pavone Lei ha detto che Yaghen ebbe espressioni ironiche all'apprendere la notizia della *Benedetto Brin*. Che cosa disse?

Mauro Mostrando alla miss un giornale disse: «Vedete che cosa è successo di nuovo ai maccaroni?». E rideva.

Avvocato Pavone Vuol dare la *teste* i connotati della signorina Rivet?

Mauro Era un po' più alta di me, aveva occhi castani, una bella carnagione, avrà avuto ventisette o ventotto anni.

Avvocato Pavone Sapeva l'arabo?
Mauro Sì.
Avvocato Pavone Nelle operazioni notturne della Mauro e della Rivet intervenivano altre persone?
Mauro Qualche volta veniva anche un signore.
Avvocato Pavone Chi era?
Mauro Un agente francese.

Due interi giorni dura la deposizione della Mauro. Racconta il poco che sa, che ha intravisto, piange, si confonde. Quando gli avvocati di Cavallini le tendono qualche tranello, vi cade e subito dopo se ne dispera. Le gridano che il suo povero impiego al commissariato dell'Emigrazione è il prezzo delle falsità, della delazione e lei nega, s'affanna, si torce le mani, ignara del fatto che quella tortura fa parte del gioco.

Eppure il suo lavoro notturno insieme alla Rivet non è stato del tutto inutile. Tra i documenti che le due donne hanno saputo indicare agli inquirenti, c'è anche il memoriale autografo intitolato «Italia-Francia-kedivé» che Cavallini aveva scritto nell'agosto del 1915.

Non è stato quello il solo passo falso di Cavallini. La polizia è riuscita a mettere le mani su una lettera da lui scritta il 2 dicembre 1916, cioè poche settimane dopo l'arresto di Yaghen da parte della polizia svizzera, che l'imputato ha fatto pervenire ad Abbas Hilmi a mezzo dell'ex deputato Luigi Dini. Scritta in francese, dice:

> Altezza, a causa degli ultimi avvenimenti riguardanti Yaghen pascià, sono nell'impossibilità di rendermi in Svizzera poiché si è creduto di fare il mio nome e di mescolarmi a fatti ai quali sono del tutto estraneo. Avendo importantissime comunicazioni da fare a Vostra Altezza, devo ricorrere alla penna.
>
> Si dice che tra le carte di Yaghen pascià si sarebbero trovate delle ricevute di somme pagate, per mezzo mio, a uomini politici italiani. Sono molto tranquillo poiché l'ac-

cusa è ridicola e Yaghen è troppo onesto per fabbricare documenti falsi.

Vostra Altezza non si è mai occupata di alcuna propaganda nel mio Paese. Io non ho ricevuto né pagato alcuna somma. Vostra Altezza m'ha fatto il grande onore d'incaricarmi di conoscere le intenzioni dell'Inghilterra e di far sapere che a torto Vostra Altezza è perseguitata.

Io ho riferito a Vostra Altezza le eccellenti disposizioni d'animo di SERR. Non ho mancato di far sapere all'Italia ciò che Vostra Altezza m'ha detto a proposito della Libia e di alcune banche. Ecco il mio ruolo.

Una sola somma di diecimila lire, mi è stata data a titolo di rimborso spese per parecchie persone.

Non capisco come il mio nome possa essere stato mescolato alle accuse che pesano su Yaghen pascià ma sono del tutto tranquillo poiché Vostra Altezza sa dove il mio ruolo è cominciato e dove è finito.

L'istruttore ha definito la lettera «un messaggio ad usum delphini» e non ha torto. Il suo tono rivela che si tratta di istruzioni date al kedivé nel tentativo di stabilire una linea di difesa non contradittoria.

La sigla SERR sta per Sua Eccellenza Rennell Rodd, l'ambasciatore inglese; nel momento in cui scrive, Cavallini ignora che il suo ruolo di mediatore, nella consegna del denaro a Bolo del 1° aprile 1915, è già stato scoperto e pertanto suggerisce al suo protettore di parlare solo della somma di diecimila lire come rimborso spese.

In questa sua prima linea difensiva Cavallini insomma nega tutto, anche quella «campagna di stampa» a favore del kedivé che in seguito invece finisce per ammettere e della quale anzi cerca di fare un punto di forza.

Chiunque altro avesse avuto qualcosa da nascondere si sarebbe probabilmente comportato allo stesso modo. Ma qui sta il punto: la lettera denuncia una coscienza inquieta, la condizione di un uomo sorpreso dagli avvenimenti in una serie di azioni che avrebbe preferito fossero ignorate.

La deposizione della Mauro e la lettera di Cavallini, tra le altre cose portano infatti alla ribalta due personaggi del gruppo che fino a questo momento sono rimasti piuttosto in ombra e che invece vale la pena di conoscere: Luigi Dini e Lorenzo D'Adda.

Dini è un altro degli uomini che Filippo Cavallini ha impiegato come suoi factotum. È nato a Napoli nel 1843 e ha più di 70 anni. Ha seduto in Parlamento per due anni in epoca molto lontana, dal 1890 al 1892 e versa in povere condizioni.

Il giudice istruttore così descrive il rapporto tra i due: «A Luigi Dini che gli vende l'anima e la vita per un pezzo di pane, Cavallini, reso altero dalla ricchezza accumulata e dalla sperata immunità, non sa dare altro benservito che questo sprezzante giudizio nella sua lettera del 14 giugno 1917: "Quanto a Dini, ne ho abbastanza di questo inutile pezzente che raccolsi dalla strada"».

Chiunque parli di lui, sottolinea la sua povertà, quasi che l'indigenza sia la caratteristica alla quale Dini non può in alcun modo sfuggire. Di quest'uomo che pure è stato amministratore del Banco di Napoli e di cui si vocifera che sia «Gran 33» della massoneria, D'Adda per esempio dice: «Questo vecchio non viveva che dell'elemosina di Cavallini che se lo tirava dietro nei suoi viaggi più per avere un compagno nei momenti di turbamento che per servirsene come complice».

Altrove leggiamo di lui: «Dini si vende e macchia la sua canizie per il tozzo di pane dei pasti gratuitamente offertigli».

Quando Cavallini lo manda in Svizzera a sbrigare qualche commissione, Dini usa farsi invitare a colazione all'ambasciata italiana dove viene giudicato «esecutore troppo cieco agli ordini di Cavallini».

In un rapporto della legazione italiana a Berna si scrive di lui: «Considerate le miserrime condizioni in cui versa, si ritiene che nei grossi affari fatti dal suo principale egli debba accontentarsi appena di qualche povera briciola».

Nel processo Cavallini, Dini sostiene il ruolo che è stato del pittore Panon e di sua moglie nel procedimento parigino contro Bolo. I commenti che suscita sono sempre uguali, sul suo capo s'accumula il luogo comune d'un lagrimevole destino che il suo aspetto, devastato più che l'età non comporti, certamente contribuisce a confermare.

Vecchio e povero, Dini ha tuttavia una passione e bisognerebbe anzi dire una fede: la massoneria. Il suo ardore massonico è, insieme alla miserabilità, l'aspetto per il quale la sua presenza viene notata. Per la sua loggia fa propaganda ovunque, in treno e alle colazioni in ambasciata, con amici e con estranei.

In un rapporto al cavalier Gasti leggiamo sul suo conto: «Ardente proselita qual è della massoneria, dopo aver messo il soggetto della conversazione su quel tema, non parlò d'altro quasi egli avesse per missione di guadagnare me e i miei collaboratori alla sua loggia. Non ritengo però per mio conto il Dini pericoloso...».

Pericoloso invece è sicuramente Lorenzo D'Adda uno dei più sfuggenti protagonisti della vicenda. La polizia ne descrive l'aspetto in questi termini: «Età anni 50, statura 1.66, calvizie quasi completa, epidermide lucidissima, capelli superstiti grigi, viso completamente raso, zigomi sporgenti, sopracciglia folte castano-scure, viso piuttosto magro, colorito giallo-pallido, naso alquanto grosso di forma regolare, narici divaricate. Veste quasi sempre en touriste, andatura svelta quasi soldatesca».

Lorenzo D'Adda è nato nel maggio del 1862 a Cassano D'Adda. Studia in seminario a Cremona ma, finito il liceo, torna nel mondo, e vi torna famelico cercando di guadagnare dove può, più in fretta che può.

Ha due debolezze che lo accompagnano per tutta la vita. Attribuirsi titoli che non gli competono, spendere molto per le donne. Si dichiara marchese mentre è figlio di due borghesi, si presenta come ingegnere e non è vero perché, come scrive la polizia, «dimesso l'abito ecclesiastico entrò subito in una casa commerciale di Milano».

La casa commerciale è la Bonalumi-Parravicini che D'Adda tenta di truffare procurandosi una prima condanna a tre anni di carcere.

Quella sua «pelle lucidissima», quel suo spaventoso colorito «giallo-pallido», ce lo descrivono come un uomo inquieto, segretamente agitato, sfuggente nei modi, dalle mani perennemente diacce.

Sposa in prime nozze una Giulia Pottenghi, presto però se ne separa e comincia a convivere con un'altra donna, Alda Pareto che fa passare per sua moglie e dalla quale ha due figli.

Quando si stabilisce definitivamente in Svizzera, anche per sfuggire alla cattura in Italia, gli agenti che segretamente lo sorvegliano, riferiscono che ha cominciato un'altra relazione con una donna giovanissima «di nazionalità austriaca» o forse, come anche si legge, «finlandese»: «Viene spesso a Zurigo nella Mustcellenstrasse, 33 per visitare la sua amante, una finlandese di 18 anni che vive con la madre e che il D'Adda conobbe a Vevey».

Il 6 luglio 1883 è stato espulso per indegnità dall'esercito, in cerca d'un lavoro agevole, trova nel giornalismo la sua strada. Durante la guerra russo-giapponese è corrispondente dal fronte per «Il Secolo» di Milano. Predilige le nazioni bellicose, forti, con eserciti disciplinati, votati alla morte.

Secondo la prefettura di Milano, D'Adda ha però anche approfittato della permanenza in Giappone per mettersi a disposizione di quel Paese come ingegnere navale. «Pare che abbia avuto da quel governo alcune missioni e che fu anche incaricato di interessarsi dell'impostazione di qualche nave da guerra nei cantieri dell'Ansaldo.»

Nel novembre 1914, pochi mesi dopo l'inizio della

guerra con la Francia, i tedeschi lanciano una gigantesca operazione di propaganda. Un buon numero di giornalisti italiani vengono invitati a visitare alcune installazioni militari tra le quali i cantieri navali di Kiel.

Molti respingono l'invito. Rifiutando di mandare un suo redattore, il direttore della «Stampa» così spiega in un corsivo il suo atteggiamento: «Questo sforzo straniero d'influenzare in un senso o nell'altro, per mezzo del giornalismo, l'opinione pubblica del nostro Paese, esiste realmente, e non c'è forse giornale onesto che non ne abbia avute le prove in certe curiose offerte d'informazione ricevute dall'uno o dall'altro campo. Prestarsi a favorire in questo momento il punto di vista straniero è un crimine di lesa italianità contro il quale tutti gli onesti, e primo il giornalismo onesto, devono reagire».

D'Adda, invece, va. Non solo va, ma tra tutti i partecipanti è quello che ne ricava il maggior utile. Per mesi, dopo quel viaggio, continua a ricevere informazioni di prima mano da Berlino che in gran parte, ma non completamente, riversa ne «La Gazzetta del popolo», alla quale collabora.

Nel dicembre 1917 quando il caso Cavallini, e di riflesso il caso D'Adda, scoppiano, «La Stampa» rimprovera al confratello torinese questa sospetta collaborazione: «L'egregio collaboratore della "Gazzetta del popolo" in tempo di guerra, è il segretario del commendator Cavallini, socio e amico di questi e di Bolo pascià. Chiediamo che l'autorità giudiziaria indaghi com'è suo dovere a chi Lorenzo D'Adda ha trasmesso il fascio di numerosi telegrammi che quotidianamente, per lungo tempo, ha avuto da Berlino».

L'esortazione di Frassati per la verità è superflua. Da tempo sia la magistratura che la polizia politica tengono gli occhi addosso a D'Adda. In almeno due occasioni anzi hanno tentato di farlo avvicinare da agenti del controspionaggio per servirsene.

Il primo tentativo di contatto fallisce. Viene effettuato nella pensione di Teresa Cucco in via Silvio Pellico, 25 a Torino, dove per un certo periodo si trovano riuniti i faux-ménages Cavallini-Ricci e D'Adda-Pareto insieme a una piccola folla di altri ospiti inquietanti.

Tra questi l'avventuriera Ines Longhi che si fa passare per contessa Nessi de' Sabbioni e che la polizia tiene anche sotto sorveglianza. Singolare pensione, eccentrici pensionanti, conturbante scenario.

Il secondo tentativo ha più successo. Nel dicembre del 1917, e precisamente nella notte tra il 14 e il 15, un agente italiano avvicina D'Adda in Svizzera e, «godendo della fiducia dell'ingegnere», lo può diligentemente interrogare sui rapporti tra Cavallini, Bolo pascià, il kedivé d'Egitto.

L'identità dell'agente, per lungo tempo sconosciuta, può essere ricostruita sulla base di documenti successivi. In quella notte di guerra, il falso ingegnere incontra «nella casa del signor Treyvaud, portiere della stazione Vert Mont Epinettes», un altro giornalista. Si chiama Tedeschi, lavora alla «Tribuna» di Roma ed è stato incaricato della missione da V.E. Orlando in persona.

Il racconto di D'Adda, cioè la sua interpretazione degli avvenimenti, è al tempo stesso drammatico e ambiguo. Egli, che è un professionista dello spionaggio, non solo confida a Tedeschi ciò che può giovare alla sua difesa e nuocere agli altri ma, così facendo, suggerisce anche agli inquirenti italiani un gioco delle parti nel quale si riserva il ruolo di testimone privilegiato.

D'Adda in quel momento è latitante, i suoi complici sono rinchiusi da un mese nel carcere di Regina Coeli. Il suo racconto è l'arma che egli pone tra le mani degli accusatori come possibile contropartita alla sua impunità.

Davanti a Tedeschi, che sta raccogliendo le sue confidenze, D'Adda non ha difficoltà a confermare il suo doppio incarico di giornalista e di spia.

Racconta: «Nel dicembre 1914, von Jagow che vedevo

sovente a Berlino e che avevo conosciuto a Roma quando vi era ambasciatore di Germania, mi domandò di andare in Francia onde farmi un'opinione sul luogo e riferirgli se l'opinione pubblica avrebbe accettata la pace su queste due basi: a) autonomia del Belgio sotto l'alto controllo della Germania e restituzione alla Francia dell'Alsazia-Lorena. Oppure: b) reintegrazione del Belgio ed erezione dell'Alsazia-Lorena in Stato indipendente anche dalla Germania».

D'Adda va a Parigi, incontra con pretesti giornalistici uomini politici e autorità di governo traendone la convinzione «che le due proposte sono assurde e inaccettabili da parte della Francia».

A chi riferisce? In primo luogo al suo committente von Jagow. Quindi all'ambasciatore italiano a Berlino Riccardo Bollati. Misura prudenziale della quale rivendica il merito ed esige ora il compenso.

«A quell'epoca, lo ammetto sinceramente, nella mia qualità di critico militare, ero rimasto profondamente impressionato dalla mostruosa macchina guerresca della Germania. Nei miei colloqui di Parigi e più tardi a Roma, ho sempre detto a tutti che mai la Germania sarebbe stata militarmente schiacciata.»

Quando il finto ingegnere si confida con il giornalista de «La Tribuna» nell'alloggio del portiere della stazione, è avvenuta da poco la catastrofe di Caporetto. Lo smarrimento in Italia è massimo, minima la fiducia di poter recuperare la situazione difensiva.

Nella disperata inquietudine che attanaglia il Paese, la confessione di D'Adda acquista una sua balenante ambivalenza. Sottolineando così insistentemente la forza militare tedesca, egli dà infatti adito al sospetto che stia contemporaneamente tentando di salvare la testa e di continuare il suo lavoro al servizio della Germania.

«Fu nel febbraio del 1915» prosegue «che a Torino parlai a lungo con Cavallini della missione che avevo avuto da von Jagow.» Il colloquio avviene alla pensione Cucco e Cavallini è subito catturato dall'argomento che D'Adda, non possiamo escludere, potrebbe avergli offerto ad arte.

«Hai avuto torto» replica Cavallini «a non continuare a fondo le tue inchieste a Parigi. Sono amico di altissime personalità francesi e potrei sondare se non fosse possibile trovare in qualsiasi modo un terreno d'intesa per cominciare delle trattative. Sono molto amico del kedivé, so che il kedivé è molto amico della Germania la quale lo ha salvato dalla prigionia di Costantinopoli. Il kedivé potrebbe servire come rappresentante della Germania. Qualora egli rifiutasse mi impegnerei a fare entrare il papa che conosco personalmente.»

Cavallini come al solito mente. Non conosce il papa, non ha mai messo piede in Vaticano come d'altronde egli stesso disperatamente insiste a dire al processo, quando gli giova sostenere una più veritiera versione dei fatti.

La sua mente però febbrilmente anticipa, anche se spesso a vuoto, avvenimenti e possibili inganni. Quando dice di conoscere il papa sta certo pensando di poter ancora utilizzare l'ingenuo fratello di questi, Giulio Della Chiesa, che in quel momento è appena rientrato dallo sfortunato viaggio in Spagna.

Al soldo della Germania, Lorenzo D'Adda si fa anche pagare dai servizi italiani. Il capitano Moriondo, capo dello spionaggio a Berna, lo ha sul suo libro-paga. E proprio a lui D'Adda rivendica d'aver anticipato la notizia della disastrosa offensiva austriaca in Trentino del maggio 1916.

«Riferii al Moriondo» racconta «che al circolo tedesco di Losanna presso L'Hôtel Central s'era brindato una notte con gran profusione di champagne al successo delle truppe austro-ungariche che si preparavano ad attaccare l'Italia nel Trentino. La notizia mi era stata data dal direttore dell'hôtel che aveva ascoltato alla porta.»

Doppio agente, truffatore, bigamo, due volte condannato al carcere, l'ex seminarista sfuggirà alla giustizia e sparirà nell'ombra. L'ultima notizia che abbiamo di lui è del 1918. Veniamo informati che: «Avrebbe concluso con il governo svizzero un contratto per la fornitura di 100 mila proiettili fabbricati secondo una sua invenzione. I proiettili sarebbero in cemento armato e conterrebbero cento chilogrammi di esplosivo. Egli riceverebbe 5 franchi per proiettile fabbricato. A ricevere tale ordinazione lo sostenne la massoneria del Cantone di Vaud».

Quando D'Adda tenta di mettere a frutto la bella invenzione delle granate in cemento, la guerra, sfortunatamente per lui, sta per finire. Cosi, anche se caldamente appoggiato dai fratelli massoni, il brevetto restò inutilizzato.

Alle spalle di questo personaggio c'è un'ombra fitta e tra gli italiani egli è certo il solo ad avere la sinistra, complessa intelligenza di Bolo.

Capitolo sedici

Il processo va avanti in una irresoluta confusione. I testi si susseguono senza che nessuno riesca ad apportare un chiarimento apprezzabile. Depone il marchese Paulucci de' Calboli ex ambasciatore a Berna, e il giornalista Vincenzo Sofia corrispondente da Roma del «Journal». Depone il commendator Cotta Ramusino, assessore alla Ragioneria del comune di Genova, e ciò che di più significativo tratteggia è un attendibile ritratto di Cavallini: «In materia d'affari» dice «era un buon ideatore ma un cattivo elaboratore. Non appena immaginava un affare subito se ne innamorava e lo credeva senz'altro fatto. Gli mancava cioè la facoltà d'approfondire la cosa. Ecco perché qualche volta un affare genialmente ideato e insufficientemente elaborato, in mano a Cavallini falliva».

Quando sembra che la sfilata dei testi stia per esaurirsi, gli avvocati riescono a far ammettere altre sei deposizioni che vanno raccolte in Francia e per le quali si prevede che occorreranno mesi di tempo.

Spesso il presidente Gandini invoca «comprensione», talvolta addirittura «pietà». Il pubblico accusatore risponde alle provocazioni dei difensori perdendo a sua volta i nervi, altercando. Trascinato dal peso della sua monotonia, dai mesi che passano senza progresso, il dibattimento è quasi scomparso dalle cronache.

C'è un solo guizzo di vitalità, improvviso come i precedenti, addirittura violento, quando viene a deporre Raymonde Darru agente del controspionaggio francese.

Siamo alla seconda metà di maggio, la testimonianza di Darru, un anno prima, è stata tra quelle decisive al processo contro Bolo in Francia e ora, a Roma, tutti sanno che l'accusa lo considera uno dei suoi caposaldi.

Ma nel momento in cui Darru entra in aula, il 20 maggio 1919, né il teste né il pubblico ministero immaginano ciò che sta per accadere e in che modo la difesa reagirà al pericolo rappresentato da quell'uomo.

Si sa che la deposizione di Darru sarà concentrata su due circostanze: le confidenze ricevute in Svizzera da Sadik nel dicembre del 1917; il fascicolo a carico di Yaghen raccolto dal giudice federale svizzero Pahud che Darru ha potuto esaminare pur impegnandosi a non rivelare mai la sua fonte.

Chiamato dal presidente e assistito da un interprete, Darru conferma per prima cosa episodi ed elementi noti. La liberazione del kedivé dalla prigionia di Costantinopoli ad opera di Cavallini; il progetto della banca cattolica, segretamente finanziata dalla Germania a scopi pacifisti; le varie campagne di stampa.

Fu Sadik, conferma anche Darru, che venne inviato a Berlino per un colloquio con von Jagow. Il ministro promise un versamento di dieci milioni in rate mensili da un milione «per la propaganda pacifista».

«In seguito a Zurigo, e precisamente alla metà di marzo del 1915, all'hôtel Savoie, si svolse un convegno al quale parteciparono il kedivé, Yaghen, Sadik, Bolo, D'Adda e Cavallini. Colui che fece da trait d'union tra il kedivé e Bolo fu proprio Cavallini. Terminato il colloquio, Bolo disse al direttore dell'albergo: "Trattate bene questi signori perché si tratta per me, di un affare della più alta importanza."»

Avvocato Pavone Da chi seppe questo?

Darru Non posso dirlo.

Avvocato Pavone Ma lei è obbligato a dirlo.

Darru Non posso rivelare i miei informatori non solo

per il segreto d'ufficio ma anche per riguardi doverosi verso Paesi neutrali.

L'allusione alla Svizzera, e quindi a Pahud, è trasparente ma subito s'accende la prima discussione.

Avvocato Pavone Il teste non può parlare di segreto professionale. In Italia si ha il dovere non solo di dire la verità ma tutta la verità, quindi il signor Darru deve dire tutto quello che sa.

Cavallini Il teste ha mentito. Nego d'aver partecipato alla riunione. Mi trovai a Zurigo per affari diversi da quelli della propaganda pacifista.

Avvocato Pavone Quello che afferma Cavallini è la verità. Il teste ha mentito, quindi io chiedo che il signor Darru sia subito arrestato come testimone falso e reticente.

La richiesta produce una grande sensazione. A lungo se ne discute mentre l'interprete professor Ripari va sussurrando all'orecchio dell'agente francese una concitata traduzione di quanto viene detto.

Il tribunale si ritira per decidere. Quando ricompare, Gandini legge un'ordinanza nella quale si dice che nell'impossibilità di stabilire se e fino a che punto il teste abbia mentito «e così riconosciuta l'intempestività dell'incidente sollevato dalla difesa», il teste può continuare anche se «non debba tenersi conto dell'ultima circostanza da lui accennata».

Darru Devo confermare che al convegno di Zurigo del 18 marzo 1915 erano presenti il kedivé, Yaghen, Sadik, Bolo, Cavallini e D'Adda. Questo seppi da Sadik.

Avvocato Pavone Da chi ha saputo il teste che Cavallini fosse presente a quel convegno?

Darru Che fosse a Zurigo si ricava dai libri dell'albergo, che abbia partecipato me lo disse Sadik.

La circostanza della riunione di marzo e l'identità dei partecipanti sono gli elementi più importanti che Darru ha appreso dalle confidenze di Sadik. L'agente francese passa quindi a parlare del dossier relativo a Yaghen.

Darru L'originale di questo dossier fu da me consultato e in parte anche copiato. Ma, per ragioni facili a comprendersi, non posso dire da chi mi fu mostrato.

Avvocato Pavone Il dossier le fu mostrato dal giudice Pahud?

Darru Non posso né confermare né smentire.

Avvocato Pavone Il giudice Pahud era amico del console francese Fougères in casa del quale si preparò l'arresto di Yaghen.

Tancredi Ma questo non entra nella causa.

Avvocato Pavone Entra moltissimo invece, e il teste deve rispondere. Dove gli fu mostrato il dossier a Berna o a Losanna?

Darru Non risponderò perché dopo questa domanda me ne farà un'altra e io non voglio rivelare il nome.

Avvocato Pavone Insomma risponda: Berna o Losanna?

Darru Mi fu mostrato in Svizzera!

L'avvocato Pavone che è andato alzando il tono della voce, a questo punto esce dai banchi sale al centro della pedana, vicinissimo dunque al teste, e grida: «Questo signore considera l'Italia come un qualsiasi Paese balcanico. La verità, come dimostreremo a suo tempo, è che il teste non ha mai visto il dossier che non è mai esistito in Svizzera. Qualora il dossier fosse esistito, il teste è reticente perché non vuole rivelare il nome della persona che glielo avrebbe mostrato. Chiedo quindi ancora che questo signore sia incriminato perché è un testimonio o falso o reticente».

Nuovo incidente, altri tumulti. Ancora una volta gli avvocati parlano in coro sovrapponendo le rispettive obiezioni. A stento il pubblico ministero Tancredi può prendere un istante la parola.

Tancredi Il teste, sotto la santità del giuramento, ha detto di aver visto ed esaminato il dossier e contro la di lui affermazione abbiamo la semplice affermazione dell'avvocato Pavone!

Avvocato Pavone La proverò con documenti!

Anche l'agente Darru perde a questo punto la calma come tutti gli altri. Nel terribile crescendo di concitati movimenti, balza anch'egli in piedi e allontanato l'interprete, grida nella sua lingua.

Darru Io protesto contro la difesa. Dichiaro e ripeto sotto la santità del giuramento di aver visto il dossier e di averlo in parte copiato poiché rimase presso di me 24 ore.

Quando si ristabilisce una relativa calma, chiede di parlare l'avvocato Gregoraci che ricorda come il codice italiano configuri vari tipi di deposizioni testimoniali, in conclusione si associa alla richiesta di Pavone.

Avvocato Gregoraci Se il teste ha dei diritti, la nostra legge gli impone anche degli obblighi ai quali non può sottrarsi. Siano ripristinate una buona volta la nostra legge e la nostra giustizia, italiane e paesane!

L'avvocato Bozino prende quindi la parola, tenta di demolire la pericolosissima deposizione dell'agente da un diverso punto di vista.

Avvocato Bozino Faccio notare che il teste ha detto d'aver avuto tra le mani l'originale del documento. Quindi la sua fonte non può che essere il giudice svizzero Pahud. Non c'è alcuna meraviglia! Qui siamo nel mondo delle porcherie e a suo tempo rivelerò le turpitudini commesse. Si è tentato da Clemenceau di corrompere dei testi contro Caillaux con 300 mila lire...

Darru vorrebbe replicare, lo si vede aprire bocca ma neanche l'interprete che gli siede accanto riesce a udire le sue parole tale è il clamore. Per la seconda volta Darru si alza e andando verso il colonnello Gandini che siede muto, grida:

Darru Signor presidente, voglio parlare e gli avvocati non me lo permettono.

Avvocato Bozino Con chi crede di parlare questo signore?

Avvocato Pavone Questi signori hanno fatto sempre così, si sono imposti durante l'istruttoria e ora tentano d'imporsi anche nel dibattimento!

Presidente Ma facciano silenzio, silenzio!

Avvocato Pavone Non si può più tacere!

Non resta al presidente che sospendere di nuovo l'udienza. Ma alla ripresa c'è una novità. Si alza il pubblico ministero per dire che conviene con la difesa sul fatto che non si possano chiedere notizie sull'incartamento una volta che il teste, per segreto professionale, «non può rivelare il nome di chi gli mostrò il dossier».

Avvocato Gregoraci Intendiamoci bene, della deposizione Darru non può restare niente. L'ordinanza del tribunale sia dunque come una spugna passata sopra una lavagna.

Avvocato Bozino Sono d'accordo, purtroppo però le parole dette dal teste sono entrate nella coscienza dei giudici e questi se ne ricorderanno quando, tra quattro o cinque mesi (*viva ilarità*), decideranno la causa.

Avvocato Pavone Intanto, con testimonianze simili in Francia si è giunti alla condanna a morte di Cavallini. Quella pagina disonora la giustizia francese!

Avvocato Bozino Ma insomma quando mai il teste ha detto la verità?

Avvocato Manes Il teste ha mentito sempre.

Tancredi Rispetti il testimone!

Avvocato Pavone Se fosse un italiano sarebbe già stato arrestato.

Presidente Ma la smetta, avvocato!

Avvocato Pavone L'interprete faccia comprendere al teste che deve smettere di fare il tonto.

Presidente È ora di finirla: qui si disonora...

Avvocato Pavone Si disonora la giustizia e noi lo abbiamo detto, qui e fuori di qui.

Il presidente sospende l'udienza.

Commenta il quotidiano romano «La Tribuna»: «L'aula della prima sezione del tribunale militare si viene trasformando in un'aula di parlamento balcanico. Un funzionario di polizia francese è indotto dal pubblico ministero per deporre su fatti che sono venuti a sua conoscenza in occasione di analogo processo svoltosi in un altro Paese.

«La sua deposizione non viene nemmeno ascoltata ma insolentita e discussa. Un avvocato arriva perfino a negare che il teste abbia il diritto di consultare le sue note nel momento in cui depone...».

Nell'udienza del 23 maggio si alza a parlare tra i primi l'avvocato Romualdi.

Avvocato Romualdi Desidererei sapere dal teste come mai nei suoi rapporti non accennò mai al fatto che Cavallini avrebbe presenziato al noto convegno di Zurigo mentre poi ne ha parlato al processo Bolo e ora qui.

Darru È un errore signor presidente. Nel rapporto da me indirizzato al capitano Bouchardon il 21 dicembre 1917, accennavo appunto all'intervento di Cavallini a quel convegno.

Avvocato Pavone Ma il fatto è diverso. Noi sosteniamo

che da tutti gli atti processuali risulta che Cavallini non prese parte al convegno di Zurigo e che soltanto al processo contro Bolo egli accennò a questa circostanza.

Presidente Ma non sente avvocato che il teste ha detto che di questa circostanza tenne conto in un rapporto del 21 dicembre 1917? Il processo contro Bolo si svolse nel 1918!

Avvocato Pavone Quel rapporto può essere un rapporto di comodo.

Presidente La prego, avvocato.

Avvocato Pavone Nessuna meraviglia, in questo processo se ne sono fatte di tutti i colori. Cavallini fu arrestato da autorità italiane compiacenti!

Presidente L'ho già pregata avvocato di non dire ciò.

Avvocato Pavone Lo dico perché posso dimostrarlo!

Presidente E allora lo dimostri subito.

Avvocato Pavone No, lo dimostrerò a suo tempo.

Tancredi Il teste ha la copia precisa del suo rapporto del 21 dicembre?

Darru Sì, l'ho con me!

Tancredi E allora la esibisca.

Avvocato Pavone Mi oppongo! Chiedo che venga richiesto a Parigi l'originale di quel rapporto.

Ancora un incidente. Invano, alla ragionevole richiesta del pubblico accusatore si associa l'avvocato Romualdi che difende Brunicardi. Dice Romualdi in sostanza: vediamo questa copia e intanto si richieda l'originale. Quando questo arriverà «sarà un nuovo elemento per appurare se il teste sia stato o no sincero».

Si discute per tutto il resto dell'udienza e anche per l'intera mattinata del giorno successivo, se il teste possa o no esibire la copia del rapporto.

Di tanto in tanto scoppiano dei litigi e inutilmente il colonnello Gandini batte il pugno sul suo scranno. Gridano gli avvocati: «Il tribunale non deve più obbedire a poteri occulti!». Risponde il presidente: «Il tribunale fa il suo dovere e non obbedisce a nessuno».

Più di tutti grida l'avvocato Bozino. La sua tesi è che dietro il presidente Gandini e forse a sua insaputa, dietro l'istruttoria, dietro il governo italiano, ci sia la volontà di George Clemenceau. Che l'affare Cavallini altro non sia che il lembo d'una congiura ordita in Francia per schiacciare Caillaux. La morte o l'ergastolo inflitti a Cavallini servirebbero al «Tigre» per dare un altro colpo all'agonizzante carriera politica del suo nemico.

Afferma Bozino: «Clemenceau ha cercato di far assassinare Perry perché si rifiutava di fabbricare documenti falsi contro Caillaux!».

Risuonano nell'aula accuse orribili la cui comune caratteristica è che nessuno si preoccupa di provarle. Come in una farsa brutale, sembra che il solo scopo sia quello di schiacciare la parte avversa sotto il peso di sospetti vituperevoli.

Se l'istruttoria è manchevole, se il processo s'è trascinato per mesi perdendosi si direbbe nelle sue stesse incertezze, l'azione della difesa si rivela d'ugual pasta.

Gli interventi degli avvocati sono accaniti e provocatori, a volte scopertamente violenti, ma in definitiva gratuiti perché non denunciano che il proprio risentimento e i propri fini. Parlano molto, ma prove non ne portano neanche loro.

Più volte in precedenza il processo è degenerato in litigi clamorosi. Mai però come in quei giorni di maggio s'è avuta in aula una tale concentrazione di comportamenti simbolici. Il tribunale militare diventa, con Darru, una miniatura magnificamente imitata di un Paese nel quale l'odio di fazione è più spesso che non si vorrebbe il motore dei comportamenti collettivi e dove l'ingiuria ad alta voce tende a sostituire le ragioni freddamente esposte.

I difensori tentano con ogni mezzo d'utilizzare i risvolti e gli spunti di natura politica del processo perché sanno che là dove le preferenze di parte s'alimentano della loro passione fino alla ferocia, trovare riparo dietro uno stendardo o un'ideologia significa avere con sé almeno una parte dell'opinione collettiva.

Significa, in altre parole, poter contare su tutti coloro che guarderanno più alle intenzioni che al fatto e che dello stesso fatto sapranno cogliere gli aspetti che ai loro occhi lo giustificano.

Gli incidenti in aula hanno anche una ripercussione diplomatica. Il 23 maggio 1919 l'ambasciatore francese in Italia Camille Barrère, indirizza una nota formale di protesta al sottosegretario di Stato per gli Affari Esteri marchese Borsarelli.

«Uno stimato funzionario della prefettura di polizia» scrive Barrère «è stato bersagliato, nel corso della sua deposizione, dalle ingiurie più violente e più basse da parte degli avvocati e dello stesso imputato. Egli è stato trattato da "bugiardo", da "falsario", da "canaglia"... la giustizia francese è stata vilipesa dagli avvocati richiamando una sentenza emessa in Francia e colà passata in forza di cosa giudicata. La persona del presidente del Consiglio francese è stata messa in questione dagli avvocati mentre abominevoli diffamazioni sono state avanzate contro di lui... come ambasciatore non posso consentire che la deposizione d'un teste francese venuto a Roma per rispondere a una convocazione del pubblico ministero italiano, esponga questo teste a subire le peggiori ingiurie contro il suo onore d'uomo, di cittadino e di funzionario.»

Borsarelli replica in parte scusandosi in parte cercando di scindere l'atteggiamento di privati cittadini, quali sono gli avvocati, da quello del governo. Ma Barrère insiste. In una lettera successiva, rinnovando la protesta, precisa: «Si è arrivati fino a avanzare la minaccia di ridare vita ai vespri siciliani... Si sono avute nelle tribune del pubblico manifestazioni ostili alla Francia e infatti sono risuonate le grida di "Abbasso la Francia!" nonché "Ne abbiamo abbastanza del giogo di questi dannati francesi!"...».

Perché la difesa ha sentito il bisogno di tirare dentro con tanta insistenza i personaggi di Clemenceau e di Caillaux? Si deve pensare che, fallito il tentativo di trasformare il dibattimento in uno scandalo politico italiano mettendone a nudo le sue supposte radici antigiolittiane, gli avvocati tentino di dare corpo a ombre ancora più grandi e più lontane, Caillaux appunto e Clemenceau.

Il 14 novembre del 1916, Filippo Cavallini è stato a colazione al ristorante Larue, a Parigi, con altri quattro commensali: il banchiere italiano Arturo Levi, i deputati francesi Loustalot e Comby e, ospite in certo senso d'onore, Joseph Caillaux.

Evento memorabile, almeno per Cavallini, al quale hanno concorso molte e disparate ragioni. Interrogato al riguardo durante l'istruttoria, ha detto che il fine principale dell'incontro era di caldeggiare la candidatura di Ferdinando Martini ad ambasciatore a Parigi.

Tittoni ha appena lasciato quell'incarico; per la successione è già stato fatto il nome del senatore Salvago-Raggi, che poi avrà effettivamente il posto. Cavallini però ugualmente sostiene che il suo intento è di preparare più che si possa il terreno a Martini, anche se le sue parole sono smentite sia da questi che da Caillaux.

Replicando all'avvocato Pavone, lo scrittore toscano dirà: «Caro avvocato, lasciando andare la modestia, posso dire che se avessi avuto intenzione di andare ambasciatore a Parigi, date le relazioni che avevo e che ho in Francia con uomini politici e letterati, non avrei certo avuto bisogno di Brunicardi e di Cavallini».

Caillaux, da parte sua, nel riferire gli argomenti trattati durante quel pranzo, esordisce: «Si parlò, molto casualmente, di vari argomenti, non però della candidatura Martini».

Di fronte a questa doppia confutazione, Cavallini non si

perde d'animo e nelle sue memorie torna a ripetere: «Siccome quell'argomento riesce ostico all'onorevole Martini, così Caillaux non ne ha parlato perché non si possa pensare che dà una puntura di spillo a Martini che lo ha pugnalato».

In realtà Caillaux ha tali motivi di risentimento verso Martini che se solo avesse potuto svelare una sua fallita candidatura ad ambasciatore, non si sarebbe certo tirato indietro. Egli non conosce che l'impeto e nel suo diario *Mes prisons* riporta con evidenza, e molto compiaciuto, giudizi di questo tenore: «Quando Martini è stato governatore dell'Eritrea ha arricchito la geografia di questa formula: l'Eritrea è bagnata dal mar Rosso ma fu prosciugata da Ferdinando Martini».

Di che cosa si parlò dunque attorno al tavolo del ristorante Larue?

Cavallini, nonostante lo smacco della banca cattolica, tenta ancora la carta dell'alta finanza. Scrive nelle sue memorie: «Parlai a Caillaux dei progetti banca e giornale. Si pensò di creare una banca prettamente francese e italiana». I fini di questo istituto sarebbero: «La costruzione d'una flotta commerciale, la fornitura di carbone, la costruzione di nuovi porti e ferrovie e gli scambi tra le Americhe e l'Italia».

Sembra di udirlo Cavallini mentre, tra un boccone e l'altro, certo assapora più le sue stesse parole del cibo: banche, porti, ferrovie, commerci transoceanici. In quel momento, davanti a quell'uomo che è stato potente e forse tornerà a esserlo, gli sembra che non ci sia progetto al quale egli non possa concorrere e ne è come inebriato.

«Caillaux» sempre secondo i suoi ricordi «mi rispose che il programma gli piaceva, che avrebbe dato il suo concorso e trovata la metà dei capitali.»

La versione dell'uomo politico francese è molto diversa.

Interrogato su questo punto al suo processo, dice: «La

banca non mi parve un affare serio» e brutalmente conclude: «*j'envoiais faire foutre Cavallini!*».

È verosimile che siano entrambi vicini alla loro personale verità. L'italiano certo propose il suo sconclusionato affare; il francese lo ascoltò dando qualche vaga assicurazione per un imprecisato futuro mentre, dentro di sé, formulava il sapido congedo che poi al processo rende esplicito.

In termini altrettanto generici si parlò poi di un giornale francofilo da fondare a Roma ma a patto che «si tratti non di un giornale nuovo ma di un quotidiano già esistente e da trasformarsi».

Una sola cosa è certa, al ristorante Larue, anche se Cavallini non riesce a diventare socio d'affari di Caillaux, viene comunque scelto da questi come segretario de facto in vista del suo imminente viaggio a Roma.

Sul finire del pranzo, Caillaux annuncia rivolto principalmente a Cavallini: «Tra quindici giorni sarò a Roma dove da tempo si trova per ragioni di salute mia moglie. Non mancherà occasione di riprendere questi argomenti».

Infatti, la sera dell'11 dicembre 1916, l'ex presidente del Consiglio arriva alla stazione di Termini. Viaggia in stretto incognito con un passaporto di servizio intestato al signor Raynouard che è il nome di famiglia della sua consorte.

Sulla banchina c'è ad aspettarlo il servizievole Filippo Cavallini che lo scorta all'hôtel de Russie in via del Babuino 9, dove la signora Caillaux ha preso alloggio da qualche settimana.

Capitolo diciassette

Per arrivare a Roma, Caillaux non avrebbe potuto scegliere un momento meno indicato.

Il 14 dicembre 1916 i giornali danno notizia dell'offerta di pace avanzata a Berlino dal cancelliere del Reich Theobald von Bethmann-Hollweg. A un vecchio pacifista come Caillaux, che per di più vede nella fine del conflitto la più concreta possibilità di tornare al potere, l'occasione deve sembrare un segno della sorte.

Quell'avance diplomatica è certamente tra le cause che lo spingono a una serie di imprudenze e di faux-pas che null'altro, neanche il suo sanguigno temperamento, altrimenti spiegherebbe e che quasi gli costano l'espulsione dall'Italia.

Il 17 dicembre un segretario di Sonnino riferisce al suo ministro, che subito ne mette al corrente l'ambasciata di Francia a Roma, una frase pronunciata da Caillaux durante un ricevimento: «Bisogna tenere nella massima considerazione le aperture di Bethmann-Hollweg riavvicinandosi alla Germania e lasciandogli mano libera con la Russia».

Per un governo irresoluto come quello italiano, disorientato dall'andamento delle operazioni militari, diviso com'è diviso il Paese sull'opportunità di continuare la guerra, la frase di Caillaux diventa subito fonte di infinite inquietudini.

E se il vecchio presidente del Consiglio fosse stato mandato in Italia per sondare il terreno in vista d'una pace anticipata? Che cosa accadrebbe all'esercito italiano se quello francese si ritirasse dal conflitto?

Tra i vari responsabili politici, tutti molto preoccupati di non farsi cogliere alla sprovvista, s'intrecciano una serie di allarmati messaggi. Intanto Caillaux continua il suo giro per metà turistico e per metà politico.

Visita chiese e musei, si compiace del tempo clemente, sembra godere, non si sa se più incosciente o sornione, la breve vacanza e l'aria di scandalo che comincia a circondarla.

Sua moglie, perennemente accompagnata da Frida Pozzoli Ricci, va al cinema e fa acquisti nei negozi del centro. La si nota in piazza di Spagna, sulla terrazza del Pincio mentre la sua accompagnatrice le indica cupole e torri, il lontano profilo del monte Mario.

A mezzo di Cavallini che subito ne parla a Brunicardi, Caillaux chiede anche d'incontrare qualche uomo politico italiano, possibilmente lo stesso presidente del Consiglio. Salandra però prudentemente si nega e gira la richiesta a Ferdinando Martini. Leggiamo sul suo diario: «Salandra mi ha fatto dire che non solo approva ch'io lo veda, ma lo desidera».

E l'incontro, disgraziatissima occasione per entrambi, avviene, all'imbrunire del 17 dicembre, nel villino di Brunicardi in via San Martino, al Macao. Cavallini è andato a prendere Caillaux in albergo e lo ha scortato in vettura fino alla dimora dell'ex deputato nell'elegante *residential district* del Macao.

Fatte le presentazioni, gli accompagnatori e il padrone di casa si ritirano in anticamera mentre Martini e Caillaux si rinchiudono, soli, nello studio di Brunicardi.

Sul contenuto di quel colloquio esistono, come spesso accade, due versioni molto lontane tra loro, una per ciascuno dei partecipanti. Sta di fatto che Martini, appena rientrato al suo domicilio, apre la sua agenda rilegata in marocchino e comincia a scrivere: «Esco ora dal colloquio con Caillaux e non voglio tardare un momento a trascriverlo...».

Secondo il racconto di Martini, dunque, Caillaux si dichiara molto pessimista sulle possibilità che ha la Francia di continuare il conflitto. Il numero dei morti e degli invalidi, la scarsità delle materie prime, la depressione psicologica, le inquietudini dei socialisti, tutto induce a credere che lo sforzo non potrà essere sostenuto a lungo.

«Sarebbe un cullarsi nella più perniciosa delle illusioni, mi ha detto Caillaux, credere che la guerra possa durare oltre l'autunno dell'anno venturo», cioè del 1917.

D'altra parte l'offerta del cancelliere tedesco sembra arrivata a proposito. «Caillaux crede» scrive Martini «che la Germania, e insieme l'Austria che essa domina interamente, sieno inclinate a porsi sulla via delle concessioni all'Italia e alla Francia.»

Dopo l'analisi militare, Caillaux è passato a quella della politica francese scoprendo le sue carte e le sue vere speranze. «Prevedo non lontana una crisi, Briand ha perduto ogni autorità.» Ha aggiunto: «Caduto Briand, la Francia non ha che tre presidenti del Consiglio: Clemenceau, Caillaux e Barthou. Ma Barthou non sarà perché s'è buttato in braccio alla reazione clericale. Per Caillaux non è ancora venuto il momento. Resta Clemenceau.

«Ma un gabinetto Clemenceau con una presidenza della Repubblica Painlevé è come mettere il diavolo con l'acqua santa. Entro due mesi o se ne andrà Clemenceau o se ne andrà Painlevé. Dubito però che un gabinetto Clemenceau si formi. Più probabile che si abbia un ministero Painlevé che avrà come suo programma la guerra a oltranza e farà il grande sforzo in primavera. Dopo di ché verrà il ministero che stipulerà la pace».

Altrimenti detto, il suo. In poco meno di un'ora insomma, Caillaux mette il suo esterrefatto interlocutore di fronte a un'ipotesi che ha come solo possibile esito il suo ritorno al potere. È probabile che si possa riuscire nella politica solo a condizione d'esser dotati di questa ottusa mancanza d'ogni senso delle proporzioni.

Il colloquio tra i due si chiude, secondo Martini, su queste trionfali previsioni. «Le altre cose dette dal signor Caillaux» egli annota «non hanno importanza. Chiacchiere di touriste. Domani parte per Napoli.»

Per accettare l'incontro, Ferdinando Martini aveva posto la condizione che questo «restasse segretissimo». Invece il giorno dopo tutta Roma ne parla come sempre accade in questa città levantina dove i soli argomenti segreti sono quelli che non interessano nessuno.

Se ne parla al punto che un foglietto nel quale sono riassunti per ordine i temi salienti del colloquio, finisce sul tavolo dell'ambasciatore francese Barrère. Ufficialmente la sua reazione è di sorpresa. Sorpreso dal fatto che «un uomo di Stato francese abbia potuto dire cose del genere davanti a uno straniero, anche se amico della Francia».

Ma, esaurito lo stupore, si deve credere che l'ambasciatore rimanga in definitiva molto soddisfatto. Nei confronti di Caillaux ha un'antica ruggine personale e una radicata disistima politica, a ogni suo errore Barrère si frega le mani.

Quando la signora Caillaux, appena giunta in Italia, ha chiesto d'incontrarlo, le ha rifiutato il colloquio. «Perché» griderà Caillaux quando si celebrerà il suo processo «se Cavallini e gli altri erano sospetti o discutibili, la nostra ambasciata a Roma non mi ha messo in guardia? Perché?»

Nessuno risponde alla sua domanda disperata. Come si fa ad ammettere che molto verosimilmente l'ambasciata confidava appunto sul fatto che commettesse il maggior numero di errori e di gaffes? L'antipatia, l'odio, che la sua figura suscita in Francia sono ormai dichiarati e non solo negli ambienti conservatori. Per un accumularsi di circostanze, intenso e strano, Caillaux sembra diventato agli occhi di molti il simbolo stesso del parlamentarismo degenere e parolaio, lambito da perenni sospetti, mescolato a imprese dubbie, mosso da interessi inconfessabili.

Il giornalista Maurice Demaison, inviato a Roma dal suo «Journal des Débats», dichiara in pubblico: «Non consiglierei al signor Caillaux di tornare a Parigi in questo momento, a meno che non desideri morire assassinato».

Lo scrittore e deputato Maurice Barrés riassume questo astio che è di un'intera società, in una battuta crudele e derisoria come un colpo di frusta: «Dopo aver parlato con Caillaux, si tasta d'istinto il taschino del panciotto per sentire se l'orologio c'è ancora».

«Il 19, il 20, il 21 e il 22 dicembre» dichiarerà il consigliere dell'ambasciata Charles-Roux «continuano a giungere in ambasciata numerose informazioni e domande.»

Presidente Chi le forniva?

Charles-Roux Il ministro Sonnino e il signor De Giers ambasciatore russo, l'ambasciatore inglese, l'ambasciatore rumeno, alcuni deputati italiani, alcuni giornalisti francesi e belgi.

Perfidamente conclude: «*L'émotion à Rome est intense*».

Mentre a Roma si diffonde questa «intensa emozione», i coniugi Caillaux, ignari di tutto, sono a Napoli all'hôtel Vesuvio. Incontrano un paio di uomini politici di secondo piano, visitano i dintorni della città, frequentano soprattutto Edoardo Scarfoglio e Matilde Serao. In altre parole aggiungono errore a errore.

Ormai Caillaux sembra aver perduto anche il minimo senso della prudenza politica dal momento che tutti sanno come lo scintillante giornalista Scarfoglio sia un fervente germanofilo. Del suo quotidiano, «Il Mattino», perfino un prudente gentiluomo come Alfredo Frassati ha detto apertamente che è finanziato dalla Germania.

Martini ha scritto sul suo diario: «A Napoli ha veduto Edoardo Scarfoglio e Matilde Serao che non avevano bisogno d'essere esortati o persuasi. Il kaiser ci ha già pensato prima di Caillaux».

D'altra parte Scarfoglio non fa nulla per nascondere la

sua predilezione. Rifacendosi in certo modo alla tradizione crispina, racconta a chiunque glielo chieda di una fantastica guerra per mare che Italia, Austria e Germania potrebbero combattere insieme contro le navi inglesi e francesi per assicurarsi il dominio del Mediterraneo.

La sua cortesia verso l'ospite francese è squisita, delicata, piena di minute attenzioni quotidiane, certo più meridionale che interessata. Fa visitare a Caillaux la città sulla sua automobile, lo ospita a pranzo nella sua villa, e a bordo del suo yacht.

Sarebbe un soggiorno dei più piacevoli se un'eco sempre più vasta e fantasiosa del colloquio Martini-Caillaux non fosse nel frattempo arrivata anche ai giornali che cominciano a chiedersi che cosa sia veramente venuto a fare in Italia l'ex presidente del Consiglio francese.

Così, mentre l'anno volge alla fine con la consueta dolcezza sul golfo di Napoli, l'atterrito Brunicardi, che è tornato a Roma e sente montare tutt'intorno lo scandalo, scrive a Cavallini, nel pomeriggio del 31 dicembre, una lettera che trasuda sgomento.

> Caro amico, io sono desolato di doverti far passare un brutto principio d'anno ma come fare? È mio dovere di dire la verità. Arrivato a Roma ho trovato l'inferno.

Brunicardi s'è reso conto non solo che Caillaux è pedinato costantemente, ma che contro di lui si sta concentrando una campagna di stampa di straordinarie dimensioni.

> Si parla apertamente che il presidente è in rapporti intimi con Scarfoglio dal quale ha accettato un pranzo all'Excelsior, che questo Re Riccardi è il galoppino di Giolitti, e lo si accusa d'aver ricevuto Annaratone e un prelato all'hôtel de Russie. Ti dico un'ira di Dio!

Non mancano neanche i rimproveri per Cavallini in quella drammatica missiva:

> In questo stato di cose non sarebbe prudente il noto colloquio e non sarebbe nell'interesse del nostro amico perché certo questo colloquio verrebbe risaputo e nascerebbe un chiasso e una polemica che conviene evitare. S. ne è desolatissimo.

A S., cioè a Salandra, in realtà non pare vero d'aver visto giusto evitando ogni contatto con quell'intemperante collega d'oltralpe.

> Tutto andava così bene e quei porci di Re Riccardi, Scarfoglio e Annaratone ci hanno rovinati. Ma come ti è saltato in testa di fargli ricevere Annaratone?
>
> Secondo Martini la causa delle tante ingenuità di Caillaux è diversa: «Caillaux» scrive «è un impulsivo: una sifilide avuta da giovane produce ancora in lui i suoi malefici effetti, gli ha fiaccato i nervi inibitori tanto che a volte dice cose che vanno oltre il suo pensiero e lo rivelano imprudentemente e si dimentica poi d'averle dette».

Intanto anche l'addetto navale all'ambasciata francese inoltra un suo rapporto a Parigi come ha già fatto il comandante Noblemaire capo del servizio informazioni dell'ambasciata. L'ammiraglio Saint Pair scrive:

> Salandra è spaventato e deciso a sfuggire qualunque incontro con Caillaux. Sonnino è pure spaventato e se non fosse il timore di spiacere al governo francese, avrebbe già fatto sequestrare le carte ed espulso Caillaux dall'Italia. Non attende che un segno per farlo.

Un altro errore ha commesso Caillaux nei pochi giorni in cui è rimasto a Roma prima di partire per Napoli. Ha partecipato a una serata in suo onore nell'appartamento di Cavallini in via Toscana 10, ai nuovi quartieri Ludovisi.

Al pranzo partecipano oltre a Dini, Buonanno e Re Riccardi, per i quali si lascia intendere nelle presentazioni che sono influenti leader politici, due alti esponenti della massoneria: Leonardo Ricciardi e Raul Palermi.

Certo in quella barcollante compagnia la serata deve riuscire sinistra. Non si può nemmeno immaginare come abbiano fatto il vecchio Dini, o un personaggio impresentabile come Buonanno, a intrattenere un ospite della statura di Caillaux.

Ma gli strascichi di quell'imbarazzante ricevimento saranno anche peggiori. Un anno dopo, nel dicembre del 1917, quando lo scandalo esplode, Ricciardi, per aver partecipato a quel pranzo, sarà costretto a dimettersi dalla carica di «capo dell'Ordine e del Rito».

Anche Cavallini, secondo quanto rivela al processo Raul Palermi, viene costretto alle dimissioni. Anzi gli accade che «il supremo consiglio massone riunito il 21 marzo 1918 dopo l'avvenuta sua condanna in Francia, delibera che il suo nome sia bruciato».

Al giudice istruttore De Robertis il commendator Palermi rilascia dichiarazioni gravi: «Allo champagne» dichiara «la signora Caillaux disse in un brindisi che sarebbe tornata a Parigi solo dopo che la canaglia imperante fosse stata mandata via».

Il viaggio italiano di Caillaux, disseminato com'è di imprudenze, di ambigui ammiccamenti, di progetti sfacciatamente rivelati nelle circostanze meno opportune, acquista così un'importanza sproporzionata e decisiva sia al processo romano contro Cavallini, sia in quello che, come subito vedremo, si celebrerà due anni più tardi a Parigi contro lo stesso Caillaux.

Davanti al tribunale militare italiano la visita viene rievocata per la prima volta il 6 maggio 1919 quando si reca a deporre l'onorevole Ferdinando Martini.

Una copia del suo diario è già stata consegnata all'autorità giudiziaria francese che l'ha ampiamente divulgata senza neanche avvertire l'autore.

Martini Il mio diario non sarebbe mai uscito dalle mie mani né tanto meno pubblicato, se il signor Caillaux non mi avesse fatto l'atroce ingiuria di supporre che io avrei aggravato la posizione d'un imputato per far piacere all'ambasciatore di Francia, Barrère.

Avvocato Bozino Io ho letto il diario dell'onorevole Martini e ne abbiamo copia.

Martini Se ciò è vero mi meraviglia che l'autorità francese abbia fatto un malo uso del mio diario.

Avvocato Bozino Dichiaro altresì che del diario mi avvarrò in tutto e per tutto senza riguardo alcuno.

Di fronte a questa improvvisa sortita dell'avvocato, Martini resta per un attimo in silenzio, poi scandendo lentamente le parole dice:

Martini Dichiaro, anche se il tribunale mi farà arrestare, che andando a casa brucerò il diario se non mi sarà assicurato che non una parola sarà letta al di fuori del mio colloquio con Caillaux.

L'affermazione è grave ma il proposito dell'avvocato Bozino lo è altrettanto. D'altra parte Caillaux ha già fatto tutto il possibile per guastare l'atmosfera. In varie dichiarazioni pubbliche ha esplicitamente accusato Martini di mentire e n'aver riportato un falso resoconto del colloquio.

Per intere udienze va avanti la discussione sul diario Martini: se e come debba essere presentato alla Corte, se integralmente o solo per le parti che riguardano il colloquio, se in originale o in copia, se non possa bastare che il teste riconosca come trascrizione autentica quanto, del colloquio, è stato accertato in istruttoria.

Tutte le varie combinazioni possibili tra questi punti di vista vengono dibattute, appoggiate o respinte «tra interruzioni, rumori e proteste». In più d'una circostanza sembra che la discussione si animi più in virtù del suo stesso impeto, che per i vantaggi che possono derivarne all'una o all'altra parte.

Storditi da questo turbine, si potrebbe anche credere

per un istante che in quell'aula siano stati radunati dal caso un manipolo di temperamenti irrequieti e romantici sorretti da un'implacabile fede. La realtà è che in quel cumulo di trafelati e quasi febbrili interventi, né la Corte né altri è più in grado di distinguere ciò che è vero o opportuno da un'affermazione gettata lì al solo scopo di strappare un momentaneo vantaggio all'avversario.

Così, quelle giornate del processo Cavallini tramandano l'immagine d'un Paese sfinito nel quale ci si contendono rissosamente i brandelli d'un antico sapere giuridico ormai ossificato e anzi morto.

Si acquisisce agli atti una lettera di Cavallini che è ancora una volta il gesto semigratuito d'un intrigante.

> Onorevole Martini, C. [Caillaux] è partito per Napoli; mi ha detto queste testuali parole: Je suis heureux d'avoir connu M. [Martini] que je considère un homme d'Etat de premier ordre, érudit, liberal et diplomate moderne. C'est l'homme qui doit succéder à M. Boselli. Toute la France sera pour lui.
>
> Mi ha poi soggiunto che bisogna evitare che Tittoni vada agli Esteri. C. [Caillaux] sarà di ritorno tra una decina di giorni e desidera rivederla. Cordiali saluti. F.Cavallini.

Poi, di punto in bianco, chiede l'avvocato Manes: «E se intanto il diario fosse bruciato?».

Presidente Ma lasci correre, avvocato.

Avvocato Romualdi Se l'abbrucierà tu metterai l'onorevole Martini sul cavalletto della tortura (*viva ilarità*).

La mattina del 15 maggio, mentre si apprende la notizia che il capitano Bourchardon sta eseguendo indagini per accertare chi abbia fatto pervenire ai giornali francesi il diario Martini, scoppia in aula un altro incidente.

L'avvocato Bozino invita Martini a leggere un passo della sua agenda.

Martini Ma io il diario non l'ho con me.

Avvocato Pavone E ha fatto male a non portarlo. Il diario è ormai diventato una cosa famosa, se ne parla come si trattasse d'una questione internazionale, se ne occupano le autorità.

Martini Ma si tratta d'un furto!

Avvocato Pavone Noi abbiamo avuto finora riguardo all'onorevole Martini e...

Martini (interrompendolo) Ma che riguardo! L'hanno distribuito ai giornalisti.

L'avvocato Romualdi a questo punto dichiara di rinunciare, per conto della difesa Brunicardi, alla lettura dell'agenda Martini di cui gli avvocati di Cavallini «hanno potuto aver copia commettendo più che un'indiscrezione, una vera porcheria».

Bozino risponde risentito, s'accende tra i due un violento alterco ed è necessario separarli perché non vengano alle mani.

Spentasi la rissa, s'alzano a parlare a una voce gli avvocati Pavone e Bozino. Il primo reclama ancora una volta che il diario sia considerato come un documento processuale; Bozino chiede che venga messa a verbale questa dichiarazione.

Avvocato Bozino Sappiamo che si va ricercando in Francia colui che avrebbe sottratto la copia del diario Martini. Non esito a confessare che fummo noi a comunicare tale copia ai colleghi di Francia difensori di Caillaux. In cambio ci comunicarono gli ultimi interrogatori del loro cliente. Come abbiamo avuto il diario? Dichiaro che se conoscessi l'esistenza di un documento il quale potesse giovare a dimostrare l'innocenza d'un mio cliente, non esiterei anche a rubarlo...

Pubblico ministero. Commetterebbe un furto!

Avvocato Bozino No, perché non esiste furto quando manca l'*animus lucrandi*. In ogni modo siamo stati noi ad avere la copia del diario che era stato esibito al capitano De Robertis. Come lo si sia avuto non è il caso di dirlo!

La dichiarazione è dettata con tono di sfida e lascia nell'aria un certo sgomento. Ne profitta per primo Cavallini che, avuta la parola, riapre la discussione sul punto che in questo momento più lo interessa e cioè le ragioni per le quali si è recato a Parigi nel novembre del 1916.

Nella sostanza ripete ciò che ha già detto. Si recò nella capitale francese per preparare il terreno a una possibile designazione di Martini a quell'ambasciata.

Cavallini Andai a Parigi mandato da Brunicardi con l'incarico di preparare il terreno alla candidatura dell'onorevole Martini. Egli dichiara di essere estraneo a tutto ciò, io non so che cosa rispondere. Ho citato però vari testimoni che potranno dire che cosa abbia fatto in quei giorni...

Con tono rassegnato e si vorrebbe quasi dire con malinconia, Martini di nuovo smentisce.

Martini Io sapevo che Sonnino voleva inviare per quell'incarico un diplomatico di carriera quindi ero comunque fuori gioco. Inoltre nessuno mi ha mai parlato dell'ambasciata di Parigi...

Cavallini Si capisce, lavoravo io a Parigi.

Martini Questo poi no! Io non ho mai desiderato per ragioni d'età, di salute, di famiglia e per tanti altri motivi quell'incarico. Quando Tittoni lasciò l'ambasciata, un giornalista fece tra gli altri il mio nome, ecco tutto. Chi sostiene il contrario mentisce.

Alla fine di tutto, il diario non verrà acquisito agli atti. Ma ugualmente il suo autore esce esausto dalla lotta con gli avvocati che è durata giorni. Ha dovuto impegnarsi a smentire una circostanza che, ancora una volta, gli avvocati di Cavallini si sono limitati a enunciare senza sorreggerla né con una testimonianza né con altre prove.

Capitolo diciotto

I fatti narrati nel precedente capitolo si svolgono a Roma nella primavera del 1919. Il processo contro Joseph Caillaux si apre a Parigi il 17 febbraio 1920. Si chiuderà il 23 aprile, dopo 29 udienze, con una condanna a tre anni di prigione, cinque anni d'interdizione a soggiornare nella capitale, dieci anni di privazione dei diritti politici attivi e passivi.

Anche se i giornali lo presentano, senza esclusione, come un traditore, Caillaux fa del processo davanti all'Alta Corte la più grande rappresentazione drammatica della sua vita gettandovi tutto se stesso, la sua abilità tribunizia e la sua esperienza parlamentare, la sua mancanza di scrupoli e il suo orgoglio.

«È il più formidabile processo di tradimento della storia francese» scrive «Le Figaro» il giorno in cui si aprono le udienze, ma l'imputato entra in aula con solennità ostentata. Tra le carte che reca con sé c'è una copia del suo libro *Agadir* nel quale ha ricostruito la beffa giocata ai tedeschi nel 1911. Ha detto: «Un giorno per Agadir mi si dovranno erigere delle statue!».

Caillaux ha alle spalle terribili precedenti che sgomenterebbero chiunque. Lo scandalo è cresciuto intorno a lui con gli anni, su sua moglie pesa l'ombra d'un omicidio, Clemenceau lo detesta, la fortuna politica sembra averlo abbandonato per sempre, perfino sugli uomini ai quali s'è appoggiato, o di cui s'è servito, s'è distesa l'ala della sventura o della morte.

Pierre Lenoir è appena stato fucilato, Paul Marie Bolo è stato fucilato due anni prima, Almereyda è stato assassinato in carcere, Duval fucilato, Marion e Landau scontano una durissima condanna al bagno penale.

Che cosa ancora lo sorregge? Il suo carattere sanguigno, naturalmente collerico, o forse la smisurata fiducia in se stesso, o anche la totale mancanza d'ironia che gli impediscono probabilmente di pensare che la posta finale di quel processo, in teoria almeno, può essere la sua stessa vita.

Quando il presidente del Senato Léon Bourgeois che funge anche da presidente del Collegio, apre il processo con la formale richiesta delle sue generalità, Caillaux risponde con distaccata pedanteria: «Caillaux Joseph, Pierre, Marie, Auguste, di anni 56. Senza professione al momento, ex presidente del Consiglio, ex ministro delle Finanze, con domicilio al numero 6, boulevard du Château, Neuilly».

Un solo incidente di natura politica verrà a turbare il dibattimento. Nell'udienza del 3 marzo Caillaux, che è accusato tra l'altro d'aver sottoscritto cento abbonamenti al giornale disfattista «La Tranchée Republicaine», si alza e con risolutezza afferma di non essere certo stato il solo uomo politico ad avere guardato con interesse a quel foglio: «Ben altri la pensavano come me!...».

Basta quella frase e tra i giudici, politici anche loro, nasce un piccolo tumulto mentre si odono grida di «Vergogna, vergogna!». Subito Bourgeois richiama però tutti all'ordine.

«Voi siete giudici» dice agli uomini che siedono avvolti in fastose cappe rosse «non dovete dunque manifestare preferenze né passioni politiche. Si sappia che chi non si atterrà a questa norma sarà estromesso dalla Corte.»

Basta questo richiamo una volta per tutte. Nessun altro incidente verrà a movimentare le udienze dimostrando come si possa arrivare a degli accomodamenti per così dire diplomatici, o se si preferisce clandestini, rispettando le regole dell'urbanità borghese.

Durante la lettura della requisitoria, durante gli interrogatori dei testi, soprattutto nel corso dei suoi interventi, Caillaux fa mostra d'un repertorio da grande tragico della Comédie.

Nella collera apre e chiude senza posa, rumorosamente, il cassetto del banco sul quale siede. In quell'atto la sua carnagione già accesa, s'imporpora, le sue labbra sottili si fanno ancora più serrate mentre, con un ultimo colpo sul legno, si leva in piedi e fulmina la sala con una lunga occhiata.

Altre volte ostenta una remissività quasi femminea e la sua voce allora diventa insinuante, sottile; se gli accade di alzarla il tono si fa stridulo, «sembra una signora maleducata che faccia una scenata al suo amante», commentano i giornali.

Oppure toglie e mette il monocolo dall'orbita, con gesto fanciullesco lo lascia cadere ondeggiante all'estremità della fettuccia nera che lo sorregge.

«Non sembra un imputato» scrive un cronista «ma un conversatore mondano che al dessert faccia un distaccato riassunto dell'affare Caillaux.»

C'è tutta una mimica, un'espressività, comuni al teatro e all'oratoria parlamentare. Caillaux ne fa quasi un'illustrazione pratica, senza nulla omettere; si direbbe lo animi un fine pedagogico e se le movenze sono scontate, la loro efficacia, che è retorica e simbolica, resta innegabile.

Quando accenna all'onore le mani si appoggiano al petto all'altezza del cuore quasi a comprimerne i palpiti; quando afferma qualcosa con decisione, il pugno serrato s'abbatte a colpire con forza il tavolo; quando si riferisce alla propria innocenza allarga le braccia, come crocefisso.

Quei gesti egli li ha visti tutti infinite volte e tutti li compie. «Sembra domandare un portafoglio ministeriale» annota un altro cronista «invece della propria assoluzione.»

«I rapporti contro di me» sostiene «sono inesatti o insignificanti. Che cosa mi si rimprovera in definitiva? D'aver accettato un invito a cena dalla signora Ricci e d'aver incontrato Martini. Ma in nome di che, più di cento anni dopo la dichiarazione dei diritti dell'uomo, mi si viene a chieder conto delle mie opinioni?»

«In quest'aula» grida anche Caillaux «non mi si rimprovera un'azione e nemmeno un gesto, ma alcune conversazioni. È inaudito!»

E quando il pubblico ministero Lescouvé lo accusa d'aver soggiaciuto alle proprie emozioni incontrollate, svelandosi, risponde a voce altissima: «L'emozione, ah mio Dio, sì, è possibile! Ma bisogna anche tener conto di che cosa è Roma. La meravigliosa città dei sette colli è anche un centro tradizionale d'intrighi, una fucina di sospetti».

E in un'altra occasione, sempre a proposito di Roma, dice: «Sono una vittima dell'ambiente politico romano nel quale si trattano affari importanti leccando gelati al caffè Aragno. È l'atmosfera della città che ha deformato i miei propositi politici, economici e finanziari».

Fino a quando può illustrare i suoi pensieri, spiegare i suoi convincimenti, egli sembra avere in mano il dibattimento e anzi quasi profittare dell'occasione. Nessuna obiezione lo mette a disagio, nessun rapporto passa senza che egli dia una risposta che suona adeguata.

Sui fatti, sui movimenti, sui contatti effettivamente avuti però, è già più in difficoltà. C'è una sua lettera a Bolo scritta il 5 agosto 1917, dunque alla vigilia dell'arresto del pascià. Gli dice:

> Caro amico, vi sono molto grato d'aver sistemato così felicemente l'affare che tanto mi premeva. Faccio nuovamente il necessario perché cessi la campagna ma non credo che essa venga dalla parte che voi indicate. Della sua origine, come io la vedo, vi parlerò a viva voce.
>
> Spero che siate in buona salute, così come la vostra deliziosa signora. Vogliate presentarle i miei omaggi e portare le mie migliori espressioni d'amicizia al prefetto quando lo vedrete. Credetemi vostro, Caillaux.

Non ci si può stupire se, con tali errori alle spalle, ogni suo passo in Italia è stato seguito. A Firenze egli ha fatto chiudere in una cassaforte della Banca Italiana di Sconto una cassetta che contiene denaro, gioielli, titoli, corrispondenza personale e progetti politici.

Su ordine della magistratura italiana la cassetta è stata forzata, nel gennaio 1918, e le carte sono ora sul tavolo dei suoi giudici, imbarazzanti, rivelatrici.

Forse neanche lì c'è la prova del suo tradimento, ma certo s'apprende con una certa pena a che cosa si applichi la fantasia d'un ambizioso uòmo politico quando si crede inosservato.

Tra quei documenti c'è un progetto cesareo per un nuovo governo al quale ha dato come titolo «Il Rubicone». C'è un lungo articolo che chiama in ballo «I responsabili». Ci sono le note della spia tedesca Marx, i retroscena d'un altro incidente in cui Caillaux è stato coinvolto in America Latina.

Anche lì, come a Roma, egli ha avuto contatti con personaggi ambigui, è stato imprudente con uomini di cui si sapevano o si sospettavano i legami con la Germania. In Argentina, nel 1915, ha conosciuto James Minotto, giovane banchiere che si fa passare per italiano, ma è invece un agente tedesco.

Lo incontra una prima volta a Rio e poi ancora a San Paolo e a Buenos Aires. Caillaux parla lungamente con lui gli confida, come farà più tardi con Martini a Roma, la sua diagnosi della situazione politica francese. Singolare atteggiamento, tutti sanno che Minotto riferisce direttamente all'ambasciatore tedesco barone von Luxburg e questi, ovviamente, a Berlino.

Il capitolo sudamericano è ancora più grave di quello romano per le conseguenze dirette che ha avuto, e infatti è da questo che deriva, al processo, il principale capo d'accusa.

Nella cassetta di sicurezza di Firenze è stato trovato anche dell'altro: note e dossier anonimi contro avversari politici. «Armi intrise di fango» le chiamano i giornali «che non è consentito usare sul campo delle battaglie parlamentari.»

C'è, allegata a un'anonima nota informativa sul presidente del Consiglio Briand, la copia della sua dichiarazione dei redditi.

Pubblico ministero: «Come mai lei conservava un documento del genere?». La risposta è debole, sa di maniera: «In un discorso Briand mi aveva accusato d'essere un plutocrate demagogo. Allora alcuni amici m'hanno mandato delle note sul suo conto e, tra queste, copia della sua dichiarazione dei redditi. È del resto un documento che chiunque può procurarsi ma di cui non mi sono mai servito. Io non uso armi di quel genere!».

C'era anche un'altra nota, insiste l'accusatore, intitolata «Contro il signor Barthou». Quelle carte accusano l'uomo politico «d'aver usato la bara di suo figlio caduto al fronte come un trampolino per la sua carriera politica».

«Sì» grida Caillaux «un corrispondente m'aveva inviato quella nota. Avevo ogni diritto di conservarla.»

Il pubblico accusatore ha buon gioco su temi scivolosi come questi, gli indizi che esibisce sono odiosi e non c'è alcun bisogno di forzare la mano. Rivolto più ai giudici che all'accusato sussurra: «Così lei è un uomo che conserva documenti di quel tipo...».

Ma ai fini pratici non sono quelle le carte che più contano. Le note riservate, i documenti trafugati o anonimi intaccano la moralità dell'imputato, ne ledono l'immagine, ma non basterebbero a fargli scontare neanche un giorno di carcere.

Il progetto politico che ha chiamato «Il Rubicone», è diverso. In questo documento, tutto di suo pugno, Caillaux ha scritto che bisogna sostituire tutti i vertici militari e inoltre «richiamare a Parigi i reggimenti corsi e i territoriali della Sarthe», la regione che è il suo feudo elettorale.

Allora, come spiega un documento al quale ha dato per di più un titolo così scopertamente allusivo?

Caillaux: «Avevo il diritto, mi pare, di cambiare i vertici militari, anzi ne avevo il dovere. Ma ammetto che in quelle note ci sono delle incoerenze, delle puerilità. I reggimenti corsi d'altronde non esistono e per quanto riguarda i territoriali, la mia impressione era che li si fosse troppo logorati al fronte. Far rientrare quelli della Sarthe poteva corrispondere a una preoccupazione elettorale».

Con questa ammissione egli si spinge fino al limite delle sue possibilità di difesa. Ha pronunciato la frase proibita, s'è svelato davanti all'opinione pubblica e alla stampa che in quell'aula la rappresenta, parlando di convenienze elettorali. Ha violato così la regola secondo la quale bisogna fingere d'ignorare con quali stratagemmi si conquista il favore politico in una democrazia compromessa.

Ma ha corso un rischio calcolato. Sa che tra i senatori che ora siedono come suoi giudici, non ce n'è forse uno che non abbia avuto le sue stesse preoccupazioni e che, potendo, non avrebbe fatto altrettanto per mantenere il suo seggio. I lettori di giornali potranno odiarlo per questo, ma lui si rivolge a dei colleghi più che a dei magistrati.

L'anima di Caillaux, la spiegazione profonda delle sue mosse, delle imprudenze commesse in Argentina nel 1915 e a Roma l'anno successivo, si può leggere però in un altro documento al quale ha dato per titolo «Les Responsables».

Vi si descrivono la Francia dopo il '70, le azioni di Gambetta, di Ferry, di Waldeck-Rousseau, la patria umiliata che cerca nella politica coloniale il proprio risarcimento. E poi l'affare Boulanger, l'affare Dreyfus, il sorgere del nazionalismo *chauvin*, la progressiva risalita della destra, l'alleanza tra circoli finanziari e forze conservatrici per respingere, insieme, il suo progetto d'imposta sul reddito.

Parla di sé in terza persona come Cesare, con una prosa infatuata, poco meno che delirante.

«Caillaux arriva finalmente al potere» scrive «e si appoggia alle forze di sinistra. Quando scoppia l'incidente di Agadir riesce a evitare la guerra. Ma contro di lui Clemenceau ordisce un complotto. Un'aristocratica inquietudine costringe questo figlio della borghesia alle dimissioni.»

La spiegazione segreta del comportamento di quest'uomo sta tutta nell'affare di Agadir. Aver fatto ritirare la cannoniera tedesca *Panther*, che nel luglio del 1911 s'era presentata davanti alla baia pronta ad aiutare i ribelli musulmani contro la Francia, è stato il più intenso momento della sua vita politica ed egli ne è rimasto segnato per sempre.

Più volte, in seguito, Caillaux ha detto d'aver «truffato i boches» quando stavano per soppiantare in Marocco il dominio della Terza Repubblica con quello del kaiser. Da quell'incidente, che poteva costare carissimo al suo Paese, egli ha ricavato addirittura un ampliamento dell'influenza francese in quel territorio.

Il successo di Agadir, per il quale ritiene che gli si dovranno un giorno «erigere delle statue», è così diventato l'ossessione della sua vita; gli accade spesso di pensare che nessun politico francese è in grado come lui di trattare con la Germania, e che con i tedeschi può permettersi qualunque imprudenza perché, comunque vadano le cose, egli sa tenerli nel pugno.

Sua moglie è arrivata a uccidere perché i «documenti verdi» che svelavano i retro scena di quella trattativa non arrivassero sulla prima pagina del «Figaro» ed egli stesso è disposto a pagare qualunque prezzo purché quell'unica pagina venga salvata.

Quando l'inviato del quotidiano «Le Matin», Henry de Jouvenel, gli ha chiesto discretamente conto delle sue dubbie amicizie romane, Caillaux ha risposto con naturalezza: «Sono stato costretto a essere cortese con delle persone che hanno circondato mia moglie di attenzioni».

E la signora Caillaux ha raccontato a Jouvenel che dopo la sua controversa assoluzione, dopo la «fuga dalla Francia», le sue condizioni nervose sono state spaventevoli. «A Vichy» sospira «sono stata inseguita da una folla di scalmanati.» A Roma invece: «Mi sono potuta rifare un milieu».

Commenta Jouvenel: «A Roma chi sarebbe potuto andare a trovare la signora Caillaux se non dei Cavallini o dei Brunicardi? Uscendo dal colloquio con lei, mi dicevo che il caso di madame Caillaux era in fondo quello d'un assassino braccato che d'improvviso viene accolto in un ambiente nel quale di un omicidio non si tiene in definitiva gran conto».

Chiamato a deporre davanti all'Alta Corte, il consigliere dell'ambasciata di Francia a Roma, Charles-Roux, fa proprio di queste frequentazioni uno dei punti salienti del suo racconto. «Quando un francese frequenta una persona sospetta» dice l'implacabile funzionario «può senz'altro essere un errore. Ma quando non frequenta che persone sospette è ancora il caso di parlare d'errore o non piuttosto di scelta?»

Caillaux teme l'ipotesi che Charles-Roux ha fatto balenare davanti ai giudici. L'uomo è glaciale, ambizioso certamente quanto lui, veste un abito di fattura troppo elegante, dalla giacca attilatissima, non c'è dubbio che le sue parole piaceranno.

Con tono d'improvviso patetico chiede: «Quando il signor Leboucq è arrivato in Italia voi l'avete avvertito di non frequentare la marchesa Ricci. Perché a me invece non è stato detto niente?».

Charles-Roux non si scompone: «Il signor Leboucq era un ufficiale. Tornava dall'Oriente, era destinato all'ambasciata. Il signor Caillaux invece era... il signor Caillaux. Ma in Italia era soprattutto "Monsieur Raynouard" usava cioè uno pseudonimo, il che in genere vuole dire che si desidera essere lasciati in pace.

«Per di più non abbiamo saputo delle sue relazioni sospette che dopo aver appreso dei suoi propositi. Allora abbiamo constatato che aveva le relazioni dei suoi progetti e i progetti delle sue relazioni!».

Se Caillaux è un attore della Comédie, Charles-Roux parla non come un testimone ma come un inquisitore. Il tono di voce è tagliente, vibra nelle sue parole l'evidente compiacimento di saper riferire con tale proprietà i suoi sospetti.

«Sembra» scrive un cronista «un professore di matematica che dimostri un teorema alla lavagna.» Il presidente Clemenceau certo saprà apprezzare questa razionalità così francese, di cui si dà prova in circostanze tanto opportune.

Il comandante Noblemaire, capo dei servizi d'informazione dell'ambasciata, ha un tono più blando, ma non per questo la sua deposizione è meno insidiosa per l'imputato.

«Sono certo» afferma «che il signor Caillaux non ha voluto una pace disonorevole. Ma se ha manifestato i progetti che gli si rimproverano – e io lo credo – ha certo fornito agli italiani che volevano concludere una pace, la migliore occasione che abbiano mai avuto.»

In Vaticano si dev'essere pensata la stessa cosa. L'allocuzione di Benedetto XV contro «l'inutile strage», destinata a diventare famosa, non verrà che di lì qualche mese, ma è noto che le gerarchie e la stampa cattoliche sono da sempre per la neutralità e per la pace.

Nella sua testimonianza il principe Ghika, al tempo ambasciatore rumeno a Roma, rivela una circostanza alquanto compromettente per l'imputato. Suo fratello, cattolico fervente e molto ben introdotto in Vaticano, ha avuto un incontro con monsignor Pacelli proprio nei giorni della visita di Caillaux.

Subito dopo il colloquio riferisce questa frase pronunciata dal futuro papa: «Occorre che i cristiani facciano la pace al più presto. D'altra parte la Francia è già quasi a questo punto».

Parole, ombre, nessuna prova definitiva. Caillaux è ambizioso, quasi pazzo, quanto meno soffre di un'ossessione del dominio che non gli dà tregua. Non si può escludere che egli avverta questo eccesso come un segno della sua grandezza.

Si sente che in più d'una occasione egli deve trattenersi per non gridare ai suoi giudici: ma non vi siete ancora resi conto dunque della mia autorevolezza, della mia perspicacia? Quali altre prove dovrò portarvi?

C'è molta sincerità in questo suo rifiuto a credere d'aver mai agito quanto meno con imprudenza. Dal contrasto tra ciò che egli pensa di sé e ciò che sembrano pensarne gli altri, egli ricava solo la certezza d'essere il protagonista d'una tragedia.

Caillaux ignora che non può esservi nulla di tragico nella lotta che lo oppone a Clemenceau perché l'epoca non consente quella dimensione. Neanche l'innegabile crudeltà delle circostanze, la guerra appena terminata, le fucilazioni, le condanne, in una parola lo sfondo sanguinoso che gli si muove alle spalle, è sufficiente a dare vastità epica alla sua vicenda.

Se a Roma, contro Cavallini e i suoi complici, il dibattimento va avanti in un'atmosfera di rissa paesana, a Parigi siamo spesso posti di fronte alla contraffazione dei grandi sentimenti; tra le molte sfumature che sfuggono a Caillaux, c'è quella che un atteggiamento tragico fuori di luogo si degrada subito a melodrammatica parodia.

Nell'udienza del 21 aprile il suo difensore, avvocato Demange, pronuncia l'arringa finale. Ha 79 anni ed è uno dei più grandi e rispettati difensori del foro parigino. L'età gli impone saggezza, la veemenza del suo cliente gli consiglia istintivamente un'oratoria fredda e raziocinante, la particolare natura del tribunale gli suggerisce cautela, l'entità delle accuse lo spinge alla sagacia.

Maître Demange, nell'ora e mezza che dura la sua orazione, sa toccare tutti questi registri anche se il centro della sua perorazione resta il tentativo di smontare, leggi alla mano, l'imputazione di «intelligenza col nemico».

Il pubblico accusatore Lescouvé ha detto nella sua requisitoria che, in materia d'intelligenza, «nel momento in cui si stabilisce un contatto con gli agenti nemici, questo è di per sé sufficiente presunzione di colpa».

Demange lentamente demolisce questa tesi. Ragiona sulla base del principio generale che nel sistema accusatorio l'onere della prova spetta all'accusa perché questo gli consente di mettere in evidenza che nel corso del processo prove certe contro Caillaux non ne sono venute.

Rievoca il precedente dei deputati Comby e Loustalot per i quali s'è deciso il non luogo a procedere «nonostante i sospetti sulle loro azioni e la mancanza di scrupoli dei loro movimenti» perché «da quei fatti non si è potuti giungere alla certezza della loro natura criminosa».

L'intelligenza col nemico, dice il vecchio avvocato, presuppone un accordo col nemico. Le manovre e le macchinazioni non sono una colpa se non nel caso in cui si abbia la consapevolezza d'aver favorito il nemico. Ma parlando con Ferdinando Martini, Caillaux non ha voluto favorire il nemico, così come non lo ha fatto ricevendo Minotto in Argentina o Cavallini in Italia.

Per ultimo prende la parola lo stesso Caillaux, per difendersi a suo modo. Dopo le prime parole è già paonazzo, si alza, grida, ma poi rompe ritmo e tono e sostituisce i singhiozzi al mélo, alla collera le suppliche.

La voce ora è sorda ora lievissima, mentre egli si protende in avanti con tutto il corpo come se volesse balzare dal banco. Poi s'arresta, abbatte con forza il pugno martellando così ogni sillaba.

«Mai, mai, mai!» grida. «Mai ho avuto conversazioni con il nemico! Mai, mai, mai! Mai ho pensato a separare la Francia dai suoi alleati. Io non ho avuto che un'idea, una sola idea: il bene e la grandezza della patria.»

Si paragona a Socrate e a Danton «la cui statua non è lontana da qui», a tutti i condannati innocenti che tragicamente grandeggiano nella memoria d'ognuno. «Ho tentato d'introdurre in questo Paese le grandi imposte democratiche che avrebbero fornito lo strumento per misurare gli incrementi di ricchezza impedendo così il proliferare della plutocrazia. Sì, signori, se si fossero prese per tempo le necessarie misure fiscali, come sarebbe diversa oggi la nostra situazione!»

La sua arringa è politica. Vuol essere giudicato come ex ministro della riforma fiscale, come l'ex presidente del Consiglio che ha trattato l'affare di Agadir, non come l'amico di Bolo o l'ospite di discutibili salotti romani.

Nel finale torna a se stesso, tocca le corde umane: «Ho tutto sofferto, tutto sopportato anche quando mi si è gettato tra i criminali comuni. Eppure sarei pronto a tutto subire ancora una volta con calma, con la pace d'una coscienza che non ha niente da rimproverarsi. Io non posso credere, non voglio credere, che nel senato della Repubblica possa trionfare una tale mostruosa iniquità. Ed ora, signori, giudicatemi!».

La condanna a tre anni è un'uscita di compromesso; o è troppo o è troppo poco. Qualche anno dopo, nel 1925, a Caillaux sarà tutto perdonato e potrà perfino riavere un posto come ministro delle Finanze nel gabinetto Painlevé.

Poco prima che Bolo finisse al muro, nel fossato di Vincennes, l'avvocato Albert Salle, difendendone disperatamente la vita, aveva chiesto se esistevano in Francia due giustizie, una per gli uomini politici, una per i cittadini comuni.

Epilogo

Aperto ai primi di dicembre del 1918, il processo contro Filippo Cavallini e complici è ancora molto lontano dalla conclusione nel luglio del 1919. Non solo è lontano, ma dà l'impressione d'essere ormai a un punto morto. I pochi osservatori superstiti sono portati a credere che la molla di quel meccanismo continui a svolgersi per pura forza meccanica.

Ancora il 15 luglio l'avvocato Pavone torna a reclamare che agli atti processuali vengano allegati i fascicoli mancanti dell'istruttoria. Sono passati otto mesi da quando ha avanzato per la prima volta quella richiesta e di nuovo egli afferma, con la sua enfasi tribunizia, che uno dei dossier scomparsi contiene «le istruttorie eseguite criminosamente a carico di uomini politici tra i quali Giovanni Giolitti».

Anche lui, come Albert Salle, fa balenare a suo modo il fantasma d'una doppia giustizia. Il ministero Orlando è caduto, da pochi giorni gli è succeduto quello presieduto da F.S. Nitti, ma intanto ben altri eventi stanno maturando.

L'avvocato agita nel pugno un fascio di carte che dice risolutive, poi legge una lettera del giudice istruttore al capo della giustizia militare nella quale tra l'altro è scritto che il capitano De Robertis «preoccupato di alcune deposizioni accusanti l'onorevole Giolitti» avrebbe deciso di riunirle in un fascicolo a parte.

«Dov'è finito quel dossier?».

Nessuno risponde. Si ordina comunque che il fascicolo venga rintracciato anche se tutti sono consapevoli che appoggiare la richiesta, od opporvisi, non servirà in alcun modo a modificare il corso del dibattimento.

Il colonnello Gandini osserva ormai in silenzio quelle figure troppo note che gli si agitano davanti, e forse non ascolta neanche più perché sa in anticipo ciò che sta per essere detto. Le sue collere, gli appelli ai principi della giustizia, all'indipendenza dei giudici, alla sovranità del tribunale, si sono esauriti.

Quali sono i fatti dei quali si sta discutendo? Solo in base ai fatti sarebbe possibile giudicare una condotta. Ma come avviene così di frequente nel Paese, dei fatti non si discute quasi più perché ci si occupa soprattutto del modo in cui bisognerebbe discuterne, se un giorno si decidesse di affrontarli.

Con la deposizione dell'agente francese Raymonde Darru s'è intravista per qualche giorno la possibilità d'una soluzione rapida, drammatica, irrimediabile. Ma si era nel mese di maggio e anche quell'ultima occasione è andata perduta.

Cosi, Filippo Cavallini può veramente cominciare a sperare d'uscire indenne da quella rappresentazione che ha finito per assomigliare in modo straordinario al fallimentare caos delle sue imprese.

Non si possono ricostruire tutte le mosse complicate e segrete che certo dovettero succedersi in quelle ultime afose giornate, conosciamo però la conclusione, e la vedremo tra poco.

Fa caldo a Roma nel luglio del 1919 e quell'estate senza respiro segna, non solo per il processo Cavallini, il momento più intenso della lacerazione con il passato. Con le elezioni di quell'anno, regolate per la prima volta dal sistema proporzionale, il regime delle vecchie maggioranze è finito per sempre e l'anziano Giolitti non riesce ancora a capire perché dovrebbe trattare questioni di Stato con un prete siciliano, don Sturzo, che non è né deputato né senatore ma solo il segretario di un partito, cioè in un'ottica parlamentare pura, un privato cittadino qualunque.

Sfuggono ormai, e non solo a Giolitti ma ai più, i termini d'una lotta politica di tipo nuovo.

Altrove, al di là delle Alpi, una società e un impero si sono spenti in una mattinata di novembre turbinante di neve, con la folla sgomenta, il rullo sordo dei tamburi fasciati a lutto, il passo incerto dei cavalli sul ghiaccio. A Roma invece, la fine s'annuncia sotto quel cielo abbagliante di caligine, con le ramaglie delle palme immobili nella calura.

La notte, nei depositi ferroviari, interi vagoni di merci vengono spiombati e svaligiati. Di giorno, uomini con il viso sconvolto dall'ira, entrano d'improvviso nei negozi, impongono che i prezzi vengano dimezzati, pena la rapina o l'incendio della mercanzia.

Un gruppo di carrettieri minaccia d'usare come armi gli spaventosi uncini da carico e li si disperde a rivoltellate. Quando si sono allontanati si vede che c'è a terra un uomo. Ha sulle spalle una sfrangiata mantellina grigioverde e le due stellette del grado di tenente; è stato colpito a fondo tra le scapole e qualcuno ha sputato sul corpo.

Di lì a poco, in settembre, s'aprirà la questione di Fiume ma intanto, a Milano, è già nato il movimento fascista del quale ancora pochissimi conoscono il nome o i possibili scopi, anche se cominciano a vedersene gli effetti. Gruppi di ufficiali arroganti si presentano in uniforme alle commissioni d'esame. Non sanno rispondere ad alcuna domanda ma esigono una promozione che definiscono politica e come referenza indicano i nastrini delle campagne sul Carso, sul Piave, sulla Bainsizza, appuntati alla giubba.

Così, tra quei sussulti d'agonia che alcuni fanatici scambiano per i sintomi d'una rivoluzione, una parte degli italiani scopre che cinque brevi anni hanno scavato un brulicante abisso.

Neanche lo scoppio della guerra ha dato con così grande evidenza il segno che qualcosa sta davvero finendo e che bisogna imparare a vivere tempi nuovi in un Paese diversamente straziato, sotto gli occhi d'una gioventù crudele o indifferente, esaltata o scettica, che con lo stesso cieco ardore ricorre al pugnale o alla cocaina. Forse l'aspetto più terribile d'una guerra è proprio nel fatto che, finito il conflitto, bisogna affrontare il dopoguerra.

Dopo le ultime faticosissime udienze di luglio, con l'eco degli spari fuori delle finestre, poiché il quartiere dei Prati è tra i più colpiti dalle sommosse, il tribunale va in vacanza. Come la difesa aveva desiderato e previsto, l'atmosfera legata alle memorie del conflitto e della vittoria va dissipandosi per lasciar posto ai nuovi risentimenti che nascono da quelle convulsioni.

Il dibattimento dovrebbe riprendere in settembre ma arriva l'autunno senza che nulla accada. Solo il 14 ottobre un'ordinanza di poche righe firmata dal colonnello Gandini annuncia che «il processo contro Cavallini Filippo e complici viene rimesso all'autorità giudiziaria ordinaria». Gli incartamenti sono subito trasferiti alla sezione d'accusa del tribunale di Roma per una nuova istruttoria.

«Se ne parlerà l'anno prossimo» commentano i giornali che svelano anche come si è giunti a questo passo.

Il 13 ottobre il tribunale è riunito in camera di consiglio per preparare l'udienza del giorno successivo quando entra nella saletta il pubblico ministero. Dice d'aver con sé l'ordine del generale Tommasi, capo della giustizia militare, di rimandare ancora una volta il processo perché si teme che la difesa tenti un estremo colpo di mano, forse una sopraffazione.

Alla notizia, Gandini ha il suo ultimo moto di ripulsa e scaccia dalla stanza Tancredi. «Si deve ritenere che a seguito di quell'atto di ribellione, Tommasi abbia immediatamente ratificato lo scioglimento del tribunale che era del resto già nell'aria e che un decreto luogotenenziale ratificherà.»

In novembre tutti gli imputati, eccetto il principale, vengono messi in libertà provvisoria. Adolfo Brunicardi, Luigi Dini, Adolfo Re Riccardi, Enrico Buonanno escono da Regina Coeli e subito scompaiono nel sotto bosco della politica e degli affari.

Anche l'artista di canto Federica Pozzoli riacquista la libertà. Non ritroverà più la sua bella casa di via Toscana e dovrà accontentarsi di alloggi più discreti. Cavallini resta in carcere, ma viene trasferito in infermeria.

Ha ripreso a scrivere alla moglie Francesca. Le racconta gli acciacchi che il carcere gli ha procurato, la malinconia che lo attanaglia più della costrizione, l'irrequietezza che lo coglie di soprassalto dopo l'ultimo controllo delle guardie e prima che vengano spente le lampade della corsia.

Ai primi di dicembre la Sezione d'accusa comunica d'aver rimesso gli atti del processo alla procura generale per la requisitoria di merito. «Si crede che il sostituto procuratore commendator Fano entro il mese la presenterà.»

Non è così. Il commendator Umberto Fano presenta la sua requisitoria non entro la fine del 1919 ma il 25 maggio dell'anno successivo. In compenso è un documento brevissimo che in pratica chiede l'assoluzione per insufficienza di prove di tutti gli imputati.

I capi d'imputazione contro Cavallini vi sono così riassunti: *a*) per aver tenuto intelligenza con agenti germanici ed iniziato trattative allo scopo di fondare in Italia un nuovo giornale ed acquistarne altri che già si pubblicavano onde valersene nella campagna disfattista; *b*) per avere, anche dopo la dichiarazione di guerra dell'Italia all'Austria ed in esecuzione a precorse intelligenze, per incarico dell'ex kedivé, continuato a occuparsi di una campagna giornalistica affidata all'avvocato Cesare Hanau; *c*) per avere negli anni 1916 e 1917 cooperato a che il deputato Loustalot Luigi e l'avvocato Comby Paolo di Parigi, entrassero in intelligenza in Svizzera coll'ex kedivé d'Egitto ed altri agenti austro-germanici col pretesto di trattare un progetto di pace della Turchia cogli Stati dell'Intesa ma in realtà allo scopo di prendere accordi per favorire i progetti degli Imperi Centrali.

Il dottor Fano dichiara di non doversi procedere per insufficienza di prove in quanto ai capi *a* e *b* e perché il fatto commesso non costituisce reato per quanto riguarda la lettera *c*.

Anche per l'inchiesta contro il capitano istruttore De Robertis Nicola il commendatore chiede che «il De Robertis sia liberato da ogni molestia perché i fatti addebitati in parte non sono veri, in parte non possono costituire reato».

Così si chiude il processo contro Filippo Cavallini e tutti gli altri complici. Non ci sono commenti, né recriminazioni né plausi. Quando il processo si conclude, gli italiani hanno semplicemente dimenticato l'affaire, e d'altra parte hanno ben altri problemi collettivi da affrontare.

Degli altri protagonisti, il kedivé Abbas Hilmi morirà in esilio a Ginevra nel 1944, di Sadik pascià si perdono le tracce, Yaghen pascià ha tentato di rientrare in Turchia ma è stato imprigionato, e in carcere è morto, suicida secondo alcuni, più probabilmente assassinato.

Filippo Naldi lascerà il quotidiano «Il Tempo» alla sua sorte dopo cinque anni di pubblicazioni. Sappiamo che nel 1922 va a stabilirsi a Parigi dove affitta un battello-châlet sulla Senna e lì per qualche tempo vive in compagnia d'una sontuosa amante, la duchessa di Grammont.

I fascisti non lo amano. In un comizio al teatro Costanzi nel 1921, Bottai gli rimprovera il neutralismo di qualche anno prima con parole di scherno: «Un uomo occhialuto e gialluto» grida dal podio «che porta le basette dei lacché e che è il servo sciocco del boia labbrone, intendo dire Filippo Naldi». Boia labbrone è Giolitti secondo la derisoria definizione di D'Annunzio.

Il 1° marzo 1922 la testata «Il Tempo» viene sostituita da «Il giornale di Roma». La redazione è la stessa, il nuovo direttore è Tomaso Monicelli.

Di Naldi comunque si continuerà a parlare. Alla fine degli anni '50, settantenne, avendo deciso di occuparsi di petroli, Naldi si laurea in chimica alla Sorbona. Muore dieci anni dopo.

Il processo contro «Cavallini & C.» finisce quando deve finire e nel modo che tutto considerato poteva anche essere previsto. Era cominciato nel dicembre del 1918 all'ombra di quello che s'era concluso a Parigi alcuni mesi prima contro Bolo. Si esaurisce nel maggio del 1920 un mese dopo la sentenza, sempre a Parigi, del processo contro Joseph Caillaux.

Questi altri due processi francesi in certo modo incastonano quello italiano, ne diventano gli imprescindibili punti di riferimento, rendono plausibili alcune delle richieste degli avvocati di Cavallini. Dov'è finito il dossier che secondo Pavone conteneva «alcune deposizioni accusanti l'onorevole Giolitti»?

La frettolosa esecuzione di Bolo in Francia e l'aleatorietà del procedimento svoltosi a Roma contro Cavallini ci impediscono oggi di sapere in che cosa esattamente sarebbe consistito il tradimento se i due fossero riusciti nel loro intento. Forse gli archivi dello spionaggio tedesco avrebbero potuto dare una risposta, ma sono andati per la gran parte distrutti durante l'ultima guerra.

Questo solo possiamo dire: di qualunque cosa si fosse trattato, essi non si sarebbero tirati indietro e questo basta a collocarli tra i protagonisti di un'epoca che solo nello sconsolato confronto con i nostri giorni continuiamo a definire «bella».

Nella conclusione del dibattimento romano, molta parte hanno avuto la stanchezza, la sfiducia, la furbizia. Ma anche l'atmosfera generale ha avuto il suo peso, ovvero tutto ciò che, finito il primissimo dopoguerra, cominciava ad agitarsi sullo sfondo preludendo a un'ancora irriconoscibile tragedia.

La vicenda personale di Filippo Cavallini comunque

prosegue. Il carcere ha interrotto la sua unione con Frida e anche se continua a mantenere con lei rapporti amichevoli, è tornato in famiglia, da sua moglie Francesca.

Intanto, mentre si susseguono i ministeri Giolitti, Bonomi, Facta e Mussolini, la polizia politica non cessa d'occuparsi di lui.

L'uomo ha frequentazioni misteriose, lo si dice «vicino agli ambienti di palazzo Farnese», cioè dell'ambasciata di Francia. Si aggira per Roma sempre più vecchio, con gli abiti lisi che non può più rinnovare, pateticamente demodés. Uscito da Regina Coeli non è più tornato neanche lui nell'alloggio di via Toscana, lo ospita un suo cognato al piano terreno d'una palazzina di via Cassiodoro 19.

In quelle condizioni con quel suo passo diventato incerto, i segugi della polizia non hanno alcuna difficoltà a pedinarlo. Ci riferiscono di conciliaboli con alcuni consiglieri di varie ambasciate, di progetti farneticanti. Nel giugno 1929 pensa di «smerciare nelle Americhe un prodotto ricavato dal granoturco che dà luogo a un tipo di vino e liquore che pur non contenendo alcol dà l'impressione di averne».

Nell'agosto del 1932 «è in contatto con alcuni esponenti del mondo cattolico, l'onorevole Corazzin e monsignor Alberto Pellizzola. Vanta con l'uno e con l'altro altissime aderenze. Don Pellizzola promise di farlo incontrare con donna Edvige, sorella del Duce, in casa sua».

Il suo ultimo disegno è di favorire, con uno stratagemma, il riavvicinamento tra l'onorevole Giunta e Cesare Maria De Vecchi, ambasciatore presso la Santa Sede. Poiché una parente di Giunta, pittrice, sta eseguendo un ritratto di De Vecchi, Cavallini suggerisce che: «Durante le prove del dipinto, Giunta capiti in ambasciata con la scusa di ricercare la sua parente. I due uomini politici si stringerebbero la mano».

Questa riconciliazione, nelle sue complicate movenze, non avvenne mai. Tre mesi dopo, il 21 novembre 1932, avendo 81 anni, Filippo Cavallini moriva.

Ringraziamenti

Desidero ringraziare il dottor Gaetano Contini dell'Archivio Centrale dello Stato e la signora Alberta Pannain Bertone della Biblioteca Nazionale Centrale che mi hanno consigliato per le ricerche con generosità e acume. Ringrazio altresì il dottor Silvestro Serra e la signora Marion P. Nammack che, a Roma e a New York, mi hanno aiutato a completare la documentazione.

Non posso ringraziare nessuno al Tribunale di Roma perché lo stato d'indescrivibile degradazione e di caos in cui giace il suo archivio meriterebbe semmai una denuncia.

Roma, marzo 1982

Indice dei nomi

Indice

Finito di stampare nel febbraio 2013
presso Grafica Veneta - via Malcanton, 2 - Trebaseleghe (PD)

Printed in Italy

DN 0023535530

IL PAESE IN V
ENDITA

AUGIAS CORRAD

BUR
RCS LIBRI

RCS
Libri

ISBN 978-88-17-06507-8